마음의 물리학

정남수 장편소설

마음의 물리학

광대한 마음의 역동에 관한 보고서

마음은 천국에서도 지옥을 발견하고 지옥에서도 천국을 목격한다. 사소한 바람에 억겁의 업을 쌓고 일순간의 빛으로 업장을 해소한다. 물리적으로는 열 길 물속보다 깊지 않지만 그 안에 광대 무변한 우주를 품으며, 나와 남의 운명을 뒤바꿀 거대한 에너지를 지닌다. 그 에너지로 불가능한 것을 가능하게 하기도, 가능한 것을 불가능하게 만들기도 한다.

소설 『마음의 물리학』은 종교단체에서 탈퇴하면서 받은 저주에 얽매여 뇌전증을 앓던 주인공이 트라우마를 극복하는 과정을 그린다. 그는 깊은 마음속에 웅크린 과거의 상처를 더듬어 저주에 저항하고 과도한 비난 앞에서 자신을 옹호하며 잘못에 대해 용서를 구하면서 자신을 옥죄던 쇠사슬을 끊고 자유와 평화를 얻는다.

이 감동스러운 여정은 고통의 원인이 자아의 바깥이 아니라 안에 있으며 마음의 역동을 주재함으로써 스스로를 구원할 수 있음을 보여준다. 타인의 저주와 비난을 내면화하여 스스로를 병들게 하는 것도 마음이며, 그 쇠사슬을 끊어내고 자유와 평화에 이르게 하는 것도 마음이다. 이 소설은 신비롭고 무한하며 광대한 마음의 역동에 관한 충실한 보고서다. 독자는 "물리적으로 검출될 수는 없지만" 삼라만상을 움직이는 근본 동력인 마음의 실체를 목도하며 그 위력에 외포를 느끼는 한편 그 자유자재함을 깨닫고 구원의 방도마저 찾을 수 있다.

박수현_ 문학평론가·공주대학교 교수

제1장

한 잔 마시고 놀아보세

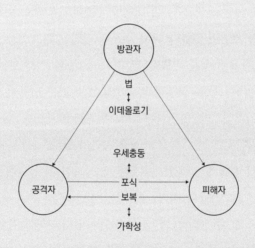

폭력의 삼각형

제1장
한 잔 마시고 놀아보세

 고등학교 담임 선생님이 제일대에 합격했다고 연락하셨다. 지난 일 년간 고생한 보람이 있었다. 나는 남도대 병원 중환자실을 찾아가 할머니 손을 잡고 소식을 전했다. 할머니는 고등학교 2학년 때 갑자기 쓰러져 고생하다 사흘 전부터 혼수상태셨다. 기쁜 마음에 정신이 돌아오실까 기대했지만, 할머니는 그날 편안한 모습으로 돌아가셨다. 부모님은 원하시던 건 이루고 가셨을 거라고 했다.

 장례는 집 마당에서 치렀다. 봉선동에 신축한 이층 슬래브 집은 이미 팔려서 이사할 날이 얼마 남지 않았지만, 손님 치르기엔 무난했다. 청주에서 교육대에 다니던 누나가 돌아왔다. 친척들은 숙연한 분위기에서도 나의 합격 소식을 듣고 축하의 말을 건넸다. 한참 음식을 나르고 있는데 고향 친구인 현석이가 엄마와 함께 문상을 왔다. 나는 한 상을 차려놓고 그 옆에 앉았다.

 현석이의 순한 눈에서 눈물이 금방이라도 쏟아질 듯했고, 머리는 항상 짧게 잘라 두툼한 이마가 드러났다. 나는 어렸을 때부터 잦은

병치레로 주변을 힘들게 했지만, 건강한 현석이는 주변에 한결같은 믿음을 주었다. 덩치가 크고 무뚝뚝해 보였지만, 섬세하고 꽃을 좋아했다. 현석이가 제일대 원예학과에 합격했다고 말했다. 우린 서로 축하하며 앞으로 잘 지내자고 했다.

　장례가 끝나고 누나는 미뤄둔 아르바이트를 해야 한다며 학교로 돌아갔다. 복덕방을 하시는 아버지와 화장품 방문판매를 하시는 어머니는 일 때문에 다시 바빠지셨다. 제일대에서 합격통지서와 함께 입학을 안내하는 우편물이 왔다. 집에서 빈둥거리던 나는 오랜만에 할 일이 생긴 것 같았다.

　나는 신입생 오리엔테이션에 참여하기 위해 방배동 고모 집으로 올라갔다. 처음 가본 서울은 많은 사람으로 붐볐다. 호남 고속버스터미널에 내려 빠르게 스쳐 가는 사람들을 비집고 지하철 방배역 5번 출구에 있는 고모부 독서실까지 물어물어 찾아갔다. '승리'라는 간판을 올려다보며 2층 독서실에 들어서자, 고모부가 축하한다는 덕담과 함께 종이컵에 믹스커피를 주셨다. 커피를 다 마시자, 열람실에서 읽고 있으라며 『강철왕 카네기』를 건네셨다. 나는 어둡고 조용한 열람실에 앉아서 기차역에서 심부름하던 이민자 소년이 초대형 철강회사의 주인이 된 과정을 읽었지만, 내가 이 땅에서 농장을 사들일 일도 그 농장에서 석유가 나올 일도 없을 것 같았다.

　저녁 시간이 되자 독서실 야간 총무가 왔다. 나는 고모부를 따라 미로처럼 얽힌 방배동 골목을 지나 2층 벽돌집으로 들어갔다. 고모는 고기로 가득한 밥상을 차려주셨다. 음식이 너무 달아 조금만 먹어도 배가 불렀다. 고등학생인 사촌동생은 밤이 늦어서 집에 들어왔다. 고모부는 그 시간에 나와 동생을 앉혀놓고 공부로 성공한 위인들의 이야기를 들려주셨다. 잠자리에서 동생은 고모부가 독서실에 있는 모든 학생에게 매주 비슷한 훈육을 한다고 말해주었다.

다음날 일찍 일어나 제일대로 향했다. 제일대 정문 정류장이라는 안내를 듣고 내렸지만, 다른 학생들은 내리지 않았다. 버스가 학교 안까지 들어가자 아차 싶었지만, 다시 버스를 기다릴 수는 없었다. 어차피 구경하러 왔다고 스스로 위로하며 천천히 걸었다. 정문을 지나자, 눈앞엔 온통 나무였고 중간중간 건물들이 보였다. 학교 바깥으론 겨울 산을 오르는 등산객들도 보였다.

찬바람을 맞으며 한참을 걸어 행사가 열리는 문화관에 도착했다. 문을 열고 로비에 들어서자, 방열기에서 하얀 증기가 공간을 덥히고 있었다. 안내지를 받고 대강당에 들어가 앉았다. 제법 학생들이 들어차자, 식이 진행되었다. 오리엔테이션에서는 많은 사람의 지루한 인사말과 덕담, 대학에서 어떻게 문제를 일으키지 않고 공부하는지에 대한 말뿐이었다. 어느 대학의 교수로 있다는 졸업생의 특강도 공부에 관한 것이었다.

"장인공에 사내부가 합쳐진 공부는 모루 위에 빨갛게 달궈진 쇳덩이를 놓고 사내가 망치질 해대는 모습입니다. 정답을 외워서 될 수 있는 게 아닙니다. 시행착오를 겪으며 어떤 색깔이 될 때까지 달굴 것인지, 얼마의 속도와 힘으로 몇 번을 두드릴지 생각해야 합니다. 사람은 공부를 통해 존재에서 관계로 나아가야 합니다. 혼자만의 충족된 삶은 주변과의 단절로 불안을 증가시킵니다."

오리엔테이션이 끝나고 문화관 로비로 나왔다. 기념품을 받으려는 사람들 뒤에 섰다. 문화관 앞으로 넓게 펼쳐진 눈 덮인 잔디광장이 보였다. 건너편엔 회색의 학생관과 복지관이, 왼쪽엔 검은 대리석의 본부 건물이 있었다. 본부 건물에서 검은 정장을 입은 사람이 나오자, 오리엔테이션에서 했던 그 사람의 강의가 생각났다. 제일대학교에 입학하기 위해 죽어라 공부했는데 내가 지금까지 한 건 공부가 아니라고 했다. 이제 좀 누려보고 싶었는데 욕심을 버리고 남을 위해 살라니 어이가 없었다. 앞으로 다닐 대학이 궁금했다. 질려버린 공부는 하고 싶지 않았다. 학력고사가 끝나고 어수선한 분위기에서 두 달을 놀아보니 좋았다. 대학에서는 우선 원 없이 즐기고 싶었다.

회색의 바닥을 쓸고 올라오는 찬바람에 코끝이 시렸다. 문화관 밖은 추운 날씨에도 학과 학생회에서 후배를 찾거나 동아리와 종교단체를 소개하는 사람들로 북적였다.

사람들은 각기 다른 팻말을 들고 서 있었다. 팻말은 종이상자를 찢어 만든 것으로 청테이프로 나무막대기에 고정되었다. 수많은 팻말 중에 '농업토목'이라는 글이 눈에 들어왔다. 내가 입학한 학과였다. 제일대를 정해 놓고 점수에 맞춘 결과였다. 농업의 촌스러움과 토목의 우악스러움이 느껴졌다. 유난히 키가 큰 사람이 들고 있었다.

괜히 아는 척하면 나도 그들처럼 내년에 서 있을 것 같아 외면하고 주위를 둘러봤다. 행정관 앞 정류장에 아직 버스가 들어오지 않았다. 사람들이 추위에 떨고 서 있었다. 저기도 답은 아닌 듯했다. 다시 학과 팻말로 고개를 돌렸다. 팻말을 든 사람은 큰 키와 마른 체형에 비해 이마가 좁았고 각진 눈에 무표정한 얼굴은 무서웠다. 그 옆에는 역시 큰 키에 통통한 선배인 듯한 사람이 있었다. 안경 속 두꺼운 눈두덩이를 포함해 전체적으로 이목구비가 컸다. 멍한 표정이었으나 나를 호기심 있게 쳐다보는 것 같았다. 혹시 재밌는 게 있을까 하고 다가가서 멈칫멈칫 농업토목과에 입학한 신입생임을 밝혔다. 그의 얼굴이 환해지며 말했다.

"신입생이구나. 만나서 반갑다. 난 88학번 이승호야. 이쪽은 90학번 박찬영이고. 너는 어디서 올라온 누구니?"

승호 선배가 어깨를 두드리며 말했다. 광주에서 올라온 정진오라고 말하자, 찬영 선배가 플래카드를 한 손으로 옮기고 웃으며 악수를 청했다. 입꼬리가 올라가자 한결 친근하게 느껴졌다. 찬영 선배는 조심스레 내미는 내 손을 잡고 쾌활하게 말했다.

"날씨가 춥지? 바쁘지 않으면 밥이나 먹고 가라. 다른 친구들도 데려가게 잠깐만 기다려 줄 수 있어? 저쪽 벽에서 먼저 나온 동기들이랑 바람 좀 피하고 있어."

어차피 친척 집에 일찍 가봐야 좋을 건 없었다. 나는 못 이기는 척 동기들이 있는 벽으로 향했다. 벽 앞엔 자줏빛 노을이 내리는 연못이라는 '자하연'이 얼어붙어 있었다. 내가 먼저 인사하자 조한일과 김성진도 어색하게 답례했다. 한일이는 큰 키에 비해 얼굴이 작았고 이목구비가 뚜렷했으며 바바리코트를 입고 있었다. 머리는 무스를 발라넘겨 얼굴이 훤했고, 큰 입과 작은 귀가 도드라졌다.

파카를 입은 성진이는 이마가 반듯했으며 아담한 코에 비해 콧방울이 두툼했다. 깊은 생각에 잠긴 듯 멍한 눈동자에 두 눈 사이가 멀었고 고개를 들면 삼백안이 나타났는데 어디서 본 듯 낯이 익었다.

우린 따뜻한 햇볕을 맞으며 한겨울에 잘 말라가는 덕장의 동태처럼 서 있었다.

간간이 행정관 앞에 버스가 오자 사람들이 승차했다. 버스가 부릉 하고 시동을 켜며 하얀 연기를 내뿜었다. 잔디광장을 돌아서 버스가 지나갈 때 경유차의 매캐한 냄새가 났다. 신입생이 거의 빠져나갈 때쯤 선배들이 찾아왔다. 식당은 제일대입구역인데 걸어서 금방 간다며 행정관 반대편으로 걸어 내려갔다.

학교 정문의 버스정류장에도 사람들이 북적였다. 언덕만 넘으면 된다는 선배의 말에 우리는 웃으며 정류장을 지나쳤다. 길가에 앙상한 개나리 줄기가 흔들렸다. 언덕 위 바람길에 들어섰다. 귀가 떨어져 나갈 듯했다. 중간에 지나가는 버스가 바람을 일으켰다. 입을 앙다물자, 얼음이 씹히는 듯했다. 정류장에서 호기롭게 지나쳤던 사람들이 버스 안에서 비웃듯 스쳐 갔다. 우리는 옷깃을 여미고 말없이 언덕을 지나갔다.

언덕을 넘어가자, 바람이 잦아들었다. 쭉 뻗은 내리막이어서 제일대입구역까지는 금방 도착했다. 역 근처에서 횡단보도를 건너자, 먹자골목이 나왔다. 골목 여러 가게에서 김이 모락모락 올라왔다. 골목엔 따뜻한 돼지 누린내가 가득했다. 추위에 떨며 골목 초입에 있는 가게의 유리 미닫이문을 열었다. 아직 이른 시간이라 손님이 없었다.

급하게 들어가 원형의 스텐테이블에 둘러앉았다. 안쪽 벽에는 붓글씨로 써 내려간 메뉴와 가격표가 보였다. 선배들은 밥 먹기 전 반주나 하자며 파전에 막걸리를 주문했다. 따뜻한 보리차에 몸이 녹자, 피곤이 몰려왔다. 다들 비슷했는지 어색한 침묵이 이어졌다. 승호 선배가 물었다.

"기다리는 사람이 많았고, 시간이 비슷할 것 같아 걸어왔는데 추운 날씨에 고생들 많았다. 오리엔테이션이 별 도움 안 되지? 학교생활에 대해 궁금한 거 있으면 물어봐."

다들 눈치만 보는데 한일이가 학력고사는 수원에서 치렀는데 오리엔테이션은 서울에서 한다며 학교는 어디서 다니는지 물었다. 승호 선배가 제일대학교는 아홉 개 단과대학을 통합하며 지금의 골프장 터로 옮겼다는 것과 대단위 실습이 필요한 농대는 수원에, 병원 옆에 있어야 하는 의대는 연건동에 남았지만, 1학년은 교양수업이 중심이니까 다 같이 송악캠퍼스에서 공부한다고 설명했다. 한참을 생각하던 한일이는 결론을 내리며 되물었다.

"입학하느라 고생했으니 1년은 놀고 오라는 거네요. 어차피 놀 생각이었지만, 그래도 뭔가 어려움이 있겠네요?"

승호 선배가 멋쩍게 웃으며 제일 어려운 건 대부분 학과 행사를 수원에서 진행하니 1학년은 수원으로 내려와야 해서 자주 만나긴 어렵다고 했다. 수업만 듣는 뜨내기 삶을 살아야 하고 우울할 때 술 사주고 궁금할 때 물어볼 사람도 멀리 있다는 것이다. 성진이가 그럼 선배들은 수원에 사시는데 우리 때문에 일부러 온 거냐고 호들갑을 떨었다. 찬영 선배가 대답했다.

"나야 뭐 활동하는 걸 좋아해서 학과 학생회를 맡았고, 오늘은 학과의 공식적인 행사이니 오는 게 당연하지만, 복학 준비하느라 바쁠 텐데 같이 와준 승호 형이 고맙지."

승호 선배가 손사래를 치며 말했다.

"어차피 밥은 학생회비에서 사는 거잖아. 뭐 따지고 보면 여자 친구가 없으니, 수원에 있어야 할 일도 없다. 이렇게 새로운 시각을 가진 후배들과 술자리 하는 게 즐겁기도 하고 배울 것도 많아. 아 맞다, 너희들 누나 없냐?"

갑자기 누나를 묻는 말에 다들 당황해 말이 없었다. 나도 졸업반인 누나를 떠올렸다. 찬영 선배가 웃으며 말했다.

"형, 왜 그래. 어차피 소개해 줘도 만나지도 않으면서. 괜히 어색하니 말 돌리는 거 봐. 너희가 이해해라. 올해도 그렇지만 지난 십 년 동안 여학생이 한 명도 안 들어와서 진지할 때 빼고는 여자 이야기뿐이다."

학과에 여자가 없다니 당황스러웠다. 빼빼 마른 볼품없는 외모에 국민학교 이후 남중과 남고를 다녀 등하교 외에는 여자를 마주칠 수가 없었다. 그럴 때마다 여자 친구와 함께 하는 대학 생활을 기대했었다. 학과 모임이나 수업이 재미없을 것 같았다. 나는 마른침을 삼키며 풀이 죽었다. 그런 나에게 성진이가 말을 걸었다.

"혹시 나 몰느냐?"

동향인 듯 말투가 익숙했다. 난 익숙한 사투리로 어디서 본 것 같지만 정확히는 모르겠다고 대답했다. 성진이의 입꼬리가 살짝 올라가며 말했다.

"진오라고 할 때 알아봤어야. 아따 오랜만이다."

성진이는 고향 친구였고, 국민학교도 몇 해 같이 다녔었다. 국민학교 졸업 후 성진이 청주로 이사해서 오랫동안 보지 못했다. 반가웠고 당혹스러웠다. 그렇게 돌고 돌아 만난 것이 신기했지만, 국민학교 때 괴롭힘이 떠올라 거북했다. 당장 일어나고 싶었지만, 막걸리와 함께 나온 바싹한 파전에 침이 고였다. 그렇다고 파전만 먹고 일어설 순 없었다. 가벼운 건배 후에 막걸리를 마시며 승호 선배가 나에게 물었다.

"술 잘 마시니? 주량이 얼마나 돼?"

사발을 들어 막 한 모금 넘기던 찰나였다. 차고 시큼한 첫맛이 조금 있으니 텁텁해졌다. 마지막 쌉쌀한 맛에 라성 시골집이 떠올랐다. 다른 집 잔치에서 어른들 장난에 속아 소주 한 사발을 냉수로 알고 마셨다. 목이 말라 단번에 들이켰다. 와 하는 웃음소리를 들었지만, 이내 어른들의 관심에서 멀어졌다. 혼자서 취해 집에 돌아갔다. 길도 나무도 떨어지는 나뭇잎을 따라 뱅뱅 돌았다. 그러나 아무리 생각해도 막걸리를 마셔본 기억이 없다.

잘 모르겠다고 솔직히 대답했다. 내 생각에 취해 멍한 표정으로 잔을 들이키며 내뱉는 말에 선배는 술이 세다는 것으로 오해한 듯했다. 찬영 선배가 반색하며 말했다.

"아직 어디까지 먹어야 취하는지 모른다는 거지? 남자가 그 정도 기백은 있어야지. 우리 끝까지 가보는 거야. 버티는 놈은 형이 좋은데 데려갈게."

우쭐해진 나는 웃음만 지었고, 몇 잔 먹어보니 막걸리가 달았다. 그날 한없이 주어지는 막걸리를 받아먹다 기억을 잃었다.

안개 낀 숲속을 걷고 있었다. 오래된 축사 냄새가 났다. 갑자기 하늘이 어두워지고 비가 내렸다. 진창으로 변한 길에 발이 빠졌다. 뒤에선 산짐승의 울음소리가 들렸다. 발을 빼야 나아갈 수 있는데 움직일 수 없었다. 밤새 온갖 것들에 죽임을 당할 것 같은 악몽에 시달렸다. 새벽녘 얕은 잠 속에서 오래전 꿈속에서 들었을 법한 말이 웅성거렸다.

"욕심은 날씨와 같이 변덕스럽게 나타날 것이다. 당장 급살은 면하겠지만, 편히 살지는 못할 것이다. 욕심의 방향도 달라질 수 있다. 너는 운명처럼 우리를 찾아올 것이다. 항상 숙제해야 한다는 강박증에 시달릴 것이다. 수많은 기억과 영들이 되살아나 괴로울 것이다. 스스로 깨칠 때 방향은 온전히 지속할 수 있다. 위험을 감수해야 한다. 누군가의 희생이 필요하다. 결국은 죽음이 찾아올 것이다."

아침에 눈을 떠보니 제법 깨끗한 모텔 침대에 누워있었다. 공기가 건조해서 목이 말랐다. 냉장고에서 물을 꺼내 마시자, 지난밤 일들이 간간이 떠올랐다. 술을 먹다 속이 울렁거려 화장실에서 토를 한 장면, 입 밖으로 나온 토사물이 풍기는 고약한 냄새, 행여 누가 볼세라 재빨리 물을 내려 정리하고 입을 헹구던 수돗물, 술자리로 돌아오니 아는 듯 모르는 듯 빙긋 웃던 선배들과 술이 세다며 빈 잔에 또 가득 따라주던 동기들이었다.

그렇게 마신 술에 취기가 올라오자, 국민학교 때 맞은 게 억울해졌다. 너 그때 왜 그랬냐고 성진에게 따진 후 주먹을 날렸다. 손마디에 어제의 묵직함이 남아 있다. 찬영 선배가 취했다며 나를 붙잡았고, 승호 선배가 쓰러진 성진을 일으켜 세운 후 놀란 동기들을 다독이던 장면도 떠올랐다.

다음 장면은 한참이 지난 듯했다. 동기들을 돌려보냈는지 두 선배와 자리에 앉아 있었다. 무슨 말을 했는지 떠올리다 얼굴이 화끈거렸다. 이런 학벌만 챙기려는 학과가 왜 있는지 모르겠다고 말했다. 광주의 신흥 사립고등학교인 신성고는 제일대 합격자 수가 중요했다. 인기 없는 전공이라도 우선 제일대를 추천했다. 그 스트레스가 튀어나온 것이다.

집이 어디냐는 승호 선배의 말에 방배동 고모 집을 떠올리지 못하고 전라도 광주라고 말했다. 부축 받고 숙소로 가는 길에 간판도 사람도 하늘도 뱅뱅 돌던 기억에서 조금 어지러웠다. 악몽이 생각나자 식은땀이 났다. 문득 새벽녘 꿈속에서 들었던 말이 떠올랐다. 그토록 접근하고 싶지 않은 숙제에 관한 것이라 찜찜했다. 자유로운 대학생이 되었는데 생과 사를 고민하는 치열하고 진지한 삶을 살고 싶지 않았다. 하지만 앞으론 이런 악몽에 시달려야 하나 하는 생각에 끔찍했고, 죽는 건 무서웠다.

주위를 둘러보았다. 찬영 선배가 보이지 않았다. 승호 선배는 소파에서 자고 있었다. 그래도 후배라고 침대에 눕힌 걸 보면 선배의 심성이 나쁜 것 같지는 않았다. 물을 너무 마셨는지 금방 속이 울렁거렸다. 화장실에 가려고 일어났는데 피가 쏠린 듯 머리가 아팠다. 화장실에서 방금 마신 물을 확인했지만, 울렁거림은 멈추지 않았다. 헛구역질을 하자 배 속에서 시큼한 막걸리 냄새가 계속 올라왔다. 화장실을 정리하고 나오며 혹시 깼나 살펴보았지만, 선배는 자고 있었고 소파 옆엔 책이 떨어져 있었다. 책을 들어 탁자에 놓았다. 뒷면에, 책에 대한 해설이 있었다.

'묵가의 성격을 가장 잘 나타내는 것이 묵이라는 성씨입니다. 검다는 뜻의 묵은 노동복을 상징하기도 하고 목수의 연장을 뜻하기도 합니다. 묵가는 굴뚝에 검댕이 없을 정도로 검소했으며, 다른 사람의 어려움을 그냥 지나치지 못했습니다. 차별 없는 사랑인 겸애가 축적된다면 언젠가는 그들이 꿈꾸었던 세상을 인류가 달성할 방법을 찾을 수도 있습니다.'

나는 경쟁뿐인 세상에서 겸애를 축적할 방법이 있을까 의아했지만, 묵가가 세상을 위해 헌신했다는 내용에서 지난밤 선배의 행동이 떠올랐다. 나 때문에 못 내려갔나 싶었다. 어찌할지 망설이다 옷가지를 대충 걸쳐 입었다. 도망치는 게 상책이었다. 선배에게 고마웠지만, 마주치기가 민망하고 어색했다. 조용히 모텔을 빠져나오려고 했다. 막 돌아서는데 승호 선배의 목소리가 들렸다.

"밤새 횡설수설하더니 일찍 일어났네."

나는 돌아서 엉거주춤한 자세로 인사했다. 당황한 표정과 명확하지 않은 행동을 읽었는지 무언가 말하기 전에 선배가 덧붙였다.

"어제 과음해서 속 쓰리지? 바쁘더라도 해장국은 먹고 가야지. 나 금방 씻고 나올게. 잠깐만 기다려 줘."

확실히 내 몸은 고모 집 달달한 고기보다는 얼큰한 해장국을 원했다. 선배를 기다리며 고모 집에 전화해서 상황을 설명했다. 전화기 옆에는 다방을 홍보하는 티슈가 있었다. 원색적이고 노골적인 다방 이름과 여자 사진이 보였다. 어딘가 부자연스럽게 벌린 입에 가분수처럼 가슴이 도드라져 있었다. 호기심이 생겼지만, 선배에게 들킬까 무서워 고개를 돌렸다.

모텔에서 전철역까지는 멀지 않았다. 전철역 가는 길에 있는 해장 국집에 들어가 감자탕을 시켰다. 매콤한 김치와 함께 얼큰한 돼지 뼈 국물에 쌀밥을 말아먹자, 속이 좀 진정됐고 말문이 트였다. 엄마도 감자탕을 잘 끓이시는데, 이 집도 먹을 만하다고 했다. 선배가 신기 한 듯 쳐다보며 말했다.

"맛있다는 말을 재밌게 하는구나. 너는 엄마가 있어서 좋겠다. 난 비교해 볼 대상이 없다."

엄마가 없다는 말에 당혹스러웠다. 왠지 말을 잘못 꺼낸 것 같아 급하게 사과했지만, 무심한 대답이 돌아왔다.

"내 부모님이 일찍 돌아가셨는데 네가 왜 죄송해."

고아가 제일대에 합격하여 다니는 것이 신기했지만, 부모님이 없다 고 공부를 못 할 이유는 없었다. 민망하여 해장국에 집중했다. 어색 한 분위기에서 해장국을 먹다 나는 부모님이 왜 일찍 돌아가셨는지 물었다. 선배는 잠시 생각하더니 아무렇지도 않게, 예전에 홍수가 잦 았는데 수해복구 봉사를 다녀오시다 사고를 당하셨다고 했다. 가해 자는 아무것도 없는 사람이어서 보상도 없었고 혼자 살 수 없어서 절 에서 자랐다는 것이다. 머리를 깎고 노승의 심부름을 하는 동자승이 생각났다. 그럼, 스님이 돼야 했던 거 아니냐고 묻자, 선배는 차분히 설명했다.

"절에 간다고 다 스님이 되지는 않아. 나는 절에서 여러 부류의 사 람도 접하고 학교도 다니며 잘 지냈어. 기숙사가 있는 대현고에 다닐 때 절에서 나왔지만, 틈틈이 방문할 때면 큰스님과 유익하게 대화했 어. 절은 불공을 드리는 사람들이 오긴 하지만 부처님을 섬기는 곳이라기보다는 몸과 마음을 성찰하여 분별심을 없앤다는 철학을 실천하는 곳에 가까워."

나는 일찍부터 독립적으로 살았던 선배의 생활이 그려졌다. 내가 생각하던 고아의 느낌은 아니었다. 내가 고아면 군대 안 가도 되지 않냐고 묻자, 선배는 주어진 일을 온전히 하고 사는 게 부처의 삶이라는 말을 큰스님께 들었다고 했다. 어차피 할 일이라면 빨리 끝내고 싶어 1학년을 마치고 군대에 다녀왔고, 복학하려고 연락했더니 찬영 선배가 도와달라고 해서 왔다고 했다.

팻말을 들고 있던 찬영 선배의 모습이 떠올라 찬영 선배는 어제 내려갔는지 물었다. 선배는 집이 서울이라 들어가라고 했다고 대답했다. 해장국을 거의 먹어갈 때쯤 선배가 학교는 어디서 다닐지 정했냐고 물었다. 전철로 통학이 가능한 방배동이 떠올랐다. 아버지가 고모 집에서 학교 다니며 독서실에서 열심히 공부하라고 했지만, 나는 자유롭게 살고 싶었다.

"고모부가 방배동에서 독서실을 하셔서 통학은 가능할 것 같아요."

"가까이에 친척이 산다니 다행이구나."

매일 있을 고모부의 훈육이 떠오르자, 나도 모르게 한숨이 나오며, 근데 눈치 보며 살아야 할 것 같아 고민이라고 말했다. 승호 선배가 웃으며 대답했다.

"뭘 고민해. 나처럼 기숙사에서 시작해. 비용도 저렴하고 학교는 걸어서 다닐 수 있잖아."

"그렇지만 부모님이 서울에 혼자 사는 걸 걱정하실 것 같아서요."

"통학할 시간을 아껴서 공부한다고 하면 오히려 좋아하실 거야."

해장국을 다 먹고 선배와 헤어진 후 혹시나 하는 마음에 기숙사에 전화했다. 신청 기간이 지났지만, 방이 남아 입사할 수 있다고 했다. 고모 집에 들러서 짐을 정리하고 광주에 내려갔다. 부모님께 사정을 말하자 기숙사비를 내주셨다. 기숙사는 학기가 시작하기 일주일 전부터 들어갈 수 있었다. 간단한 옷가지만 챙겨 날짜에 맞춰 올라왔다. 마을버스를 타고 낙성대역 근처를 돌아다니며 침구와 필요한 것들은 근처에서 샀다.

하룻밤이 지나자, 기숙사가 인기 없는 이유를 금방 알았다. 시설이 좀 낡았다 싶었는데 저녁에 방열기가 돌아가자, 방이 건조해졌다. 궁여지책으로 창문 옆에 물을 떠 놓았는데 아침에 얼어 있었다. 산 위라 추웠고 커튼도 없는 넓은 통창은 단열이 어려웠다. 그래도 고쳐지지 않은 것을 보면 아직 얼어 죽은 사람은 없는 듯했다. 기숙사는 2인실이었는데 룸메이트는 없었다. 개강하고 두 번째 주까지는 수강 신청 변경 기간이라 출석을 부르지 않았다. 무척 현실적인 녀석일 거라 짐작했다.

나는 물리학을 수강하러 기숙사에서 나왔다. 기숙사에서 공통 교양과목이 개설된 자연과학대학까지는 생각보다 멀었다. 입구에 있는 식당 건물을 지나면 갈림길이 나왔다. 오른쪽으로 내려가면 고려의 명장 강감찬 장군의 탄생지라는 낙성대가 나오고 왼쪽으로 언덕을 올라가면 순환도로가 나왔다.

순환도로를 넘어 계단으로 내려가자, 족구장 바닥의 말라붙은 잡초가 바람에 아우성쳤다. 옷깃을 여미고 급하게 내려가자, 황토색 명패에 검은 글씨로 사범대학이라 쓰인 낡은 사각형의 붉은벽돌 건물이 보였다. 건물 앞 조경수들을 지나 더 내려가자 차갑고 매끈한 대리석을 붙인 거대한 도서관이 나왔다.

도서관은 위는 연결되어 있지만 아래는 둘로 나뉘어 그곳을 통로로 이용하고 있었다. 겨울에 눈 구경하기 힘든 따뜻한 곳에 살았던 나에게 도서관 북쪽 출입구에 들어갈 때의 칼바람은 초봄임에도 매서웠다. 입구에 들어서자마자 주위가 어두워지며 차가운 대리석이 흐릿한 조명에 반짝였다. 대리석 너머에 공부하는 사람들의 무게가 가슴을 짓눌렀다.

춥고 어두운 길을 통과해 남쪽 입구로 나오니 따뜻한 햇볕이 쏟아졌다. 도서관의 중압감을 거부하는 많은 사람이 삼삼오오 모여 담배를 피우거나 먹고 난 우유갑 두 개를 포개 만든 팩을 차고 있었다. 처음 봤을 때 다 큰 어른들이 제기차기하는 것이 신기했다. 하지만 무리하지 않고 굳어진 몸과 마음을 풀기엔 적당했다. 제일대 생은 놀이도 공부를 위해 한다는 게 놀라웠다. 그 밑 계단으로 가면 입구에 산수유가 노랗게 핀 학생생활관을 지나 대형 강의동이 즐비한 자연과학대학이 있다.

자연대 물리관에 들어가 적당히 뒤에 자리 잡았다. 물리 수업이 이뤄지는 대형 강의실은 학생들이 교수와 칠판을 내려다보는 구조였다. 학생들은 대부분 먼 자리를 선호했다. 수업 진행을 방해하지만 않으면 뭘 해도 상관없었지만, 내려다보는 뒷사람의 눈치가 보였다. 조금 있으니, 현석이가 들어와 옆에 앉았다. 인근에 있는 친척 집에서 통학한다고 했다.

수업 시간이 되자 한쪽에 앉아 있던 교수가 교탁에 섰다. 마른 체형이었으나 흰 수염을 멋스럽게 길러 얼추 예순은 넘었을 것으로 보였다. 천천히 출석을 부르고 수업하는 페이지를 확인한 후 그 넓은 칠판을 메운다는 사명감으로 노트를 보며 천천히 판서했다. 성실한 학생들은 묵묵히 칠판의 내용을 노트에 적었다. 나는 느긋하게 주위에 가득한 여학생 얼굴을 훔쳐봤다. 여학생이 아무도 없는 학과에 진학한 내가 불쌍했다.

강의는 고등학교에 비해 느슨했다. 저번 주 수업 시간에 공식 유도가 틀린 것 같다고 누군가 질문했지만, 교수님은 질문 내용을 이해하지 못했다. 유도 과정에 대해 횡설수설하더니 오히려 질문 때문에 진도가 늦었다며 면박을 줬다. 그 이후에는 아무도 질문하지 않았다. 어차피 미리 유도해 놓은 노트 내용을 그대로 옮기고 있었다. 수업은 의무적으로 전달해야 할 내용과 채워야 할 시간일 뿐이었다. 판서가 끝나자, 목청을 가다듬은 교수가 칠판을 보며 말했다. 그날은 공식은 없었지만, 우주의 기원에 대해 장황한 설명이 이어졌다.

"빅뱅은 약 137억 년 전 매우 높은 에너지를 가진 작은 물질과 공간이 거대한 폭발로 우주가 되었다고 보는 이론입니다. 대폭발에서 알려지지 않은 메커니즘에 의해 물질이 반물질보다 많아지는 중입자 생성이 일어납니다. 물질은 응집하여 초신성의 형태로 폭발하며 철보다 무거운 원소를 합성하고 흩뿌렸습니다. 이 시기는 허블 망원경으로 관측할 수 있는 가장 먼 과거에 해당합니다."

한참 설명을 들었지만, 공식만 없을 뿐 여전히 어려웠다. 나는 다른 학생들을 쳐다보았다. 다들 묵묵히 내용을 노트에 적을 뿐 옆 사람에게 물어보거나 답답해하지 않았다. 모범생다웠다. 쓸데없이 의문을 품기보다 자신이 이해하는 선에서 문제 출제가 가능한 용어와 시기를 메모하고 외우는 것이 현실적이었다. 그래도 이 수업은 여학생이 많아서 다행이었다. 대학생이 되면서 내 삶도 대폭발을 따라갈 것 같았다.

수업이 끝나고 밖으로 나오니 막막했다. 이제 11시인데 있을 곳이 없었다. 현석이와 함께 이른 점심을 먹으러 복지관에 갔다. 복지관 입구에는 동아리들이 부원을 모집하고 있었다. 서울에 오기 전 라디오에서 '별이 빛나는 밤에'를 듣다가 박동진 명창의 입담이 너무 재미있어서 소리를 배워보고 싶어졌었다. 복지관 창문에 판소리회 '얼쑤' 안내표지를 봤던 기억이 났다. 현석도 어디라도 들어가야 하는 처지라 같이 찾아보자고 설득했다. 하지만, 동아리 홍보 부스에선 아무리 찾아봐도 없었다. 동아리가 없어진 것일 수도 있으나, 사정이 있어 부스 운영을 못 할 수도 있었다.

우선 간단하게 점심을 먹었다. 점심 후에 얼쑤를 찾아가는 길은 생각했던 것만큼 쉽지 않았다. 복지관은 이발소, 식당, 음악감상실 등이 있었고, 학생회와 서점, 복사실이 있는 학생관과는 경사지에 이어져 있었다. 두 건물 모두 2층 이상은 동아리들이 사용했다. 얼쑤는 복지관에서는 3층이지만 학생관 건물에서는 2층 반으로 도달할 수 있었다.

그러나 어찌 된 영문인지 얼쑤가 있어야 할 건물에 대승환합회 팻말만 있었다. 길을 되짚어 학생관에서 접근해 봐도 마찬가지였다. 몇 번을 확인하고 용기를 내어 문을 열었다. 찌든 담배 냄새가 났다. 창문에 얼쑤가 비쳤다. 얼쑤는 입식의 문간방을, 대승환합회는 좌식의 안방을 사용하며 창문을 사이좋게 하나씩 차지하고 있었다. 나와 현석은 어안이 벙벙했다. 큰 얼굴에 폴라티를 입은 사람이 있었다. 나는 용기를 내어 여기가 얼쑤가 맞는지 물었다. 그가 고개를 돌려 쳐다봤다. 큰 얼굴만큼이나 이마도 귀도 컸고 코도 길었다. 신기한 듯 말했다.

"그래 여기가 판소리 배우는 동아리 얼쑤다. 어떻게 왔어?"

잘 찾아왔다니 기뻤다. 내 목소리에 조금 더 자신감이 붙어 신입생들인데 동아리에 관심이 있어 찾아왔다고 했다. 조금 웃는 게 느껴졌다. 하지만 찾아오는 길만큼이나 사람도 불친절했다. 이내 정색하고 퉁명스럽게 따로 홍보도 안 했는데 잘도 찾아왔다고 말했다. 잠깐 기다리라며 자세를 고쳐 잡더니 판소리를 연습했다. 카세트테이프에 연결된 이어폰이 보였다. 몇 번을 반복하더니 일어나 자리를 정돈했다. 행동은 느렸지만 말 한 마리가 다니는 듯했다.

"여기 와서 앉아. 난 건축과에 다니는 강덕배야. 만나서 반갑다. 어느 학과니?"

나는 쑥스럽게 자리에 앉으며 나와 현석이를 소개했다. 덕배 선배는 담배를 하나 꺼내며 말했다.

"신입생이 둘이나 들어와 좋아했더니 둘 다 농대구나."

무심한 듯 나온 한마디에 분위기가 얼어붙었다. 현석이가 농대면 받지 않느냐고 물었다. 선배는 담배에 불을 붙이며 대답했다.

"그건 아닌데 잘 가르쳐도 1년 있다 갈 거니까 아쉬워서 그렇지. 너희가 죄송할 거 뭐 있어. 말이 그렇다는 거야. 알아서 찾아와 준 건 고맙지. 참 찬영이도 농업토목인데."

아는 이름이 나오자 반가웠다. 나는 반색하며 말했다.

"박찬영 선배를 아세요?"

"작년에 열심히 했었고. 올해도 학생회를 맡아서 가끔 올라와. 아무튼, 몇 사람 없으니 올해만이라도 자주 와서 동아리 방 좀 지켜라. 테이프 들으면서 단가도 연습하고."

현석이는 동아리 방은 대승환합회와 같이 쓰는지 물었다. 덕배 선배는 덤덤하게 원래 전체를 대승환합회가 썼는데 얼쑤가 공간을 신청하자 동아리 연합회에서 반을 나눠줘서 아쉬운 대로 같이 쓰고 있다고 말했다.

판소리회 얼쑤를 찾았지만, 옆방이 대승환합회라는 사실은 달갑지 않았다. 나는 고등학교 때 대승환합회에 포덕되었었다. 이후엔 나 또한 지나가는 사람들에게 도를 아시는지 묻고 다녔다. 많은 사람에게 잘못했고 그 끝도 좋지 않았다. 열심히 하면 나와 조상, 세상을 구원할 수도 있다고 믿던 시절이었다.

금요일 오전 수업이 휴강이라 아침 겸 점심을 먹고 동아리 방에 갔다. 덕배 선배가 머무를 장소가 필요해 동아리에 가입하는 사람이 많다며 제대로 연습하지 않으면 내보낸다고 했었다. 적어도 옆방보다는 오래 있으라 했다. 테이프를 들으며 막 연습하는데 대승환합회 사람들이 들어왔다. 남녀가 섞여 있었다. 안방 문을 열자 향내가 풍겼다. 안방으로 들어가고 얼마 후 한 여자가 문을 열고 나와 말했다.

"죄송한데 11시부터 치성을 드리는 기도 시간인데 집중해야 해서요. 1시 이후에 연습하시면 안 될까요?"

화장기 없는 얼굴에 머리를 묶고 있었다. 이목구비가 또렷하진 않았지만, 엷은 미소와 초롱초롱한 눈망울이 예뻤다. 전도당할 때의 기억이 되살아났다. 그때도 조그만 배려 때문에 힘들어졌었다. 설마 하는 마음에도 한편으론 걱정됐다. 연습 시간마다 배려하며 불편해할 생각을 하니 짜증이 났다. 미안하지만, 나도 선배들이 오는 1시 전까지 연습을 끝내야 한다고 했다.

그녀는 실망한 듯 무표정하게 문을 닫고 들어갔다. 익숙한 주문을 외우는 소리가 들렸다. 더 크게 소리 연습을 했다. 테이프를 듣고 따라 하는 단순한 행동이었지만, 불편한 마음에 호흡이 짧아지고 목소리가 떨렸다. 시끄러운 걸 참아가며 치성을 드리는 안방의 사람들도 불쌍했다. 소리를 멈췄다. 조금 양보한다고 큰일이 날까 싶었다. 의자에 앉아 외워야 할 가사집을 읽다 설핏 잠이 들었다.

잠결에 보니 주위가 어두웠다. 문이 닫힌 방 안쪽에서 아스라하게 연꽃 향이 풍겨왔다. 향을 따라 방으로 들어갔다. 고등학교 때 나를 저주했던 진각이 맨 뒤에 앉아 있었다. 앞쪽에 여자가 가부좌를 틀고 앉아 있었다. 여자가 무심히 말했다.

"폭력의 뿌리는 목적을 위한 수단인 도구적 폭력이다. 이때 폭력은 탐욕, 정욕, 야심 등의 목표를 추구하며 개인의 지적 능력 전체가 그 과정을 이끈다. 도구적 폭력은 인간이 추구하는 목적의 개수만큼 다양하다. 도구적 폭력의 심리는 두 요소로 구성된다. 인간이 수단과 목적을 추론할 줄 안다는 것과 폭력을 억제하는 능력이 일상에서 매번 자동으로 발휘되지 않는다는 것이다."

진각이 주문을 외웠고 사람들이 따라 했다. 여자는 나를 쳐다보았다. 눈빛이 처음엔 무서웠다가 부드럽게 변하더니 이내 고요해졌다. 귓불이 빨개지며 달아올랐다. 나는 어느새 그녀의 품에 안겨 있었다. 나의 입술에 달고 시원한 이슬이 흘러들었다. 부드러운 손이 나의 온몸을 만졌다. 온몸에 불꽃이 일더니 한 줌의 재가 되었다.

라성에서의 기억이 되살아났다.

라성

진오는 볼을 타고 내리는 서늘함에 놀라 일어났다. 온몸이 밤새 얻어맞은 것처럼 아프다고 느꼈다. 살아 있다는 사실에 안도했다. 부모님은 초봄의 농사를 준비하러 일을 나가셨는지 조용했다. 무거운 솜이불에서 빠져나왔다. 기침하는 날에는 날씨와 상관없이 들어가 밤새 버텨야 했다.

방에서 나오자, 오줌이 마려웠다. 아침나절의 쌀쌀한 기운이 남아 있었다. 용변을 보고 마루에 앉아 숨을 골랐다. 집 앞으로 용추천이 흐르고 있었고, 그 뒤에 일림산, 사자산과 제암산이 나란히 보였다. 산을 넘어가면 바다가 나온다고 했다. 사랑방에서 소리가 들렸다. 진오는 옷을 추스르며 사랑방으로 움직였다. 할아버지가 창문을 열고 새끼줄을 꼬고 계셨다. 할아버지는 하던 일을 멈추고 말씀하셨다.

"진오 일어났냐? 배고플 텐데 빨리 와서 밥 묵어라."

진오는 천천히 걸음을 옮겼다. 진오는 두 살 때 독감을 심하게 앓았는데 사주에 마가 끼어 주사를 맞으면 안 된다는 미신이 문제를 키웠다. 폐렴으로 발전해 열이 너무 올랐다. 할머니가 새벽마다 정안수를 떠 놓고 비셨지만, 별 차도가 없었다. 그러던 어느 날 경기를 하더니 얼굴이 새파래지고 숨이 약해졌다. 어차피 죽기는 마찬가지라며 아버지가 병원으로 데려가 가까스로 살아났으나, 그 후로 건강이 신통치 않았다. 할아버지는 들어오는 진오에게 말했다.

"아야. 밖에 다닐 때는 따숩게 입어라."

진오는 항상 듣는 말에 멋쩍게 웃었다. 문지방을 넘어 백동화로 앞에 자리 잡고 앉아 엄마가 차려놓은 아침을 먹었다. 그동안 할아버지는 화로에서 밤 몇 알을 꺼내 까놓고 곰방대에 담뱃잎을 채웠다. 할머니는 광주에서 누나를 보살펴서 진오는 대부분 시간을 할아버지와 보냈다. 아침을 먹은 후 빨간 화롯불에 손을 쬐며 군밤을 먹었다. 따뜻한 온기와 새끼가 꼬아지는 사각거리는 소리, 곰방대에서 담배를 빨아들이는 긴 호흡이 느껴졌다. 진오는 담배 연기에 자극된 오감으로 열이 올랐다. 눈꺼풀 위로 다시 졸음이 쏟아졌다.

진오의 온몸이 가벼워지더니 하늘 위로 올라갔다. 빛으로 가득했고 순하고 기분 좋은 자극이 온몸에 가득했다. 그곳에서 노랫소리가 들려왔다.

"완전한 주를 찬양하면 낙원이 가까워진다. 세상은 빛과 어둠으로 나뉘었으나, 주는 완전한 치유의 능력으로 화해시킨다. 보고 느끼는 모든 것에 공명하면 낙원이 가까워진다. 생명은 먹고 먹히나, 주는 자비로움으로 풍요롭게 한다. 지혜롭게 조절하고 용서하며 화해하면 낙원이 가까워진다. 사회는 아픔과 슬픔이 넘쳐나지만, 주는 마음에서 우러나온 참된 뜻으로 벗들과 함께하게 한다. 끊임없이 사랑하고 갈구하라. 낙원이 가까워진다."

"진오야 눈 좀 떠봐라. 밥 먹고 바로 드누믄 체한당께."

진오는 할아버지의 목소리에 머리가 아프다고 느끼며 꿈을 깼다. 할아버지는 진오를 안쓰러운 눈빛으로 쳐다봤다. 진오는 할아버지의 눈빛에서 자신을 지우려 했었다는 이야기가 떠올랐다.

산모와 아이 둘 다 죽을 수 있다는 의사의 말에 할머니는 아이를 포기하려 했지만 엄마는 위험하더라도 아이를 지키고 싶다며 출산을 고집했다는 것이다. 그러던 어느 날 할머니가 꿈을 꾸었는데, 꿈속에서 모를 심다 허리를 펴고 보니 왼손에 거머리가 붙어 있었다. 왼손을 휘저어 거머리를 떨어트리려 하는데 생각처럼 되지 않았다. 오른손으로 때리려고 했더니 거머리가 눈을 똥그랗게 뜨고 왼손은 당사자지만 오른손은 제 삼자인데 왜 나서냐고 따졌다. 그 말을 듣고 하도 어이가 없어 쳐다보다 꿈을 깨서 뱃속에 든 어린것이 얼마나 살고 싶었으면 그런 말을 했을까 싶었다는 것이다.

진오는 그 이야기가 떠오를 때마다 살아서 다행이라는 생각보다 죽음이 하룻밤 꿈처럼 가깝게 느껴졌다. 졸린 눈을 비비며 정신을 차릴 때쯤 새끼 꼬기를 마친 할아버지는 진오를 동네 점방에 데려갔다. 그러고는 왕사탕 두 개를 사서 따뜻한 담벼락 아래에서 함께 녹여 먹었다.

날이 저물어 부모님이 돌아오고 같은 방에서 잠이 들었다. 그날 저녁도 진오는 어김없이 열이 올랐다. 분명 누군가 부르는 소리에 잠에서 깼지만, 몸을 움직일 수가 없었다. 희미한 어둠 속의 가위에 눌린 것이다.

진오는 어느새 부름에 응답하듯 누워있던 모습 그대로 집을 벗어나 날아갔다. 평상시에도 깊고 검은 용추천은 어둠 속에 잠들어 있는 뱀처럼 꿈틀거렸다. 들판을 지나 사자산 앞에 있는 음침한 덕림숲으로 들어갔다. 묘비도 없는 무덤 위에서 빙빙 돌다 나락으로 떨어졌다. 진오는 어둠 속에서 무질서하게 느껴지는 감각들에 소름이 돋았다. 그 속에서 누군가 고통으로 신음하며 외쳤다.

"태어났음을 저주하고 존재하는 것에 괴로워하라. 불결하게 탄생하여 눈은 교만으로 가득하고 혀는 거짓말한다. 분노에 떠는 손은 무고한 피를 흘리고 시기하는 마음은 간악한 계획을 꾸미는구나. 온전히 고통받고 병마와 상처로 스스로 학대하라. 두 발은 악한 일을 하러 달려가고 거짓 증인은 형제의 게으름을 이간질하는구나. 살아있음을 저주하고 멸망함에 괴로워하라."

그렇게 아픈 날들은 진오의 일상으로 지나갔다. 그해 여름 진오는 현석이 성진이와 함께 용추천을 가로지르는 약산 다리 근처 웅덩이에서 아이들과 어울려 수영했다. 옆집에 사는 현석이는 병약한 진오와 달리 억세고 튼튼했다. 현석이의 아버지도 멋진 제복을 입고 우편물을 배달하셨다. 진오는 가끔 현석이의 할머니에게 사이좋게 지내라며 식혜를 얻어먹곤 했다. 성진이는 조금 까칠하긴 했지만, 놀기를 좋아했고 상황 파악도 잘했다. 방앗간을 하는 성진이의 집은 마을에서 제일 부자였지만, 조만간 광주로 이사한다고 했다.

마을 앞을 지나는 용추천은 제암산에서 시작돼 용추폭포를 지나서 오는데 평상시에는 깊지 않은 동네 개울이지만 비가 많이 내리는 여름이 되면 모습을 달리했다. 물난리를 일으킬 만큼 센 물살에 바닥이 많이 패였다. 그렇지만 웅덩이는 대부분 키를 넘지 않아 수영하다 불안하면 일어나 자리를 확인할 수 있었고, 봄부터 새로 자라난 수초들은 억세지 않아 쓸려도 아프지 않았다.

아이들은 웅덩이 주위에 모여서 물장난을 했다. 가끔 웅덩이를 가로지르는 용감한 아이들에게 환호했다. 진오도 그 무리에 섞여 놀면서 한 번쯤 건너가고 싶었다. 건너편의 성진이가 한순간 헤엄쳐 넘어왔다. 옆에 있던 현석이는 가볍게 뛰어 웅덩이를 질러갔다. 진오도 마음이 움직여 순간 몸을 날렸다. 두어 번만 팔을 저으면 건너갈 수 있을 것 같았지만, 물살 때문에 생각만큼 앞으로 나아가지 못했다. 덜컥 겁이 나 일어섰는데 발이 바닥에 닿지 않았다.

진오는 괜히 시도했다고 후회했지만 너무 늦었다. 팔다리에 힘이 들어가 굳어지고 숨쉬기가 어려웠다. 성진이가 물에 뛰어들려는 순간 현석이가 소리쳤다. 진오는 멀뚱멀뚱 쳐다만 보는 아이들이 원망스러웠다. 서서히 몸에 힘이 빠질 때쯤 가만히 지켜보던 성진이가 헤엄치더니 옆을 스쳐 지나며 한쪽 끝으로 밀었다. 이번엔 현석이가 반대쪽에서 수영하며 한 번 더 밀었다. 나머지 녀석들은 밀려온 진오를 잡아당겨 웅덩이 밖으로 건져냈다. 물 밖에 나온 진오에게 현석이가 다가와 잘못해서 잡으면 다 같이 빠져 죽을 수 있어 힘이 빠질 때까지 기다렸다고 했다. 진오는 구해준 고마움보다 성진이가 바로 뛰어드는 걸 말린 현석이가 미웠다.

웅덩이에 빠졌던 그해 여름이 지나고 가을이 깊어져 갈 무렵이었다. 큰 산이 가로막고 있는 남도의 가을은 무척 건조하고 유난히 밤이 추웠다. 몸이 약한 진오는 병치레를 자주 했고, 학교에 가지 않은 날은 대부분 혼자 놀았다. 그날도 일교차가 커지고 가을 가뭄이 계속되자 진오는 어김없이 기침하고 열이 올라 학교에 가지 않았다. 아픈 것이 워낙 일상이라 부모님도 크게 걱정하지 않고 가을걷이하러 일찍 나갔다. 할아버지도 초상이 난 다른 동네에 갔다.

진오는 언제나 그랬던 것처럼 아침 해가 뜨고 한기가 가실 때쯤 늦게 일어나 가마솥에서 아직 온기가 남아 있는 밥을 꺼내 먹고 창고를 뒤지고 한참을 혼자 놀았다. 집 안 구석구석과 창고, 축사 등이 모두 놀이터였다. 특히 창고는 닭들이 많이 살고 있었는데 잘 찾아보면 엄마가 미처 걷어가지 못한 달걀이 남아 있었다. 찾은 달걀을 어떻게 요리해 먹느냐가 그날의 숙제가 되곤 했다.

밖이 적당히 따뜻해졌다고 느낄 때쯤 진오는 사랑방 앞쪽 잘 마른 볏짚이 쌓여 있는 곳으로 가 따뜻한 햇볕을 즐겼다. 한낮이 지나니 조금씩 쌀쌀해졌다. 진오는 문득 밥을 꺼내 먹을 때 부엌 아궁이 곁에 있던 곽 성냥이 생각났다. 성냥을 가져와 지푸라기에 불장난했다. 지푸라기는 지이익 소리와 함께 타들어 가며 빨간 불빛에서 하얀 재로 변해갔다. 타고 나서의 따뜻한 냄새도 마음에 들었다.

한참을 놀고 있는데 담장 너머로 시끄러운 소리가 들렸다. 동네 아이들이 학교에서 돌아왔다. 진오가 반가워 아는 척을 하자 성진이 학교에 안 가는 진오를 부러워하며 재밌는 게 있었는지 물었다. 진오가 하루 종일 심심했다고 말하자, 용반에 가서 활을 만들자고 했다. 대부분이 좋아했지만, 현석은 염소를 먹여야 한다며 아쉬워했다.

진오는 조금 추웠고 아직 감기가 걱정되었지만, 마침 심심하던 참이라 가자고 했다. 물론 대나무를 휘게 할 때 필요한 불을 피우기 위해 꼭 성냥을 챙겨가는 것도 잊지 않았다. 걸음을 옮기다 문득 차가운 한기를 느끼고 몸을 움츠렸다. 용반에 가기 위해 들판을 지날 때 멀리서 언젠가 꿈에 보았던 오래된 소나무가 많은 덕림숲이 얼핏 보였기 때문이다.

용반의 대나무밭은 깊고 검었다. 멀리서 바라보면 스산하게 느껴지지만, 막상 들어가 보면 바람도 없고 제법 포근했다. 진오는 크지도 작지도 않은 대나무를 골라 쪼갰다. 바닥의 마른 잎을 긁어모아 불을 피우고 대나무를 굽혔다. 굽혀진 대나무에 홈을 만들고 줄을 맸다. 제법 활시위가 당겨졌다. 좀 작은 대나무를 골라 화살을 만들었다. 만들기보다는 활에 걸리기 적당한 크기로 자른다는 게 맞았다. 비록 촉과 깃은 없어도 스스로 만든 활과 화살에 만족했다.

노을이 질 때쯤 마을로 돌아왔다. 아이들과 나가기 전 놀던 자리가 환했다. 집 앞에 있는 마을 공터까지 내려와 보니 볏단이 붉게 타고 있었다. 어른들은 불이 옆 사랑방에 옮겨붙지 못하도록 볏단을 치우고 일렬로 늘어서서 용추천에서 물을 날라 불을 껐다. 현석이가 할머니에게 매를 맞고 있었다.

"할머니 제가 안 그랬어라. 참말로 어떻게 된 것인지 모른당께요."

현석이는 울면서 자기가 불을 지르지 않았다고 하소연했다. 진오는 현석이가 불쌍하다고 느끼며 동정심은 이내 풍선처럼 커졌다. 근데 현석이 왜 매를 맞을까 생각하다 금세 상황을 파악했다.

진오를 포함해 마을의 모든 녀석은 대나무 활을 만들러 갔고, 현석이만 염소를 먹이려고 동네에 있었다. 그러다 불이 났으니, 현석이 외에는 불을 낼 아이가 없었던 거다. 만들어 온 활을 내려놓고 현석이는 상관없다고 말하려고 현석이 할머니에게 다가섰다. 진오에게 어디선가 목소리가 들려왔다.

"불은 볏단을 거의 태웠지만 사랑방에 옮아 붙지 않고 꺼지고 있어. 현석이는 이미 맞을 만큼 맞았잖아. 네가 남긴 불씨를 가지고 장난친 것일 수도 있었고, 설령 그렇지 않고 네가 낸 불에 억울하게 맞는다고 해도 뭘 어쩌겠어. 몸도 약하고 감기에 걸려 학교에도 가지 않았고 이 쌀쌀한 날씨에 돌아다니느라 오늘 매우 힘들었잖아. 이제 얼른 들어가 씻고 따뜻한 곳에 누워야지."

생각해보니 불안했다. 불안이라는 작은 바늘에 한 번 찔렸을 뿐인데 동정심은 순식간에 사라졌다. 진오는 이내 포기했다. 붉은 불이 현석이 할머니의 눈에 비치고 있었고 손에 쥔 매가 무서웠다. 잘못하면 매를 맞는 것뿐만 아니라 다시는 그 집에 못 갈 수도 있었다. 식혜도 못 얻어먹을 것이다. 현석이에겐 미안하지만, 오늘은 모른 척 넘어가고 나중에 만들어 온 활과 화살을 가지고 놀게 해줘야겠다고 스스로 위로했다. 등 뒤에서 성진이 꽉 성냥을 들고 서 있었다. 진오는 그날 밤새 아팠다. 분명 부모님과 함께 이불을 덮고 누워 있었다.

어두운 방구석 발치에 누군가 앉아 있는 것이 느껴졌다. 현석 할머니의 붉은 불같은 눈동자를 가진 이였다. 진오는 질식할 것 같았다. 일어나야 한다고 생각했는데, 몸이 움직이지 않았다. 이내 포기하고 쳐다보았다. 날개가 있는 듯 보였으나 어두워서 잘 보이지 않았다. 그가 일어나 다가왔다. 진오는 무서워서 살려달라고 아직 죽기는 억울하다고 말했다. 그는 대답했다.

 "나는 교만이다. 너를 죽이러 오지 않았다. 사람은 결국 죽겠지만 이렇게 일찍 죽는 건 너무나 달콤하고 손쉬운 해결책이지. 너는 죗값을 치르기 위해 이 세상에서 시험받아야 하느니라. 남들에게 마음껏 뽐내라. 주가 나를 첫 번째 시험자로 보내셨으니, 나의 시험에 든 후에야 진정한 너를 발견하게 될 것이다."

 "나가 시방 왜 시험을 받았어라?"

 "주가 욕심을 너희에게 보내셨으나 너희가 이를 발휘하기 전에는 볼 수 없도. 오늘 내가 한 말에 잘 넘어오더구나."

 "그럼, 죄를 저질러붓어라?"

 "너희는 손쉽게 욕심을 죄악이라 칭하나, 욕심으로 시작하지 않고서는 너희의 영혼이 성장할 수 없다. 영혼은 태어날 때 왔으며 보살핌을 느끼고 함께할 때 행복함을 느낀다. 영혼의 욕구가 충족되지 않으면 우울해진다. 우울함은 나보다 약하거나 곤란한 존재에게 교만함으로 나타난다. 사는 모든 과정이 욕심을 키우는 과정이다. 욕심을 키워보지 않은 사람이 어찌 착함을 이해하며 자신을 아껴보지 못한 사람이 어찌 타인을 아낄 수 있겠느냐. 만일 본인의 이해관계를 따지지 않고 남을 먼저 생각한다면 그건 희생의 의미를 이해하지 못하는 바보다.”

“모두가 시험에서 당신들을 봐분다요?”

“위대한 주는 원래 그렇게 예비하셨다. 문명이 발달하며 사람들이 관념에 고정되었다. 건강한 사람은 쉽게 우리를 만나지 못한다. 만나더라도 형상화해내지 못하고 그것을 내면 깊숙이 감추어 버리지. 너처럼 크게 아프거나 사고를 당하면 영혼을 보호하는 육체에 균열이 생길 수 있다. 불행은 동전의 양면이다.”

찬바람에 잠에서 깨어났다. 창문으로 밝은 햇볕이 비쳤다. 의자에 앉은 자세 그대로였다. 오른쪽 머리가 지끈거렸다. 정신을 잃을 때와 다른 세상에서 깨어난 것 같았다. 한참 주문을 외우던 대승환합회 사람들은 이미 나갔다. 열린 문틈으로 향내가 남아 있었다. 꿈이 생각났다. 진각의 저주로 숙제가 시작된 것 같았다. 피하고 싶은 존재와 죽음에 관한 생각은 불쾌했다.

일어나 창문을 열었다. 건너편 도서관 앞에서 건강을 지키기 위해 팩차기 하는 사람들이 보였다. 건강하지 않다는 건 항상 어느 극단에 속해 있는 것이었다. 어렸을 때 몹시 아프면 지옥의 악마들이 나를 데려가기 위해 찾아왔었다. 기분이 너무 좋아지면 천사의 노래를 들었다. 어떨 때는 욕심을 일깨우기도 했고, 어떨 때는 욕심을 절제시키기도 했다. 꿈속에서 봤던 존재들이 실재했는지 확신할 수 없었다. 그래도 할아버지를 만난 건 반가웠다. 어릴 때 잘못을 말하지 못한 현석에게도 미안했다.

조금 있으니 덕배 선배와 찬영 선배가 들어왔다. 선배들은 언제나처럼 담배를 피워 물었다. 담배 냄새가 향내를 몰아냈다. 대승환합회의 치성 시간은 11시에서 1시, 5시에서 7시로 정해져 있었다. 그때만 하늘의 기운이 열려서 효과가 있다고 했다. 그 시간을 제외하고는 판소리 연습으로 얼쑤에서 훨씬 시끄러웠다. 한쪽에서 향을 피운다면 다른 쪽에선 담배를 태웠다. 평소에는 서로 소 닭 보듯이 해서 신경 쓸 일이 없었다. 덕배 선배가 물었다.

"연습은 많이 했어?"

화장기 없이 머리를 묶은 여학생이 떠올랐다. 부끄러움에 얼굴이 달아올랐다. 일찍 와서 연습하려 했는데 대승환합회 치성 시간이랑 겹쳐서 가사만 겨우 외웠다고 말했다. 덕배 선배가 연기를 내뿜으며 말했다.

"그렇게 핑계 대면, 할 수 있는 게 없다. 계획을 잘 세워야지."

대승환합회 사람들을 불쌍히 여겼던 것이 떠오르자, 억울했다. 세상일이 계획대로만 되지 않는다고 퉁명스럽게 대답했다. 나는 노련해 보이는 덕배 선배에게 학번을 물었다. 찬영 선배가 웃으며 대답했다.

"덕배 형이 좀 나이 들어 보이지? 원래 학번은 86학번인데 군대 제대 후 다시 들어와서 89학번이야."

잘 이해가 가지 않아 왜 다시 들어왔는지 물었다. 덕배 선배가 무뚝뚝하게 대답했다.

"산청에서는 공부 좀 한다고 아버지가 무리해서 진주로 고등학교를 보냈어. 그때는 심마니로 돈 좀 버셨거든. 서울에 있는 좋은 대학이라고 홍선대에 입학했지만, 아버지가 쓰러지셔서 계속 학교에 다닐 수가 없어 휴학하고 군대에 갔지."

찬영 선배가 신이 나서 이어갔다.

"전화위복이라고 들어봤지? 명문대 다니다 일찍 군대 왔다고 관사 근무를 한 거야. 덕분에 독하게 공부해서 제일대에 다시 들어오셨어. 지금은 과외수업해서 학비와 생활비, 심지어 아버지 병원비까지 감당하고 있으니 대단하지."

덕배 선배가 본인 성격이 지고는 못 살아서 그런 거라며 너무 띄우지 말라고 했지만 찬영 선배는 멈추지 않았다.

"산청에서 태어나 진주를 거쳐 제일대 왔으면 개천에서 용 난 거죠."

나는 우등생처럼 보이는 찬영 선배도 궁금해서 어디 출신인지 물었다.

"나는 서울 토박이야. 명문 새한고등학교를 나왔고 공대를 1지망으로 했지만 2지망에 붙었으니, 네 말처럼 학벌만 노리는 학과로 겨우 체면치레한 거지. 새한이 왜 명문인 줄 알아? 거긴 일반고등학교처럼 문제 풀이만 가르치지 않거든. 왜 공부하고 어떻게 쓰이는지를 먼저 알려줘."

나는 그때는 너무 취해서 아무 말이나 막 했다며 사과했다. 수많은 공식을 외워 기계적으로 풀었던 미적분학이 생각나 아직도 왜 배워야 하는지 모르겠다고 했다. 찬영 선배는 조금 생각을 정리하더니 말했다.

"수학은 패턴의 과학이라고 생각하면 쉬워. 순수수학은 수의 패턴을 연구하고, 기하학은 모양의 패턴, 논리학은 추론의 패턴이지. 그러면 미적분학은 뭐겠어? 변화의 패턴을 연구하는 학문이지. 공간적 운동과 시간적 확산을 통해 과거를 확인하고 미래를 예측하기 위해 배우는 거야."

　그런 걸 알고 공부했으면 훨씬 열심히 했을 거 같았다. 담배를 다 태운 덕배 선배가 가사집을 펼쳤다. 판소리는 소리꾼과 북을 치는 고수로 이뤄진다. 덕배 선배는 '심청전'을 녹음해 혼자 들으며 소리를 연습했고 단가 몇 개는 제법 방송에서 듣는 정도의 수준으로 불렀다. 찬영 선배는 주로 고수의 역할에 집중하고 소리를 듣는 것을 좋아했다.

　고수는 소리꾼의 기분을 이해하며 북을 쳐야 했다. 똑같은 소리도 북의 장단에 따라 다르게 들렸다. 둘은 소리꾼과 고수로서 궁합이 잘 맞았다. 단가 '사철가'을 들으며 이 동아리에 오기를 잘했다고 생각했다. '덩덕쿵따' 찬영 선배가 장단으로 준비됐다는 신호를 하자 덕배 선배가 소리를 시작했다.

　　이산과 저산에 꽃이 피니 분명한 봄이구나.
　　봄은 찾아왔지만, 세상은 쓸쓸하구나.
　　어제는 나도 청춘이었는데 오늘 백발은 한심하구나.
　　찬바람에 흰 눈만 펄펄 휘날리면 모두가 백발의 벗이로구나.
　　나쁜 놈은 다 보내고 벗님네들 서로 모아가며 한잔 마시며 놀아보세.

　나는 소리를 들으며 사계절의 변화를 그렸다. 얼마 살지도 못하는 인생 죽고 나면 다 쓸모없다. 나쁜 놈들은 저세상으로 보내 버리고 우리끼리 술이나 한잔하자는 풍류와 해학이 마음에 들었다. 서울이라는 낯선 환경에서 내 마음은 각박해졌었다. 소리를 듣고 있노라면 모든 걸 수단으로만 취급했던 내 이기심도 조금씩 풀어지며 다른 사람을 이해하고 같이하고 싶어졌다.

　판소리를 배워보겠다고 동아리에 가입했으나 낮에는 시간이 별로 없었다. 반면 저녁에는 술자리가 잦았다. 술값을 벌기 위해 선배들이 과외를 많이 했다. 나도 과외를 하고 싶어 학교에 신청했다. 받은 번호로 전화했지만, 내 사투리를 알아보시고 고향을 물어보더니 됐다며 끊었다. 이후론 사투리를 거의 쓰지 않았다. 사투리만 고치면 편하게 지낼 줄 알았지만, 나의 고단한 서울 생활은 이제 시작이었다.

제2장

이기는 사람은 **이유**가 있구나

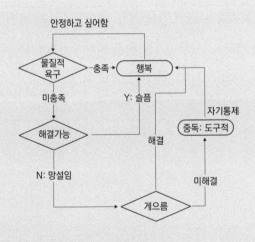

물질적 욕구

제2장
이기는 사람은 이유가 있구나!

주말에는 날씨가 좀 풀렸다. 기숙사에 있는 성진이 한일이와 함께 대한극장에 가서 '늑대와 함께 춤을' 영화를 보기로 했다. 멋지게 가죽 잠바를 입고 나온 한일이는 옷을 켜켜이 입은 나와 파카를 입은 성진이에게 대학생이 됐으면 멋도 부릴 줄 알아야 한다면 투덜거렸다. 특히 내 가슴에 비수를 꽂는 듯 말했다.

"너는 어떻게 직모에 눈도 입술도 일자냐? 얼굴에서 코만 보이는데 안경을 크게 바꿔서 코를 커버하든가 파마로 이마를 보이든가 해야 연애를 할 수 있지 않겠냐? 옷 색깔이라도 맞추든지. 오늘 옷이라도 바꿔 입자."

내 작은 눈에서 불꽃이 튀었지만, 연애는 해보고 싶어 꾹 참기로 했다. 성진이도 어이가 없다는 듯 웃었다. 우린 영화 보고 남대문 시장에 가서 옷도 사기로 했다. 기숙사에서 마을버스 정류장까지 걸어갔다. 노란 개나리꽃이 피어 있었지만 바람은 여전히 차가웠다. 학교 후문을 지나 정류장에서 기다리던 마을버스에 올라탔다. 마을버스에서 성진이는 본의가 아니었다며 철이 없었던 초등학생 때의 잘못을 사과했다. 나도 못 이기는 척 오리엔테이션 때 실수해서 미안하다고 했다.

마을버스에서 내려 극장으로 가는 좌석버스로 갈아탔다. 처음 타 본 좌석버스는 비싸기는 했지만, 높은 좌석에 앉아서 편안하게 서울 시내를 구경할 수 있었다. 날이 화창해서 버스 안에서 바라본 한강은 눈부셨고 남산타워는 멋있었다. 남산타워가 어떻게 세워졌을까 궁금해하다 지난 물리학 시간이 생각났다.

용감한 학생이 빅뱅이론도 최초의 사건인 특이점은 설명 못 하느냐고 물었다. 노교수는 깊게 한숨을 쉬더니 그래서 최근엔 인간이 존재하도록 세상이 만들어졌다는 인본원리가 힘을 얻고 있다고 했다. 세상을 설명하기 위해 무엇인가를 느끼고 상상할 수 있는 관찰자가 필연인 것이 아이러니했다. 하긴 남산타워도 누군가 상상했기 때문에 만들어진 것이리라.

좌석버스에서 내리자, 건너편에 대한극장이 있었다. 대한극장은 상상한 것보다 크고 많은 사람으로 붐볐다. 표를 사기 위해 긴 줄을 섰지만 지루하진 않았다. 지나가는 사람들의 얼굴을 구경하는 것도 주변 사람들의 대화도 재밌었다. 끊임없이 와서 거래를 시도하는 암표장수도 신기했다. 처음엔 세 배가 넘는 암표 값에 화가 났지만, 매표소에 가까워질수록 암표 값은 내려갔다. 극장에 들어갈 때는 긴장해서 자리에 앉았지만, 큰 화면과 빵빵한 사운드에 시간 가는 줄 몰랐다.

영화를 보고 나와 남대문 시장으로 가는 버스를 탔다. 버스에서 내려 한참을 안으로 들어갔다. 액세서리와 꽃, 안경을 파는 가게들이 많았지만, 우린 옷이 많은 가게에 들어가 필요한 옷가지를 골랐다. 입기에 편하고 안 빨아도 표시가 나지 않을 만큼 실용적이며 무엇보다 가격이 싸야 했다. 옷을 사고 나오자 조금 출출해졌다. 주변에 있는 포장마차에 들어갔다. 매콤하고 기름진 단내가 먼저 반겼다. 까만 오뎅 국물에 빨간 떡볶이, 노란 튀김 등 원색의 음식들이 맛있어 보였다. 우린 주인아주머니에게 인사하고 떡볶이를 주문했다. 한일이는 떡볶이를 먹으며 말했다.

"대형극장에서 친구들과 자유롭게 영화도 보고 남대문 시장도 구경하다니. 역시 죽으라고 공부해 서울에 있는 대학에 들어오길 잘했어. 오늘 본 영화 어땠어? 주인공 캐빈 코스트너가 너무 멋있지 않냐? 아름다운 대자연에 홀로 살아가는 덴버 중위. 서울 한복판에 아무도 모르고 살아가고 있는 우리 처지하고 너무 비슷해. 나도 살다 보면 주인공처럼 '주먹쥐고일어서' 같은 여자 친구를 만날 수 있을까? 그러려면 우선 여자들을 많이 만나 이상형을 찾아야겠지?"

한일이가 폼생폼사 사랑제일주의가 된 데는 이유가 있었다. 한일이의 아버지는 소아마비로 다리를 절었지만, 부유한 집에서 좋은 보살핌을 받았다. 어려운 가정에서 자란 어머니가 아버지를 소개받고 도망치듯 결혼한 것이 문제였다. 친가에서 차려준 제법 괜찮은 식당을 운영해 돈은 많이 벌었지만, 성격 차이를 극복하지 못했다. 어머니가 불만을 명품으로 해결하는 동안 아버지는 집에서 외로움을 달랬다. 폼생폼사는 밖으로만 도는 어머니에게, 사랑제일주의는 구박받는 아버지에게 물려받은 듯했다. 성진이는 화난 표정으로 대답했다.

"너는 좋은 영화 보고 기껏 생각한다는 게 여자 친구냐? 결국, 나와 다르면 용납하지 못하고 내쫓거나 죽여야 직성이 풀리는 미국의 침략주의는 그때부터 생겨난 거잖아. 우리도 정신 똑바로 차려야 해. 눈 감으면 코 벤다는 서울이 그런 미국인들의 사고를 가장 앞서 받아들이고 있는 곳이잖아. 받은 만큼 되돌려준다는 각오로 살아야 당하지 않지!"

성진이는 입학 후 세미나에 몇 번 참석하더니 제법 유식해졌다. 우린 떡볶이를 추가로 시키며 서울의 문화적 충격에 대해 시시콜콜 말하고 있었다. 주문한 떡볶이를 떠주던 아주머니가 말했다.

"학생들, 대학생인가 봐? 어쩜 남자 셋이 그렇게 말을 재미나게 해."

화장기는 없었지만, 깨끗한 얼굴이 40대 초반쯤으로 보였다. 수수하고 부담스럽지 않은 모습에 성진이가 웃으며 대답했다.

"네, 올해 입학했어요. 처음으로 같이 시내 구경을 나오니 모든 게 새롭고 신기하네요. 시장에서 맛있는 것도 사 먹을 수 있고요. 아주머니 같은 분들이 어려운 여건에서도 이렇게 부지런히 사시는 것도 존경스러워요."

아주머니도 살짝 웃더니 다시 물었다.

"맛있다니 다행이네. 대학생이 돼 자유스러운 분위기에 친구들끼리 나오면 기분 좋지. 어느 대학교에 다녀?"

서로 눈치를 봤다. 한일이가 조금 긴장해서 제일대에 다닌다고 대답했다. 그 순간 아주머니의 얼굴이 밝아졌다.

"제일대 다녀? 아유, 얼마나 공부만 했으면 제일대에 들어갔을까? 부모님이 공부시키느라고 돈 좀 쓰셨겠네. 다들 타지에서 온 것 같은데 지금 어디에 살아?"

칭찬일까 위로일까 헷갈렸다. 갑작스럽게 돈을 언급하며 훅 들어온 말에 모두 얼어붙었다. 나는 약간 거리를 두고 모두 지방에서 올라와 기숙사에 산다고 답했다. 아주머니는 어색해진 분위기는 아랑곳하지 않고 튀김을 주며 말했다.

"착하기도 하지. 이건 서비스니 편하게 먹어. 제일대 가서도 공부만 열심히 하려고 기숙사에 들어갔나 보네. 그러지 말고 우리 집에서 하숙하며 딸 좀 지도해 줘. 외동딸인데 좀처럼 공부에 흥미를 붙이지 못해서 걱정이야. 이쁘다고 귀하게만 키웠더니 꾸미는 것만 좋아하고."

이제 막 기숙사에 들어갔는데 하숙이라니. 그렇지만 공부에는 흥미가 없고 얼굴만 예쁜 딸을 가르친다면… 아주머니를 닮은 십 대의 예쁜 딸을 떠올리자 머리가 복잡해졌다. 다들 뭐라 할 말을 찾지 못하고 있었다. 아주머니가 은근하게 말했다.

"내가 하숙비는 받지 않고 과외비도 넉넉히 줄게. 떡볶이 장사가 이래 보여도 돈은 좀 돼. 이 자리 권리금만 몇억 해. 기숙사에서 다니는 게 지금은 좋아 보여도 좀 지나 봐. 조금만 부지런하면 돈 씀씀이가 달라지는데. 그때 돼서 일찍 나간 친구 부러워하지 말고."

순간 대학 입시지도에서 담임교사의 말이 기억났다. 전공은 중요하지 않고, 어느 학교에 가느냐가 앞길에 훨씬 영향이 있을 거라셨다. 아주머니 말처럼 학벌을 이용해서 적당히 과외하며 놀고먹는 대학생활은 참 편하겠다고 생각했다. 그러다 평생 잘 풀릴 수도 있었다. 한편으로는 농대는 학력고사 합격 점수가 낮은데 우리가 농대라는 것을 알면 우습게 여길지도 모른다는 걱정도 있었다.

다른 사람에게 인정받는 것은 달콤하지만 내부에서는 상대적인 비교와 열등감의 재료가 될 수도 있었다. 복잡한 생각은 휴일의 여유로움을 날려버렸다. 나는 빨리 이 자리를 벗어나고 싶어졌다. 친구들도 비슷했는지 그 후로는 묵묵히 먹기만 했다. 우린 음식값을 치르고 황망히 그곳을 벗어났다. 꼭 한번 연락하라고 아주머니가 일일이 써준 전화번호를 각자 손에 쥐고 있었다.

기숙사로 돌아가는 좌석버스에 올라탔다. 처음에는 붐볐으나 남산터널을 지나자 사람들이 줄어들었다. 앞에 앉아 있던 사람이 일어났다. 좌석에 앉자 무척 피곤했다. 이간질하는 아주머니가 미워졌다. 불편한 마음을 달래기 위해 창틀에 기대어 눈을 감았다.

눈부신 햇살이 비쳤다. 아까 상상했었을 그녀가 내 옆에 앉았다. 햇차 향이 났지만, 고개를 돌릴 수 없었다. 숨이 가빠지고 공기가 더워졌다. 차창 밖 봄볕을 이기지 못한 목련이 활짝 피었다. 나팔 소리가 들리자, 활짝 핀 꽃잎이 커졌다. 곧 온 세상을 담을 것 같았다. 탐욕을 반성하라고 우리엘이 노래했다. 노래가 끝나자, 우리엘이 말했다.

"폭력의 첫 번째 뿌리는 우세충동이다. 경쟁자들보다 우월해지려는 자기중심주의와 자존감에 대한 위협이 폭력을 유발한다. 이러한 성향은 사춘기와 청년기에 상승하고, 결혼과 아이, 중년기와 함께 감소한다. 호르몬에 의해 자극되는 공격 체계이기 때문이다. 좋아하는 집단이 경쟁을 벌일 때, 우세충동을 대리 경험한다."

도시락의 기억이 되살아났다.

도시락

　진오 부모님은 시골 생활을 정리하고 광주로 이사했다. 농사일이라는 게 어렵더라도 소출이 좋은 해에 전답을 조금씩 늘려 가면 나중에 형편이 나아질 수 있지만, 지금과 같이 자녀들이 자라면서 오히려 하나씩 처분해야 하는 상황이면 한 해라도 젊었을 때 결단하는 것이 유리하다는 판단에서였다. 진오가 4학년에 올라가는 해였다. 모든 걸 끌어모아 집은 샀으나 생활은 위태로웠다. 할아버지와 진오를 제외하곤 모두가 공부하고 생활비를 마련하느라 바빴다. 5월의 어느 날 아침 진오는 일어나 거실로 나왔다. 할아버지는 일찍 노인정에 가신 듯했다. 할머니가 말씀하셨다.

　"뭔 지랄 났다고 요로코롬 늦게 일어나야 쓰겠냐? 언능 밥 처묵고 나가라. 이놈의 집구석은 염병 났다고 허구한 날 옷만 갈아입고 산다냐."

　모두가 나가고 없는 집에서 할머니의 잔소리를 듣는 건 오롯이 진오의 몫이었다. 할머니가 마당에서 빨래하는 소리를 들으며 밥을 먹었다. 학교에 가기 위해 가방을 챙겨서 나오니 진오가 먹은 그릇을 설거지하던 할머니가 말씀하셨다.

　"아따 썩을 놈. 밥 다 무그믄 물 부서 무그라고 안 했냐. 시골에선 나락 한 톨 맹글라믄 쌔가 빠지게 일해야 쓴당께. 여그 도시락 싸쓰께 언능 나가라."

　할머니는 집안일을 마무리하며 푸념하셨다. 시골에서 올라오는 쌀과 푸성귀로 음식을 해 먹다 이제는 모두 사먹어야 하는 상황이 못마땅했다. 하루를 공치지 않으려면 한시라도 빨리 여섯 식구의 뒤치

다꺼리를 마치고 인력사무소에 나가야 한다고 하셨다. 도시락은 아침에 먹다 남은 밥과 반찬으로 차려졌다. 마음도 바쁘고 눈도 어두운 할머니는 씻으라는 말도 없으셨고, 옷매무새를 잡아주지도 않으셨다. 진오는 대답도 하지 않고 책가방에 도시락을 넣었다.

집을 나와 큰길로 향했다. 학교 가는 길은 멀지 않았지만 오래 걸렸다. 큰길을 따라 사거리까지 올라가서 건널목을 두 번 건너면 문방구다. 문방구의 조그만 게임기 앞에는 종종 아직 학교에 가지 않는 아이들이 붙어 있었다. 진오는 게임을 구경하며 시간을 조금 보냈다. 등하교를 지도하는 선도부와 교사가 없어질 때를 기다린 것이다. 그러면 담임에게만 혼나면 됐다. 아침 자율학습이 시작되고 들어갔지만, 담임도 무슨 일인지 자리에 없었다. 수업시간에 들어와서도 늦은 진오에게 뭐라 하지 않으셨다.

진오가 단원국민학교에 막 전학해 왔을 때만 해도 선생님은 관심을 가졌었다. 그러나 학부모 한번 찾아오지 않는 작고 지저분한 땅꼬마, 숙제도 준비물도 신경 쓰지 않는 문제아, 혼내면 혼나고 마는 게으르고 둔감한 아이를 오십 명이 넘는 콩나물 교실에서 언제까지 옆에 두고 지켜볼 사람은 흔치 않은 듯했다. 진오는 그날도 맨 뒷자리에서 멍하니 하루를 보냈다. 보이지도 않는 칠판을 찾거나 모르는 내용에 대해 생각하기 싫었다.

쉬는 시간이 되니 어김없이 몇몇이 진오를 끌고 나가기 위해 다가왔다. 변두리 국민학교에 으레 있을 법한 나쁜 녀석들이다. 이 녀석들은 진오를 심심할 때 가지고 노는 교실 뒤에 사는 벌레 정도로 취급했다. 건물에서 나와 운동장을 내려가는 계단으로 끌려갔다. 진오를 둘러싸더니 한 녀석이 나서서 시비를 걸었다. 고향 친구인 성진이었다. 주먹이 별로 세지 않아 맞아도 아프지 않으니 반응하지 않고 빨리 끝내는 게 유리했다.

"야 이 새끼야. 너한테 나는 냄새 땜에 공부에 집중할 수가 없당께. 나만 참으믄 된다고 생각했는데 나와서 이야기해 봉께 다들 그래야. 너 씨끄는 댕기냐?"

진오는 대꾸하지 않았다.

"대답하라고 이 오시랄놈아. 같은 고향이라고 쪼금 잘해주믄 기어올라 하늘 높은 줄 모르고, 쪼금 불리하다 싶으면 머리 숙이고 대꾸도 안 해야. 맨날 그렇게 피하면 다되냐? 요 밤톨만 한 대가리를 꽉 뿌셔불라."

성진이는 처음엔 고향 친구라고 진오에게 반갑게 말을 걸어줬다. 같이 학교도 둘러보고 친구들과도 인사했지만, 조금 지나자 다른 애들처럼 진오의 이기적인 태도에 질려버린 눈치였다. 그 후론 앞장서서 진오를 괴롭혔다. 패턴은 일정했다. 처음에는 불만을 이야기하고 말이 조금씩 거칠어지다 어느 순간 구타로 이어진다. 오늘도 성진이는 진오의 머리를 툭툭 때렸다.

진오는 돌이 던져진 후에 다시 차분하게 가라앉은 연못처럼 멍한 눈을 했다. 때릴 때 조금씩 움츠러들 뿐 반응하지 않았다. 사실 울면서 교실로 돌아가도 보고 양호실도 찾아가 봤다. 그러나 멍 자국 정도로는 주의를 끌지 못했고 대부분은 귀찮다는 듯 웃고 넘어갔다. 그렇게 조금 있으니 수업 시작을 알리는 종이 울렸다. 흥미가 떨어진 성진이는 진오를 밀어 넘어뜨리며 말했다.

"아 씨발. 뭐 좀 할라그라믄 종이 울려야. 긍께 내가 좀 참았다가 점심시간에 하자고 안 했냐. 또 선생 지랄하기 전에 언능 드가자."

아이들은 가지고 놀던 장난감을 팽개치듯 진오를 두고 교실로 돌아갔다. 진오는 일어나지 않았다. 하루하루가 한없이 지겹고 귀찮았다. 오월의 건조한 바람이 불어오고 눈에 흙먼지가 들어갔다. 눈을 감고 한참 있는데 어디선가 속삭임이 들렸다.

"그래, 어차피 들어가 봐야 늦게 들어왔다고 혼만 날 것이고. 사실 선생님은 네가 들어오지 않는 걸 더 좋아하실 거야. 의무감으로 정해진 시간에 억지로 무엇인가를 할 필요는 없어."

광주로 이사 오고 전학하는 과정에 누구도 진오의 뜻을 물어보지 않았다. 이렇게 된 바에는 어리석고 게으르게 행동해야 할 것 같았다. 멍하니 운동장을 내려가는 계단에 앉아 있었지만 아무도 오지 않았다. 점심시간을 알리는 종이 울렸다. 교실로 돌아가니 아이들이 도시락을 먹었다. 도시락을 꺼내려는데 또다시 소리가 들렸다.

"오늘도 어김없이 쉰내 나는 김치거나 그것도 없으면 소금을 볶아 넣었을 거야. 그렇지 않아도 지저분하다고 손가락질 받는데 그걸 지금 여기서 열겠다고? 차라리 도시락을 못 싸 온 불쌍한 아이 흉내를 내 봐."

진오는 도시락을 가방에 넣어 두고 교실 밖 운동장의 수도로 가서 물을 몇 모금 마시고 자리를 잡았다. 이대로 앉아 있다가 종료종이 울리면 교실로 가서 가방을 챙겨 집에 돌아갈 생각이었다. 마음은 무거운 돌덩이처럼 한없이 가라앉았다.

그날 먹은 게 부실해서인지 진오는 또 열이 오르고 가위에 눌렸다. 감청색 멍 자국이 온몸을 뒤덮은 존재가 다가왔다.

"나는 게으름이다. 너의 위치가 안정되지 않아 망설여지느냐? 한껏 게으르게 행동하라. 게으름은 인간을 만드는 물질의 본성이며, 우리 주가 인간의 밑바닥에 깔아놓은 욕심 중에서 두 번째 시험자이다."

"나가 또 뭔 잘못을 했어라? 늦게 일어나 학교에 지각하고, 수업을 빼먹고 도시락을 먹지 않아 밥이 다 쉬어버렸지만, 특별히 남에게 해를 끼친 건 없어라."

"잘못했다기보다는 모든 것을 의무감으로 할 필요가 없다는 나의 이야기에 반응해 게으름이 네 안에서 자리 잡게 해 줬지."

"아까 억지로 할 필요가 없다는 게 당신이어라? 교만도 '시험'이라는 말을 쓰는데 당신의 말에 반응해 내 안에 자리 잡은 게으름이 뭔 뜻이라요."

"게으름은 모두가 물질이기 때문에 생기는 안정하고 싶은 본능이다. 안정된 상태가 충족되지 않으리라고 예측될 때 망설임은 게으름으로 나타난다. 모든 사람은 나를 본 후에 자신을 지킬 힘이 생기니 시련과 고통이 너를 깊은 절망으로 단련해 태풍과 번개 속에서도 견뎌낼 힘을 만들어 줄 것이다. 내 안에 자리 잡은 게으름이 자신을 포기하지 않고 네가 감당할 수 없는 외부의 억압과 고통에 반응하지 않도록 도와줄 것이다."

성진이가 나를 흔들어 깨웠다.
"진오야. 이제 내려야 해. 버스에서 무슨 잠을 그렇게 깊게 잔다냐?

중간에 난폭하게 운전하는 차량 때문에 사고도 날 뻔했는데, 세상모르고 자더라. 이마에 식은땀도 흘렸네. 아픈 것 같은데 병원 가봐야 하는 거 아니냐?”

　손이 축축했다. 정신을 잃고 가만히 있으면서 어릴 적 기억이 떠오른 것이다. 성진이에게 당했던 기억이라 기분이 나빴다. 한편으론 그때 성진이도 나를 감싸며 궁지에 몰리자, 앞장서 나를 괴롭히는 척했을 것이란 생각도 들었다. 빨리 숙제를 끝내지 않으면 죽을 것 같았지만, 꿈에 관해 설명하고 싶지 않았다.

　잠깐 엎드려 잠이 들었는데 아까 먹은 떡볶이가 체한 것 같다며, 병원에 갈 정도로 아픈 것 같지는 않고 조금 참아본다고 했다. 우리는 좌석버스에서 내려 마을버스로 갈아타고 기숙사로 돌아갔다. 돌아가는 길에 나는 전화번호를 버렸다. 게으름의 말처럼 망설여지고 확신이 들지 않는 일로 자신을 힘들거나 아프게 할 필요는 없었다. 다만 우리나라 명문 대학에 다닌다는 자부심이 강해지며 많은 일을 변화시켰다.

　금요일 오후 수업이 끝나고 현석이와 동아리방으로 갔다. 현석이가 찬영 선배의 장단에 맞춰 단가를 연습했다. 조금 있으려니 덕배 선배와 한일이가 들어왔다. 내가 얼쑤에 가입했다고 하니 한일이도 따라 들어온 것이다. 현석이의 연습이 끝나자, 덕배 선배가 오늘은 본인이 산다며 어디서 뭐 먹을지 물었다.

　덕배 선배가 과외비를 받은 것이다. 덕배 선배의 사정을 알고 있는 찬영 선배가 웃으며 어디든 똑같다며, 괜히 제일대입구역이나 신림역

가봐야 자릿값 한다고 돈만 비싸고 녹두거리에서 먹자고 했다. 현석이가 녹두거리면 태백산맥보다 작은 칸막이가 있는 한마당이 좋을 것 같다고 했다.

우리는 한마당 쪽으로 걸어 내려갔다. 정문을 나서니 왼쪽의 송악산 유원지에서 익숙한 트로트가 들렸다. 아줌마 아저씨들이 등산을 마치고 버스를 기다리고 있었다. 평일임에도 잘 차려입은 등산복과 비싸 보이는 장비들에서 여유가 느껴졌다. 며칠 동안 갈아입지 못한 내 옷이 부끄러웠다.

서둘러 지나가는데 당황한 할머니가 보였다. 인도로 오르는 턱에 걸려 파지가 쏟아진 것이다. 그 옆에는 쏟아진 파지에 오물이 튀었는지 휴지로 옷을 닦으며 인상을 찌푸린 등산객이 보였다. 할머니는 그들을 똑바로 바라보지도 못하고 연신 허리를 굽실댔다. 찬영 선배가 팔을 걷고 파지를 주어 리어카에 실었다. 우린 갈림길이 나올 때까지 할머니를 도와드리고 한마당으로 들어왔다.

지하에 있는 한마당은 술에 찌든 냄새가 났지만, 곧 익숙해질 터였다. 한마당에서 찬영 선배가 소주와 부대찌개를 시켰다. 빈속에 소주가 들어가자, 목젖에서부터 싸한 느낌이 들었다. 적당히 김치로 입가심하며 부대찌개가 끓기를 기다렸다. 식탁 모서리가 반질반질 윤이 났다. 노래 장단에 맞춰 숟가락으로 쳐댄 자국이었다. 소주가 몇 순배 돌 때쯤 덕배 선배가 물었다.

"야 너희들 한보그룹이라고 들어봤냐?"

아무도 말이 없자 나는 모르겠다는 표정으로 삼성이나 현대는 들어봤는데 한보는 잘 모르겠다고 대답했다. 선배는 답답한 듯 당진에서 제철소 하는 회사인데 수서에서 임대주택을 지어야 하는 땅 삼만 평을 특혜분양 받아 엄청난 이득을 갖도록 혜택을 주었다고 했다. 축구경기장이 백 미터에 오십 미터쯤 되니까 삼만 평이면 축구 경기장 스무 개 지을 수 있는 땅이라고 설명했다. 현석이가 놀라 말했다.

"그렇게 많은 땅을요? 서울에 그 정도 땅이면 관련된 사람이 한두 사람이 아닐 건데 그게 가능해요?"

덕배 선배가 대답했다.

"농협 직원과 짜고 민원을 제기할 조합원도 미리 모집하고 관리했데. 건설부와 서울시까지 포함되었고 청와대와도 관련 있어. 고발한 사람이 있으니, 조사는 하겠지만 시간 끌다 국민 관심이 사라질 때쯤 돈 받고 입단속 못한 녀석들 잡아넣고 끝내겠지. 그런 거 밝히는 거에는 한세월이면서 재개발한다고 강제로 철거하는 거에는 왜 그렇게 신속한 건지. 신대방동도 그렇고 난곡도 이주대책도 없이 철거한다는 게 말이 돼?"

현석이가 인허가에 관련된 공무원들이 그런 건 막아야 하지 않냐고 분통을 터트렸다. 부대찌개를 먹던 한일이는 공무원은 그냥 눈감고 떡고물 좀 얻어먹는 게 최선이라고, 그러다 은퇴하면 아까 본 사람들처럼 좋은 옷 입고 등산 다니면 된다고 말했다. 나는 원래 세상이 그런가 하고 씁쓸해했다. 찬영 선배가 한심하다는 듯 쳐다보며 말했다.

"벌써 그렇게 살고 싶냐? 염불보다 잿밥이라고 무슨 일을 하는지는 관심도 없고 안정과 소득만 본다면 그게 무슨 공무원이냐? 월급쟁이지."

한일이는 굴하지 않았다.

"선배는 왜 그렇게 생각해요? 그런 복잡한 거는 높으신 분들이 일과 보수를 고려해 정책을 짜는 거잖아요. 저희 엄마는 제일대 농대보다 차라리 지방대 의대 가라고 권하셨어요. 머리 쓸 수 있을 때 의사 면허 따고 힘들지 않은 전공 선택해서 인턴, 레지던트 과정 거치고 나면 어렵지 않게 돈 벌 수 있다고."

찬영 선배가 용 꼬리 농대를 선택했으니, 너는 뱀 머리보다 용 꼬리냐며 한숨을 쉬었다. 그날 이후로 찬영 선배는 한일이를 용 꼬리라고 불렀다. 덕배 선배가 말했다.

"네 말대로 공무원들에게 희생을 강요할 수도 없지. 다만 스스로 움직이도록 부당한 것을 알려줄 수는 있지. 그래서 지금 많은 사람이 은폐하고 조작하면서 해야 할 일은 안 하는 부패 정권을 규탄하는 대회를 진행하는 거고."

나는 덕배 선배의 말에 적당히 장단을 맞추는 게 좋겠다고 생각했다. 그래도 양심에 따라 행동할 수 있는 사람들이 있어 다행이라고 말했다. 그 말을 들은 덕배 선배가 조심스럽게 말을 꺼냈다.

"과외수업해서 돈 버는 것도 중요하지만, 시간이 될 때 집회나 시위에 나가 학생운동을 해야 할 것 같아. 올해 여러 가지 문제가 터지는데 너희도 기회가 되면 같이 가보는 건 어때?"

나는 얻어먹고 있는 처지라 고개를 끄덕여 수긍하는 척했다. 그렇지만 광주민주화운동 때 데모하던 여자들을 해코지했다는 이야기와 고등학교 등굣길에 보았던 교문의 총탄 자국이 넘지 말아야 할 금기처럼 선명했다. 나와 달리 현석이는 적극적으로 우린 대학생이니 공부를 열심히 해야 한다는 것과 집회와 시위가 나랏일에 방해된다고 말했다. 덕배 선배가 답했다.

"우린 국립대생이고 국민의 세금으로 공부하고 있잖아. 혈세를 쓰고 있으면서 각자의 공부만 한다면 너무나 이기적인 거 아닐까? 현재의 사회문제가 무엇인지 고민하고 앞으로 추구해야 할 사회정의에 대해서도 논의해야지."

'사회정의' 또다시 어려운 말이었다. 고등학교 때까지 사회를 배웠지만, 막상 '사회' 하면 떠오르는 것은 지독하게 암기했던 지명과 인물, 사실뿐이어서 그저 막연하게만 들렸다. 거기다 '정의'라니. 분위기가 진지해지자 적막이 흘렀다. 한일이는 모르겠다는 표정으로 말했다.

"아니 술 마시며 무슨 이야기를 그렇게 심각하게 해요. 이 동아리에 여자가 없어서 그래요. 다 나중에 우리도 이 사회에서 잘 먹고 잘 살자고 하는 말이잖아요. 그럼 우선 오늘 이 자리를 즐겨야지요. 자다들 건배해요. 덕배 선배. 부대찌개가 국물만 남은 것 같은데 계란말이 하나만 더 시켜줘요."

건배하고 나자 다시 분위기가 밝아졌다. 찬영 선배가 분위기에 맞춰 숟가락으로 장단을 맞추자 덕배 선배가 소리를 했다. 그동안 광주의 진실이라며 숱하게 봐왔던 죽음과 피, 학교의 총탄 자국을 조금 이해할 수 있을 것 같았다. 소리가 끝날 때쯤 파가 촘촘히 박힌 노랗고 두툼한 계란말이가 나왔다.

계란말이를 먹으며 파가 없다면 비린내를 잡을 수 없을 거라고 생각했다. 나는 덕배 선배가 다음 시위나 철거촌 봉사 때에는 같이 나가보자는 말에 동의했다. 현석이는 여전히 이해하기 힘든 눈치였다. 이후엔 동아리 모임에 자주 나오지 않았다.

토요일 오전에 기숙사에서 이불을 뒤집어쓰고 있었다. 아침이 한참 지났지만, 전날 먹은 술에 숙취가 남아 쉬고 있었다. 개학하고 2주가 지났으니 제법 방이 익숙했다. 아직은 추워서 이불을 벗어나기 싫었다.

　누군가 짐을 가지고 들어왔다. 부스럭거리는 소리에 더 자기 어려울 것 같았다. 일어나 인사하고 세면도구를 챙겨 공용화장실로 갔다. 씻고 돌아오니 방안이 벌써 깔끔하게 정리되어 있었다. 새로 온 룸메이트는 큰 키에 카라 티와 청바지를 입고 있었다. 길지 않고 둥근 눈에 쌍꺼풀이 여러 겹 겹쳐 있었고, 귀는 둥글고 앞에서 훤히 보였다.

　룸메이트는 의대에 입학한 박진현이었다. 지독하게 넓은 캠퍼스와 낡고 추운 기숙사 등 먼저 와서 알게 된 몇 가지 사실을 알려줬다. 대화하며 서로가 내년이면 송악캠퍼스에 없다는 동질감이 커졌다. 나는 동질감뿐만 아니라 의대생에 대한 열등감도 느꼈다. 특히 남대문시장 아주머니처럼 제일대생이라며 특별하게 생각하고 달리 보는 사람들을 만날 때면 제일대생 사이에도 존재하는 나름의 서열을 더 강하게 느꼈다.

　중간고사 마지막 시험을 치르고 허탈한 마음으로 기숙사로 돌아왔다. 예의상 시험에 들어갔지만, 쓸 게 없었다. 술자리와 미팅으로 정신없이 시간이 지나 중간고사 기간이 된 것이다. 마침 기숙사에 있던 진현이는 저녁 먹기 전 탁구를 가르쳐준다고 했다. 그때 덕배 선배에게서 삐삐가 왔다. 공중전화를 찾아 확인하니 오늘 명화대학교에서 시위에 같이 참석해 보자는 것이었다. 등록금 인상을 반대하는 학내투쟁이 학원 자주화와 군사정권 타도 시위로 확대되어 다른 학교

학생들이 필요했다. 나는 진현이에게 상황을 설명하고 탁구는 다음에 가르쳐 달라고 했다. 진현이는 한심하다는 듯 말했다.

"그렇게 하루하루 미루면 네가 하고 싶은 건 아무것도 못 해. 결국, 살인적인 사립대 등록금 문제인데. 국립대 학생이 뭘 도와준다는 거야. 가서 대화하다 보면 넌 국립대라 좋겠다는 비아냥이나 받을 거야. 밑바닥으로 내려가 봐야 다들 아등바등 서로 상처 주고 사는 거야. 왜 그 틈에서 같이 고생하려고 해? 그냥 적당히 핑계 대고 못 간다고 해."

애매한 이타심으로 하루를 허비하는 것보다 즐길 수 있는 스포츠를 배워두고 싶었다. 이런저런 핑계로 못 가겠다는 음성 메시지를 남겼다.

기숙사에서 나와 식당으로 갔다. 식당 입구에 매점이 있었고, 지하엔 탁구장이 있었다. 매점에서 공과 채를 빌려줬다. 지하로 내려가 자세를 잡고 빈 스윙을 한참 했다. 자세가 잡히자, 제자리에서 공을 치는 게 익숙해졌다. 그날 오후 내내 진현이에게 탁구를 배웠다. 제법 땀이 나서 운동을 마친 후 샤워했다. 가벼운 기분으로 저녁과 맥주를 사며 탁구를 가르쳐 준 데 대해 고마움을 표시했다. 진현은 맥주를 시원하게 마시며 말했다.

"역시 맥주는 운동한 다음에 마셔야 해. 이 맛을 이제야 알다니 참 억울하다. 그나저나 의대가 있는 연건캠퍼스에 비해 송악은 너무 넓고 휑해. 일 년을 여기 있어야 한다니 볼모로 잡혀 온 것 같다."

"그래도 너는 같은 서울에 있잖아. 난 내년이면 수원으로 가야 하는데 거기는 여기보다 더 뭐가 없어. 그런 이야기 말고 네 말 좀 해봐.

네가 좋아하는 건 뭐야?"

"지금까지 공부만 했는데 특별히 좋아하는 게 있겠냐? 탁구도 아버지 돌아가시고 혼자서 할 게 없다고 어머니가 배우라고 한 것이고."

탁자 위에 놓여 있던 진현이 어머니와 찍은 사진이 기억났다. 긴 생머리에 큰 눈, 환한 미소가 무척 미인이었고, 누나 정도로 젊어 보여 여자 친구로 오해했었다. 아버지는 어쩌다가 일찍 돌아가셨냐고 물었다.

"사고로 돌아가시지는 않았고 뇌출혈로 돌아가셨대. 너무 어려서 기억도 없어. 그래도 보험을 잘 들어놔서 형편이 궁하진 않았어. 오히려 어머니가 모든 정성을 나한테 쏟았지. 난 앞으로 뇌과학 분야의 좋은 의사가 될 거야. 아버지를 일찍 돌아가시게 한 질병에 대한 의술도 발달시키고 어머니도 잘 모시고 싶어."

인생에 대한 명확한 비전이 있는 진현이가 부러웠다. 나도 그처럼 우월해지고 싶었다. 맥주를 마시고 있는데 식당에 있는 텔레비전에서 뉴스가 나왔다. 나는 얼마 전 들은 이야기가 생각나 물었다.

"너 수서 비리 사건 알아?"

"건설부, 국회, 서울시 등에 집단민원과 로비 등으로 특혜 분양받은 거? 밝혀져서 그렇지 대단한 작업이 이뤄졌지."

"누군가는 그렇게 손쉽게 돈을 벌 수 있다는 게 억울하지도 않냐?"

"눈에 핏발이 서서 돈 벌겠다는 사람들이 있으니, 대한민국이 이렇게 발전했지. 그게 누군가를 해코지한 건 아니잖아?"

"그러면 이주대책도 없이 때려 부수는 철거촌은?"

"너는 모든 일에 그렇게 의인이냐? 그게 현재 대한민국에서 할 수 있는 최선이겠지. 자금력이 부족하니 가능한 한 짧은 시간에 재개발을 끝내야 수지타산이 맞잖아. 편법으로 시간을 단축해야 하는데, 거주민 반대가 심하니 용역을 동원한 거고."

　순간 최선의 의미가 헷갈렸다. 텔레비전에서 뉴스 속보가 떴다. 오늘 명화대에서 시위 도중 무역학과 신입생 강경대가 사망했다는 것이었다. 순간 무슨 일인가 싶었는데 진현이는 그걸 보며 혀를 찼다.

　"이제 일학년이 시위에 나가서 죽다니 참 별일이네. 뭘 안다고 하라는 공부는 안 하고 데모해. 명화대면 아주 똥통 학교도 아닌데. 등록금 좀 더 내고 다니면 되지. 저러면 뒷바라지 한 식구들만 불쌍해지는 거야."

　뭐라 할 말이 떠오르지 않았다. 오늘 있었던 집회에 나가 볼 생각도 했었다. 내가 저기서 죽을 수도 있었다는 생각에 아무 말도 할 수 없었다. 그때 삐삐에 덕배 선배의 전화번호가 찍혔다. 어색한 상황을 벗어나려고 황망히 밖으로 나와 선배 집에 전화를 걸었다. 전화기 너머 아직 흥분이 가시지 않은 목소리가 들렸다.

　"너도 뉴스 봤지? 나 방금 거기에 참석했다가 이제 들어왔어. 오늘 시위는 전혀 예상하지 못한 방향으로 흘러갔어. 원래 일학년들은 맨 앞에 안 세우는데 사람이 부족해 강경대가 정찰조에 들어갔고 백골단이 중간을 치고 들어온 모양이야. 아무리 그래도 전투력을 갖춘 사수대가 본대를 보호하는데 총학생회장이 잡혀서 제대로 진용을 갖추지 못했나 봐. 네가 안 따라오길 천만다행이다."

　한참을 들었지만, 전혀 맥락이 잡히지 않았다. 무슨 말이라도 해야 할 것 같아 마지못해 대답했다.

"네, 그러네요. 제가 같이 못 간 것이 오히려 잘 되었네요."

말하면서도 뭐가 잘되었다는 건지 이해할 수가 없었다. 누군가에게 닥친 불행이 그 상황을 외면한 사람에겐 핑계로 작용할 수 있다는 사실이 놀라웠다. 내가 당황한 것을 눈치 챈 덕배 선배는 극구 안심시키려 했다. 내가 참석했을 수도 있는 집회에서 신입생이 경찰에 맞아 죽었다. 이 핑계 저 핑계로 놀고 있을 때 잘못에 저항하자는 의로움에 충실했던 친구였다. 내 하루가 부끄러웠다.

다음날 동아리 방을 찾아갔다. 덕배 선배가 상황을 자세히 설명해줬다. 이야기 끝에 강경대의 죽음은 예기치 못한 것이지만 노태우 정권의 본질을 폭로한 것으로 이번에야말로 87년 6월 항쟁을 완수할 기회라고 덧붙였다. 나는 강경대의 죽음을 정치적으로 해석하는 것이 거북스러웠다. 하지만 많은 사람이 빈소를 찾아 분향한다는 말에 한 번은 찾아가 봐야겠다고 생각했다. 남아 있는 죄책감을 빨리 덜어내고 싶었다. 마침 동아리연합회 연행예술분과 주최로 사월 말 연세대 집회에 참여자를 모집하고 있었다. 나는 덕배 선배와 같이 가기로 했다.

신촌역에서 내려 분향소에 가는 길에는 많은 전경이 있었다. 비슷한 또래겠지만, 철모를 내려써서 무서웠다. 잔뜩 주눅이 들어 걸어가다 불심검문을 만났다. 혹시 그날 있는 집회에 쓸 도구나 유인물이 있는지 검사했다. 수업 리포트가 검문에 걸려 닭장차로 이동하는 학생도 있었다. 아무렇지도 않게 가방 속 물건을 뒤져본다는 게 속상했다. 분향 후 참여한 집회는 예상을 뛰어넘었다. 운동장을 가득 메운 사람들과 넓은 단상에서 끊임없이 이뤄지는 연설과 구호 제창, 마음과 피를 끓게 하는 공연과 외침들이 있었다. 그동안 애써 외면했던 슬픔과 분노가 대용량 스피커에서 연신 울려 퍼지는 중저음의 북소리에 묻어나왔다. 그때 누군가 단상에서 외쳤다.

"여러분, 지금 우리를 진압하기 위해 전경들이 들어왔습니다. 아마도 이렇게 많은 사람이 있다고 생각 못 한 것 같습니다. 단합된 힘을 보여줍시다."

사람들을 따라가 보니 이백여 명의 전경이 학생들과 대치하고 있었다. 학내로 들어오기는 했지만, 퇴로가 막힌 모양이었다. 마스크를 쓰고 쇠 파이프를 든 학생들이 치고 들어가자 조금 막아서다 방패를 쳐들고 엎드렸다. 학생들이 전경을 무장해제 시켜 무릎을 꿇리고 때렸다. 나는 손을 올리고 빌고 있는 전경들을 우울하게 바라보았다.

집회가 끝나고 태백산맥에서 뒤풀이가 이어졌다. 1층에 있는 태백산맥은 깨끗했고 한 테이블이 열 명 이상 앉을 만큼 넓었다. 민중가요를 부르는 '메아리', 탈춤을 추는 '마당패탈', 민요를 부르는 '여민락' 등 많은 동아리가 모였다. 여학생이 많았다.

술자리가 무르익자, 대화는 불심검문에서 여학생 생리대가 든 가방도 아무렇지도 않게 뒤지는 전경에 대한 비판에서 남성 우월주의, 가족과 결혼에 대한 거부로 발전했다. 남녀를 가리지 않고 몇몇은 담배를 피워 물었고 술에 취해 키스하는 사람도 있었다. 나는 왜 하필 '얼쑤'에 들었을까 후회했다.

다음날 남도대 박승희 학생이 분신했다. 대학생의 목소리를 듣지 않는 정권에 대한 한탄과 죽음으로밖에 의사를 표현할 수 없는 우리

세대가 씁쓸했다. 많은 말을 나눴지만, 궁금증은 해결되지 않았다. 나는 덕배 선배와 함께 동아리연합회 연행예술분과가 주최하는 세미나에 참여하기로 했다.

공부할 내용을 동아리 별로 나눠 맡은 부분의 책을 읽고 발제하면 다 같이 토론하는 방식이었다. 사회문제를 개별적으로 보지 않고 구조적으로 보려는 최초의 시도가 자본론이었으므로 이를 중심 교재로 잡았다. 자본론을 이해하기 위해 사회역학과 변증법, 그리고 변증법적 유물론도 공부하기로 했다. 특별히 교재를 특정하거나 유인물을 만들진 않았다.

세미나는 매주 수요일 늦은 오후에 진행하기로 했다. 학생생활관 3층 동아리연합회 사무실에 사람들이 모였다. 학생생활관 3층은 외부로 직접 통하는 안에서만 열리는 문이 있어 유사시 탈출구로 활용할 수도 있었다. 아래층에서 올라오려면 동아리들을 통과하므로 혹시 모를 프락치를 방지할 수도 있었다. 키 크고 뿔테 안경을 썼으며 복학생인 듯 나이가 들고 고지식해 보이는 메아리의 학생이 사회역학과 헤겔의 변증법에 대해 발제했다.

"사회역학은 사회가 어떻게 변해왔는지를 설명하는 학문입니다. 농장이나 공장과 같은 생산수단과 여기서 만들어지는 재화와 서비스인 생산물에 대한 이해가 핵심입니다. 생산수단은 공동소유, 봉건영주, 공장으로 변해왔습니다. 헤겔은 우주의 중심에 모든 실체를 일깨우는 절대정신이 존재한다고 주장했습니다. 절대정신은 세상을 발전시키기 위해 역사적인 사건을 출현시킵니다. 각 사건은 필연적인 과정으로 마치 시계추의 움직임과 같이 정중앙에 놓이기 전에 양극단을 진동합니다.”

발제가 끝나고 토론에서는 생산수단을 독점하는 대기업과 이를 옹호하는 정부에 대한 비판이 있었다. 역사가 발전하기 위해서는 누군가의 눈물과 희생이 필요한지 알 것 같다는 의견도 있었다. 동트기 전에 가장 추우니 잘 버티자는 격려도 있었다. 하지만, 내가 이해한 삶은 정이 반을 박살내거나 반이 정을 드러내고 그 자리를 차지하는 승자독식이었다. 물론 그런 말을 할 수는 없었다. 세미나가 끝나면 녹두거리에서 뒤풀이가 있었다.

나는 아이러니하게도 세미나를 치열하게 하며 미팅도 치열하게 했다. 시간이 돼 참석한 것도 있지만, 대부분 인원수가 부족했기 때문에 머릿수라도 보태기 위해서였다. 그중에서 서울교대 영어교육과 신입생과의 미팅은 제법 기대되었다. 짝도 마음에 들었다. 나는 마치 고무줄을 끊어 관심을 표현하듯 여학생의 속물근성을 타박하거나 사회의 부조리를 고발했다. 호응이 없었다. 적극적으로 호감을 표현하며 기숙사까지 바래다주었지만, 연락처를 받지 못했다. 역시 현실에서 정반합은 어려웠다.

나는 다시 세미나에 집중했다. 이번 세미나는 마당패탈이 맡았다. 단단하게 생긴 곱슬머리 남학생이 발제를 준비하고 있었다. 키가 작았지만 춤에 재능이 있어 인간문화재가 후계자로 점찍었다는 말도 있는 친구였다. 발제는 변증법적 유물론에 관한 것이었다.

“유물론은 물질을 제1차적이고 근원적인 실제로 생각하고, 마음이나 정신을 부차적, 파생적으로 보는 학설입니다. 이를 계급투쟁의 관점에서 지금까지의 권력과 생산방식, 역사의 변화에 투영하면 모든 것이 명확하게 설명됩니다."

시대에 따라 방법은 다르지만, 결국 사람들이 먹고사는 문제를 해결해 오는 과정이라는 말이었다. 이번엔 손에 물이라곤 안 묻혀봤을 것 같은 여학생이 아리따운 목소리로 말했다.

"노동은 자신을 입증하는 인간의 본질입니다. 인간은 자연과 매개돼 물건을 만들고 거기에 투사된 모습을 목격함으로써 자의식을 형성합니다. 노예는 부단히 손을 움직여 자의식이 강화되고, 주인은 일을 시키지만 실상 물건을 만질 기회가 없어 노예에게 예속됩니다. 결국은 변증법적 주체의 전환이 발생합니다. 이는 향후 유물론의 근간이 되었습니다!"

집에서 엄마 힘이 세지는 이유를 알 것 같았다. 토론에서는 결국 우리는 노동자의 힘으로 사회를 바꾸는 걸 도와야 한다고 의견이 모였다. 그날 뒤풀이에서는 메아리의 학생들이 민중가요를 불러줬다.

'누구나 태어나서 울듯이 언제나 시작은 눈물로. 시작하는 사람들의 눈물은 미래를 바라보는 망원경. 진실은 눈물로 피는 꽃이니 승리를 위해 앞으로 보라.'

민중가요는 목적의식이 분명했다. 대부분 가난하고 소외된 민중에 대한 사랑을 노래하거나 사회 변혁에 대한 의지와 투쟁심을 더욱 다지는 내용이었다. 또한, 이들에 공감하며 함께 노래하다 보면 가슴 깊숙이 숨어 있던 무엇인가가 꿈틀거렸다. 마음이 요동치며 피가 더워지고 끓어올랐다. 그래도 나는 천편일률적인 대중가요가 좋았다.

세미나 모임에서 긴급공지로 주말에 봉사활동에 참여할 학우를 모집했다. 달동네 난곡지역 철거와 재개발에 반대하는 운동을 할 때 아이들을 봐줄 사람이 필요했기 때문이다. 나는 봉사활동을 하며 직접 눈으로 보고 싶었다.

버스 종점에서 내려 한참을 걸어갔다. 산 하나를 온통 뒤덮고 있는 허름한 주택들이 눈에 들어왔다. 경사가 심해지는 지점에 보이는 심령부흥회 플래카드에서부터 비포장도로와 좁은 골목길, 정돈되지 않은 쓰레기가 보였다. 마을회관인 듯 보이는 건물에 들어가니 아이들이 모여 있었다. 준비해 간 과자를 같이 먹으며 아이들과 놀았다. 철거할 지역이라는 이유로 방치되고 있는 아이들이 불쌍했다. 돌아오는 길에 재개발이 되면 아이들이 갈 곳이 없다는 생각에 마음이 편하지 않았다.

아침부터 하늘이 잔뜩 찌푸리더니 세미나를 할 때쯤 비가 왔다. 다음 세미나는 변증법적 유물론에 대해 성진이가 속한 여민락의 발제였다. 나는 동아리방에 있어 제시간에 참석할 수 있었지만, 덕배 선배는 차가 막히는지 시작할 때까지 못 왔다. 성진이가 확신에 찬 목소리로 말했다.

"사회는 협력하기 위해 만들어진 곳인데 귀족과 부르주아 같은 소수 지배계층은 확충된 공공재를 독점하고자 도덕과 종교로 민중을 현혹합니다. 그러나 생산력의 향상과 변증법적 주체의 변화는 이러한 거짓에 대한 반감을 키우며, 축적된 에너지는 그 사회를 무너트리고 새로운 권력 구조를 만듭니다."

광주에서 사업이 망해서 청주로 이사한 후, 성진의 어머니는 봉제 공장에 다니셨는데, 사장하고 사이가 좋지 않아 많이 힘들어하셨다고 했다. 반감이 쌓여 세상이 변한다지만 에너지가 축적되기 전에 불만 있는 사람을 내쫓거나 회사를 폐업시키는 게 다반사였다. 그때 복도가 시끄러웠다. 문을 열고 보니 덕배 선배가 대걸레 자루로 누군가를 패고 있었다. 습한 공기에도 머리만 감싼 사람의 옷에서 먼지가 피어올랐다. 나는 궁금해서 누군데 그렇게 패는지 물었다. 덕배 선배가 숨을 몰아쉬며 대답했다.

"조금 늦어서 서둘러 오고 있는데 복도에 못 보던 사람이 있었어. 유인물을 모아서 들고 나가는 모습이 어수룩해서 어느 대학이냐고 물었더니 낙성대라는 거야. 이런 놈들은 다시는 올 생각을 못 하게 본때를 보여줘야 해."

낙성대 경찰서에서 풀어주는 조건으로 뭐라도 들고 오라고 보낸 프락치였다. 나는 마음이 놓였다. 머리만 감싸고 빌고 있는 사람을 덕배 선배는 원 없이 패고 있었다. 두려움이 크면 분노도 크게 나타나는 법이다. 하지만, 경찰에 의해 보내졌을 그가 불쌍했다. 나는 덕배 선배에게 그만 때리면 좋겠다고 말했다.

마지막으로 얼쑤가 자본론에 대해 발제하기로 한 날이었다. 체했는지 머리가 아팠다. 남들이 발표하는 걸 듣는 건 쉬웠지만, 막상 발제하려니 내용이 너무 어려웠다. 도서관에서 책을 빌렸지만, 차일피일 미루다 결국 못 읽었다. 상품화에 관한 특별편만 읽고 나머지는 선배의 발제에 얹혀갔다. 덕배 선배가 말했다.

"산업사회가 돼 상품이 화폐로, 화폐는 자본으로 발전했으며, 자본에 노동 가치가 축적되는 자기 증식을 통해 자본가 계급을 만들었습니다. 그러나, 공급과잉 상태가 항시 유지되어 지속적으로 시장이 개척되지 않으면 가격 인하와 노동자 해고라는 악순환에 빠질 수밖에 없는 구조를 만듭니다. 이 구조가 세계 대공황과 냉전 등 사회적 대립구조를 고착화합니다."

상품에서 왜곡된 노동 가치가 축적된 것이 자본이고, 자본은 생산력 발달에 이바지했으나 언젠가 극복해야 한다는 것이었다. 하지만 모두가 자본가 계급이 되고자 하는 사회인 것이 씁쓸했다. 나도 특별편의 내용으로 말을 보탰다.

"상품화하지 않아야 하는 세 가지가 자연, 인간, 그리고 화폐입니다. 자연과 인간은 우리가 산업을 통해 생산하지 못하기 때문이며, 화폐는 실물이 아니라 시스템이기 때문입니다. 하지만 최근 달러가 기저 화폐로 굳어지며 미국은 무한정 달러를 찍어내고 있습니다. 언젠가 이 시스템이 붕괴하면 인류는 큰 위기에 직면할 수 있습니다."

발제에 대해서 모두가 공감했으며 다양한 의견이 있었다. 모순이 쌓이면 무산계급인 민중에 의해 새로운 세상이 열리니 갈등을 감추기보다 적극적으로 알려야 한다고 했다. 그중 국내 문제의 핵심 즉 헤게모니가 무엇인가에 관한 토론이 있었다. 제국의 문제를 핵심으로 보는 학생들과 자본의 문제를 핵심으로 보는 학생들로 나누어졌다. 하지만, 권력자도 자본가도 사람인 것처럼 핵심 갈등이 해결된 사회에서도 민중의 대표는 사람일 것 같았다. 세미나 뒤풀이에서 성진은 동학농민운동 때 불렀다는 민요 '빈쇠전'을 불렀다.

그들이 얼마나 이 나라를 사랑하는지 나는 믿을 수 없다.
어리석은 백성의 소란으로 나라가 어지러워진다지만,
나는 다만 살아남으려 우리를 위해 싸울 뿐이다.
멀리서 북소리 울리면 이 모진 목숨을 바쳐 싸우리라.

　나는 민요를 들으며 막걸리를 마셨다. 권력자는 언제나 국민이 묵묵히 따르면 된다고 했다. 하지만 구성원이 목소리를 높이는 과정을 통해 사회가 발전했다. 지혜를 키우지 못하게 하고 그 모순을 감추려는 사회질서나 도덕, 기성 종교 등은 모두 문제에서 이득을 얻는 기득권이었다. 나에게 나타났던 존재들이 실재하는지는 알 수 없었다. 확신할 수 없는 것은 부정하고 현실 문제에 집중하는 것, 그것이 참 삶일 것이다. 나를 대신해 누군가 싸워줄 수 없었던 것처럼, 아무리 훌륭한 신도 나 대신 생각할 수는 없었다.

　날씨가 좀 더워지는 듯하더니, 어느덧 학기 말이 다가왔다. 기말고사가 공지되었다. 의무감에 벼락치기를 했지만, 시험은 집중하기 어려웠고 피곤했다. 시험이 거의 끝나갈 무렵이었다. 저녁을 먹고 맥주와 마른안주를 가지고 방으로 들어왔다. 진현이와의 쫑파티를 위해서였다. 추위가 가신 기숙사는 훨씬 살만했다. 집기나 옷가지도 늘었지만 정들면 이별이었다. 나는 진현이에게 이제 방학인데 뭐 할 거냐고 물었다. 진현이가 웃으며 대답했다.

　"난 방학 때 부산에 가려고. 어머니가 고액 과외로 이미 계획표를 다 짜놨대."

진현이의 엄마가 학원을 운영하신다는 말을 들은 기억이 났다. 누군가 짜놓은 계획대로 사는 게 숨 막히지 않느냐고 물었다. 진현이 대답했다.

"다 나 잘되라고 하는 일인데 뭘. 올해는 바짝 벌고 내년에 여행을 가자고 하셔. 참 너도 방학 때 집에 내려가지?"

"아니 동아리 선배들과 신림동에서 선생님께 판소리 강습받기로 했어."

"기숙사에서 신림동까지 다니기는 불편할 텐데?"

"방학 땐 동아리 선배에게 신세 질 거야."

"공짜로 얹혀산다고? 좋은 동아리구나. 이름이 얼쑤라고 했지? 얼마 전 기숙사에 찾아온 현석이라는 친구도 같이 배워?"

"현석이는 이번 학기 마치고 군대에 가. 혼자 남은 어머니가 일찍 군대 마치고 공부에 집중하길 바라시나 봐. 그래 봐야 부선망독자로 육 개월 단기사병이지만."

나는 말을 하며 성진이의 농활계획과 '용 꼬리' 한일이가 설명해 준 바쁜 방학 계획도 떠올렸다. 영화관 아르바이트하며 가능한 한 많은 여자를 꾄다고 했다. 진현이는 오징어를 뜯으며 학기 초에는 같이 이야기도 많이 하고 남는 시간에 맥주도 먹었는데 어느 순간 너무 바빠져 많은 시간을 함께하지 못하고 헤어지는 게 아쉽다고 했다. 나도 맥주를 마시며 말했다.

"미안해. 너의 도움으로 탁구도 배우고 학교에 적응하며 재미있었는데, 강경대의 죽음을 본 이후로 맘 편하게 지낼 수는 없었어. 사회는 발전하는데 사람들이 어려워지는 이유도 알고 싶었고."

"그래서 우리가 공부하는 거잖아. 아직은 모르는 게 많지만, 언젠가는 그 이유를 발견하고 사람들을 도울 수 있지 않을까?"

쉽사리 동의하기 어려웠다. 진현이가 말한 방식대로 많이 공부한 사람들이 사회를 더 어렵게 하고 있었다. 나도 그런 사람이 될까 두려웠다. 진현이가 계속 주장했다.

"수학이 응용되면 물리학이고 물리학이 조합되면 화학이고 원소를 유전자로 바꾸면 생물학이잖아. 생물학 중에서 사람에게 관여하면 특별히 의학이라고 하고 사회적 언어로 표현되면 심리학이고 사회학이지. 어떻게 분배하고 합의하느냐가 어렵지 결국 다 먹고사는 문제야. 그런 거 고민하라고 종교가 있고 철학이 있잖아? 그걸 겨우 학사경고 면할 정도의 성적만 받으며 사람 만나고 돌아다니면 알 수 있다고?"

나는 목소리에 힘을 주어 물론 수업에 잘 안 들어간 건 맞지만 나름대로 열심히 살았다고 했다. 사회적 문제도 종교와 철학에 맡겨둔다고 해결할 수 없고 함께 문제를 인식하고 도덕적으로 추론한 결과에 대해 사회, 문화, 환경을 종합적으로 고려하여 경제성을 평가해야 한다. 종합적이지 못한 땜질식 해결책들이 사회를 얼마나 아프고 혼란스럽게 하는지 충분히 경험했다고 강변했다. 조금 흥분한 걸 느낀 진현이는 돌려 말했다.

"그래, 네가 열심히 산 건 알아. 남들은 대학생이 되었다고 과외해서 번 돈으로 옷 사 입고 연애할 때 봉사하고 학습한다고 돌아다녔잖아. 술이 떡이 된 다음 날에도 부랴부랴 나갔으니까. 그렇게 열심히 살아서 남는 게 별로 없다는 거지. 그 시간을 공부에 썼다면 다음 학기 장학금을 받았을 것이고 너를 좀 가꾸고 연애했다면 지금 그럴듯한 여자 친구를 만나고 다녔을 텐데 말이야."

진현이는 조금 주저하다 덧붙였다.

"너 그거 알아? 학생운동 한답시고 다니는 녀석들이 우월의식에 찌들어서 가장 비민주적이고 폭력적인 거. 운동권이 사회질서도 제일 안 지키고 사람 팰 때 무식하게 패. 다들 어려우니 쉬쉬하고 넘어갔지만, 여자 문제도 복잡하잖아. 스스로 통제할 줄 몰라. 너도 그런 선배들 꼬붕 노릇만 한 거 아니냐?"

사회의 편견이 무서웠지만, 나의 마음 한구석에도 그런 생각이 있어서 반박할 수가 없었다. 조금 어색한 분위기가 흘렀다. 헤어지는 마당에 문제를 키우고 싶지는 않았다. 개운하지 않았지만, 나는 내일 할 일도 있고 시간도 늦었으니 그만 정리하고 자자며 적당히 마무리했다. 못다 한 말은 다음에 차차 하자고 했다. 뒤척이다 엎드린 채 잠이 들었다.

열어 놓은 창문으로 서늘한 바람이 불었다. 창에 달빛이 비쳤다. 찜찜한 마음에 보니 다음 날 새벽이었다. 하얀 위생복으로 갈아입은 아주머니들이 모두가 잠든 새벽에 아침밥을 준비하고 있었다. 깨끗하게 물청소가 된 바닥 위에 밥이 익는 듯 하얀 증기가 피어올랐다. 분주히 나르고 찌고 자르는 소리가 들렸다. 열심히 일하시는 그분들이 고마웠다. 나팔소리가 들리자, 게으름이 피 섞인 우박처럼 쏟아져 내렸다. 피하고자 했으나 가위에 눌린 듯 움직일 수 없었다. 바닥은 더러워지고 위생복은 흙탕물이 튀었다. 다들 멍한 눈으로 하늘을 봤다. 게으름을 반성하라고 미카엘이 노래했다. 노래가 끝나자 미카엘이 말했다.

"자기통제는 충동적 행동의 결과를 예상하고 절제하는 능력이다. 사회가 커지고 풍요로워지며 자기통제의 윤리를 주입하여 절제와 예절을 인간의 본성으로 만들었다. 우세경쟁의 바탕에 있는 감정들이 사회의 발달과정에서 사라질 수는 없으나, 보편적 인류애를 품은 사회의 협정과 규범으로 그것들이 주변화될 수 있다. 만일 특정 공동체의 순혈주의를 주장한다면 그 문명은 지속할 수 없다. 사회의 정체성에서 내부의 단결 의식을 씻어 내면서 한 땅덩어리에 살게 된 모든 사람과 집단을 포용하는 계약으로 발전시켜야 한다."

오락실에서의 기억이 되살아났다.

오락실

진오는 더욱 우유부단하고 게을러졌다. 부모님도 선생님도 진오에 대한 관여를 포기하자 시간이 많았다. 학교가 끝나면 가끔 할아버지가 사탕 두 개를 사서 기다리셨다. 그렇지 않은 날엔 문방구의 게임기를 구경하거나 아랫동네 오거리에 있는 제법 큰 오락실에서 구경하는 걸 즐겼다.

진오의 아버지는 가을부터 독서실을 시작해서 저녁에 들어오면 주머니에 제법 잔돈이 많았다. 진오는 아버지 호주머니에서 백 원을 훔쳤지만, 등굣길에 군것질해 남은 돈이 없었다. 구경만 하자는 마음으로 아랫동네 오거리에 있는 제법 큰 오락실을 찾아갔다.

'산수오락실'이라는 간판이 보였다. 입구에 들어서니 아직 바닥이 마르지 않아 물에 젖는 먼지 냄새가 났다. 진오는 게임을 하는 아이들이 없어 새로 들어온 게임기가 없나 살펴본 후 밖으로 나왔다. 오락실에서 주인의 눈에 띄어 봐야 좋을 게 없었다. 돈을 바꿔주는 것 외에는 특별히 관계할 일이 없지만, 가끔 조이스틱을 험하게 다루거나 게임을 하지 않고 구경만 하는 걸 알면 혼나거나 쫓겨나기도 했다. 오락실 옆으로 할머니가 다니는 믿음교회가 보였다. 꼭대기의 십자가가 무서웠다.

얼마간 기다리자, 한 무리의 녀석들이 나타났다. 진오는 그 녀석들을 따라 들어갔다. 녀석들은 오락실에 들어와 동전을 바꾸고 게임을 했다. 또 다른 녀석들도 들어왔다. 대부분은 같이 와서 내기하거나 친구가 하는 걸 구경하면서 참견했다. 진오처럼 혼자 와서 구경만 하는 녀석들은 흔하지 않았다. 진오는 학교생활에서 익힌 특유의 인내로 다른 아이들이 하는 걸 지켜보며 머릿속에 적기가 출현하는 패턴과 기지들을 기억했다.

시간이 조금 지나 아이들이 많아졌고, 처음 보는 세 명이 들어왔다. 그들은 게임기를 둘러보며 무언가를 물색했다. 서로 소곤거리더니 주인에게 동전을 바꿨다. 한 녀석이 가장 구석에 있는 갤러그 게임기에 앉았다. 또 한 녀석은 동전 넣은 쪽에 자리를 잡았고, 다른 녀석이 주인의 시야를 가리려는 듯 그 뒤에 섰다.

게임이 시작되자 동전 넣는 쪽에 있던 녀석이 무언가를 꺼냈다. 50원 동전 크기에 맞게 굽혀진 테니스 줄이었다. 게임을 하는 동안 코인이 한없이 올라가는 소리가 들렸다. 진오는 묘한 흥분을 느끼며 다가

갔다. 수많은 코인을 투입한 듯 게임이 계속되자 생전 처음 보는 판이 나왔고 그걸 구경하기 위해 아이들이 모여들었다. 주변이 소란스러워지고 주인이 쳐다보았다.

게임에 정신이 팔렸던 아이들과 달리 무언가를 눈치 챈 주인이 다가왔다. 망을 보던 녀석과 테니스 줄을 만지던 녀석은 급하게 도망쳤지만, 게임을 하던 녀석이 잡혔다. 주인의 서슬 퍼런 눈빛이 느껴졌다. 게임 몇 판을 공짜로 한 대가가 얼마나 비싼 건지 보여주겠다는 듯 사정없이 뺨을 때리고 발길질했다. 모두가 얼어붙어 쳐다보았다. 얻어맞은 녀석은 얼굴을 부여잡고, 다리를 절며 오락실에서 나갔다. 진오는 아이들만 드나드는 오락실 안에서 마음껏 분노를 표현하는 주인이 부러웠다.

시간이 조금 지나고 모두가 언제 그랬냐는 듯 다시 게임을 했다. 아는 얼굴이 오락실에 들어왔다. 안선우는 같은 반 아이 중 돈이 많은 녀석이었다. 항상 좋은 옷을 입고 다니고 비싼 학용품을 사용하며 햄이나 소시지 등 좋은 반찬을 나눠줘 아이들의 부러움을 독차지했다. 가끔 구하기 힘든 성인잡지도 가져왔다. 오락실 주인도 지폐를 바꾸어 게임을 하는 녀석을 알아보았다.

천 원을 바꿔 오락기로 가던 녀석은 진오를 발견하고 잠시 멈칫하더니 이내 비웃음을 날렸다. 돈이 없다는 것을 알아챈 눈치였다. 바꾼 돈을 모두 오락기에 집어넣었다. 요즘 진오가 관심을 두고 있는 '제비우스'라는 게임이었다. 기존의 게임들처럼 한판을 끝내고 다음 판이 시작되는 방식이 아니라 한번 시작하면 계속 이어져 끝까지 긴장을 놓을 수 없으면서, 공군과 지상군을 동시에 상대해야 하는 게임이었다.

음성이 들렸다.

"그 뒤에서 바라보지 말고 자존심을 지켜. 저 녀석은 지금 게임보다 네가 부러워하는 모습에 재미를 더 느끼고 있을 거야."

또 다른 음성이 들렸다.

"뭘, 어차피 네가 구경하거나 말거나 학교에서 괴롭히는 건 똑같잖아. 혹시 알아? 게임이 지겨우면 한 판 남겨줄지도 모르잖아."

30분이 지나고 하교하던 아이들이 거의 없어졌다.

"빙신 새끼. 온종일 쳐다보면 뭐가 나오냐? 돈도 없는 불쌍한 새끼가 재수 없게 쳐다보니까 자꾸 죽잖아."

선우가 하는 말에 화가 났지만, 진오는 무슨 말인지 모르겠다는 어리둥절한 표정만 지었다. 선우는 한판을 더 하더니 이내 포기했다.

"내가 너랑 뭔 말을 하긋냐. 너도 하고잡냐?"

진오는 비굴하게 웃었다. 선우는 한 판을 남겨주고 오락실을 떠났고 진오는 조이스틱을 잡았다. 게임 속에 나타나는 모든 것은 오늘 그를 힘들게 했던 존재가 되었다. 같이 살고 있지만, 잔소리만 하는 식구들은 지상의 기지와 피라미드다. 감히 친한척할 수 없이 예뻤던 주희는 미스터리 서클로 남았다. 심심할 때 가지고 놀던 벌레 취급하던 못된 녀석들이 공중에 적기로 나타났다가 유리 부서지는 소리를 내며 추락했다. 얼굴도 기억나지 않고 목소리만 들렸던 담임이 최종보스로 등장했다. 적들의 출현도 많아져 다 죽고 이제 한 대 남았다. 점점 집중력이 떨어지고 손아귀에 힘이 빠진다. 바람이 불었다. 등 뒤에 누군가 서 있는 기분이 들었다. 목소리가 들렸다.

"학교에서는 돈도, 힘도 없고 무시당하고 얻어맞잖아. 선우에게 비굴하게 행동해서 얻은 기회인데 네가 모두를 이길 수 있는 이 게임에서 포기하겠다고? 네 손이 부서지는 한이 있더라도 저것들을 다 없애야지."

집중력이 떨어지고 약해졌던 진오의 마음이 다시 콘크리트처럼 단단해졌다. 눈에 힘을 주고 이빨을 앙다물었다. 조이스틱이 부서질 듯 소리를 냈다. 사지가 저리지만 화면이 커졌다. 진오의 전투기는 끝까지 살아남았다.

진오의 마음은 뜨겁게 데워져 있었다. 게임이 끝나고 프로그램을 만든 사람들의 이름이 화면에 올라왔다. 그 아래에 비행기의 주황색 불빛이 연신 깜박거렸다. 그렇게 분노를 쏟아내고 나니 힘이 빠지고 손이 아팠다.

음성이 들렸다.

"꼭 이렇게 해야 해? 너의 기분은 알겠는데 스스로 이렇게 망가져야 해? 그렇다고 누가 네 편이 될까? 넌 항상 혼자야."

분노가 가라앉자, 여섯 식구가 같이 사는 이 대도시가 지독하게 외로웠다. 닭 몇 마리가 전부였던 시골 큰집에서도 느끼지 못했던 감정이었다. 누군가와 함께하고 싶어졌다.

진오가 허탈한 마음에 오락실을 나왔다. 믿음교회의 십자가가 불쌍하게 쳐다보는 것 같았다. 할머니는 광주에 올라온 후로 정안수를 떠놓고 비는 것을 그만두고 새벽기도에 나가 식구들의 안녕을 기도하셨다. 교회에 들어가 할머니가 기도했을 자리에 앉았다. 저 멀리 십자가에 매달린 예수가 언젠가는 다가와 줄 것 같았다. 그날 밤 진오는 또 고열에 시달렸다.

　주황색 머리를 날리며 뿔을 가진 존재가 다가왔다.

　"모든 사람은 건강한 관계를 유지해야 행복하다. 행복하지 않을 때 좌절은 조건을 변화시키기 위해 분노나 두려움을 만든다. 마음껏 분노하라. 분노는 남들과 구별되는 너의 정체성을 만들어가기 위한 것이다."

　"아까 오락실에서 내 뒤에 서 있었어라? 포기하고 싶은 마음을 추스르고 게임에 집중해 이겼어라."

　"너의 분노로 의지를 만들어라. 스스로 지키고 싶은 위치와 가치가 생긴 이후라야 분노할 수 있으니, 그 의지를 네 안에 가둬두지 말고 표출하라."

　"이겨서 기분이 좋지만 결국 그 후에는 힘들고 아프고 외로아라."

　"분노의 표출이 너를 곤궁하게 할지라도 좌절과 절망 속에서 분노를 다스릴 힘을 얻고 너의 영혼이 강해질 것이다."

　일어나 보니 꿈이었다. 손은 땀으로 축축했다. 어떻게든 이기고 싶은 시절이었다. 오락실에서 동전을 남겨주었던 선우가 어떻게 사는지도 궁금해졌다. 미카엘을 만난 건 내가 마지막으로 포덕소를 찾아간 날이었다. 샤워하고 어젯밤 일을 곰곰이 되새겼다. 진현이는 나의 생활을 비꼰 것이었다. 자리에서 일어나 밖으로 나왔다. 너무 이른 새벽인지 오가는 사람이 없었다. 조금 걸어 나가보니 식당에 불이 들어와 있었다. 아직 자는 진현이를 깨워서 같이 아침을 먹자고 했다.

식사하며 내가 사회문제의 본질이 무엇인지 이해한다는 핑계로 안일하게 생활했다는 걸 인정했다. 많은 사람이 애정 표현에 서툴러 상처를 주고 운동권이라고 예외는 아니지만, 가족과 이웃을 사랑한다고 세상의 부와 권력이 몇 사람에게 집중되는 걸 참고 살아야 하는 건 아닌 것 같다고 했다. 그렇게 침묵하고 자기 경쟁력만 키우는 것도 또 다른 게으름인 것 같다고 말했지만, 이젠 나도 진현처럼 뭔가를 이루기 위해 집중하고 싶어졌다. 그런 집중이 생각을 바꾸는 실마리가 되었다.

제3장

현실에 **영향**을 미친다면 **실재**할까?

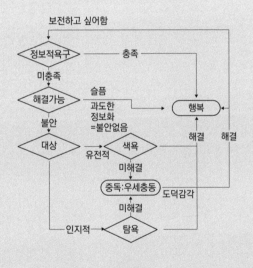

정보적 욕구

제3장

현실에 영향을 미친다면 실재할까?

잠에서 깼지만, 덕배 선배는 없었다. 어차피 숙취 때문에 오전 수업은 들어가 봐야 민폐라는 생각에 10시까지 기다렸다가 대충 씻고 집을 나섰다. 방학 때 신세를 지는 덕배 선배의 자취방은 녹두거리의 먹자골목에서 멀지 않았다. 큰길에서 쭉 들어와 왼쪽으로 돌아가면 제법 큰 버스조합 차고지가 나왔다. 급할 때는 차고지를 가로지르면 큰길에 바로 도착할 수도 있었다. 조금 더 골목길을 돌아 올라가면 한가한 주택가에서 잘 지어진 이층집이었다. 대문에 들어서면 한편에 집이 한 채 더 신축되어 있었다. 덕배 선배는 주인집 이층을 빌려 살고 있었다.

집에서 나오자, 속이 울렁거려 담벼락을 붙잡고 헛구역질했다. 나를 한심하다는 듯 쳐다보는 사람들의 시선이 느껴졌다. 골목길을 돌아내려 가 차고지를 가로질렀다. 아침 출근 전쟁을 마친 버스 기사들이 담배를 태우며 믹스커피를 마시고 있었다. 정류장에서 학교로 올라가는 셔틀을 탔다. 보강 중인 물리학 실습에서 의리로 뭉친 친구들은 내 이름에 대답해 줄 것이다. 아침 수업이 시작하는 9시가 지나면 학교 셔틀을 타는 학생이 별로 없었다. 한가한 셔틀을 타고 올라가 보강 중인 물리학 수업에서 리포트를 적당히 베껴 제출했다.

'상대성이론은 공간과 시간, 중력 등이 빛의 속도를 기준으로 상대적으로 결정된다는 이론이다. 양자역학은 세상이 확률적으로 존재하나 하나의 상태 즉 양자로 나타난다는 것이다. 모든 가능성의 우주가 있다는 다중우주론과 우리 우주는 지성적인 정보 처리가 필연이며 되돌릴 수 없다는 인본원리는 이를 통합하려는 시도에서 주장되었다.'

다중우주론은 잘 모르겠으나, 대학생의 일탈은 필연이며 한 번 놀아본 대학생이 다시 공부하기 힘든 것은 사실이었다. 의리를 지켜준 친구들과 지하 식당의 대형 선풍기 앞에서 해장국을 먹었다. 뜨끈한 국물에 송골송골 땀방울이 맺혔다.

식사 후 1층에 있는 음악감상실에서 쉬었다. 편안한 의자와 어두운 조명, 제대로 된 스피커에서 나오는 소리도 좋았다. '엘 콘도르 파사'가 연주되었다. 웅장하고 아련한 음악에 안데스로 돌아가는 콘도르가 된 기분이었다. 사이먼은 이 곡을 달팽이보다 참새가 되겠다는 내용으로 가볍게 편곡했다. 기숙사가 억지로 산 식권으로 시간에 맞춰 밥을 먹어야 하고 취침 시간도 정해진 달팽이의 삶이라면 자취방은 원할 때 먹고 들어갈 수 있는 참새 같은 삶이었다.

음악감상실에서 정신이 들자 동아리 방으로 갔다. 학기 초에 배워보겠다던 기타가 한쪽 구석에 있었다. 기타로 무게를 잡아 보았지만, 배웠던 코드가 잘 기억나지 않았다. 코드집을 보고 다시 익혀보려다

귀찮아서 내일 하기로 했다. 손바닥으로 기타를 치며 알고 있던 민중가요를 몇 곡 불렀다. 조금 있으니, 수업을 마친 듯 덕배 선배가 왔다. 과외 때까지 시간이 좀 있어 들렀다고 했다. 서둘러 '궁자노래'를 배웠다.

> 좀 상스럽기는 하지만 단둘이 있으니 궁자노래 한번 불러보자.
> 하늘이 열린 창덕궁. 강태공의 조작궁. 진시황의 아방궁.
> 이궁 저궁을 다 버리고 춘향아 어서 벗어라 잠자자.
> 아이구 부끄러워 나는 못 벗것소. 아서라 이 계집 어서 벗어라 잠자자.
> 병풍이 우당탕. 이리 한창 요란할 때 말하지 않더라도 알리로다.

창덕궁으로 시작하는 궁자노래는 이몽룡이 성춘향을 겁박하여 합궁하는 내용으로 이어진다. 옷을 벗으라고 호통을 치는 이몽룡의 말과 부끄러워 수줍어하는 성춘향의 말을 잘 표현해야 하고 이몽룡이 급하게 뛰어들며 벌어지는 상황을 속도감 있게 표현해야 했다. 나는 카세트테이프에 녹음된 '궁자노래'를 익히며 내가 이몽룡이 된 듯 실실거렸다.

오후에 빈둥거리다 특별한 약속이 없어 학교에서 저녁을 먹고 셔틀을 탔다. 녹두거리에 내리자, 저녁을 겸한 술자리로 온 동네가 환했다. 나는 혹시나 하는 마음에 서점 '그날이오면'에 들렀다. 서점에 들어서면 벽면에 그날 모임이 붙어 있었다. 꼼꼼히 메모를 읽어 나갔다. 친구를 찾는 메모에서부터 학과, 동아리, 동문회, 향우회까지 연결될 수 있는 이름이 없었다. 서점을 나와 자취방으로 걸어갔다. 대문을 열고 들어가 불이 켜진 주인집 1층을 돌아 천천히 2층으로 올라갔다.

불을 켜자, 정돈되지 않은 것들이 보였다. 미안한 마음에 청소하려 했지만, 어디로 치워야 할지 몰라서 한쪽으로 밀쳐놨다. 조금 있으니 덕배 선배가 과외 마치고 들어왔다. 손에는 맥주와 치킨이 있었다. 맥주를 마시며 덕배 선배의 살아온 이야기를 들었다.

아버지가 심마니였는데 어렸을 적 엄마가 집을 나가 기억에 없었고, 혼자 생활할 수 있게 되자 일찍 타지로 나와 공부했다. 주말이면 항상 아버지 앞에서 심마니의 어려움과 엄마에 대한 원망을 들었다 했다. 그때는 아버지가 참 불쌍하다고 느꼈지만, 아버지가 쓰러져 병원에 입원하신 후 동네 분들에게 어머니가 가정폭력을 견디지 못해 나간 거라는 말을 듣고 혼란스러워졌다 했다. 그래도 아버지보다 어머니를 원망스러워했다.

술을 다 마셔갈 때쯤 선배에게 어떻게 그렇게 사는지 물었다. 학교 수업과 과외도 그렇고 항상 엄청나게 많은 일을 하고 있으면서도 저녁에 술자리 한 번 피하지 않는 게 신기했다. 대답은 의외로 간단했다.

"그렇게 대단하게 여겨줘서 고마워. 너 사는 걸 보면 집중력이 부족한 것 같아. 비결을 말해주자면 매 순간 정말 하고 싶은 한 가지에 집중해 봐. 그 일이 해결되면 조건이 변해서 나머지 일 중에서 하지 않아도 되는 일이 생기거든. 계획을 잘 짜서 여러 가지를 한꺼번에 처리하면 효율적일 것 같지만 따지고 보면 집중력도 줄어들고 그만큼 시간도 오래 걸리며 실수도 잦아지거든."

"그럼 어떤 일에 집중해야 하는데요?"

"지금에 집중해야지."

"그건 저도 아는데 지난 시간에 대한 후회와 미래에 대한 불안 때문에 지금에 집중하기가 어려워요."

"그래서 훈련이 필요한 거야. 나도 처음에는 너처럼 이것저것 다 하고 싶은 욕심에 헤맸어. 그러다 군대에 갔는데 할 수 있는 게 별로 없더라고. 평상시 거들떠보지도 않던 책에 집중했어. 책을 통해 사회에서 통용되는 언어, 사상, 가치관, 신념, 태도 등을 배울 수 있고, 자기 생각을 타인과 공유함으로써 개선, 발전시킬 수 있었어. 독서는 현재에 집중하며 한 주제를 깊이 탐구하는데 긴 시간을 몰입할 수 있는 능력이지. 독서는 음식과 같아서 조용히 잘게 씹으면 그 맛이 오래가지만 시끄럽게 마구 씹어 삼키면 끝까지 맛을 알 수 없어. 점점 어려운 책을 읽어가며 신중하고 집중하게 되었어."

나는 정신없이 휩쓸려만 다녔지 한 학기 동안 무엇엔가 확실히 집중한 적이 없었다. 선배처럼 하나에 집중했다면 더 많은 성취를 이루었을 터였다. 누군가 밖에서 부르는 소리가 났다.

덕배 선배가 일어나 문을 열었다. 파마머리에 턱살이 두툼했고 무표정한 얼굴이 예순은 넘어 보이는 주인아주머니였다. 가벼운 안부와 날씨 이야기를 했다. 아주머니는 오랜만에 말소리가 들려서 올라와 봤다고 했다. 덕배 선배는 웃으며 말했다.

"소개할 사람이 있어요. 진오라고 동아리 후배인데 당분간 같이 지내야 할 것 같아요. 진오야 일어나서 인사드려."

나는 쭈뼛쭈뼛 일어나 마지못해 인사했다. 아주머니가 탐탁지 않은 듯 말했다.

"처음 계약할 때만 해도 혼자 산다고 하더니 둘이 살 거면 미리 말해야지. 방학이라고 다들 내려가는데 오히려 사람을 더 데려와 살면 어떻게 해요. 가뜩이나 빈방 때문에 골치 아픈데. 전기세는 따로 낸다고 해도 물세, 오물세, 쓰레기까지 공과금이 얼마나 더 나오는지 몰라요?"

한참을 이야기하다 당장 내보내지 않으면 공과금을 두 배로 올리겠다고 말하고 내려갔다. 덕배 선배는 예기치 않은 일에 당황해서 저 아주머니가 저럴 분이 아닌데 이상하다고 했다. 곰곰이 생각하니 아침에 아주머니를 본 기억이 났다. 담벼락을 붙잡고 있을 때 나를 한심한 듯 쳐다봤었다. 전혀 모르는 척 찾아와 말했던 아주머니가 미워졌다. 나는 미안한 마음에 말했다.

"저 때문에 형이 곤란해지신 것 같아요."

"필요하면 돈을 내면 되니까 곤란해질 건 없어. 이상한 건, 방도 두 개고 처음 계약할 때 혼자 산다고 하지 않았는데, 아주머니가 트집을 잡는 것 같아서 그렇지."

"저쪽 집의 방이 다 비어 있던데, 집 두 채를 다 세를 주고 계시는 건가요?"

"그렇지. 이 집은 이 층만 세를 주고 있지만, 저쪽 집은 방별로 세를 받고 있지. 얼마 전 저쪽 집에 좀도둑이 들었어. 그래서 다들 방을 뺐는데 그것 때문에 예민해지셨나 봐."

덕배 선배가 본인 속상한 걸 왜 자기에게 따지냐며 화를 냈다. 분명 세입자라고 만만하게 본 것이라며 그냥 넘어가면 안 된다고 했다.

갑자기 덕배 선배의 머리카락이 위로 솟구쳤다. 험악한 입에서는 이빨이 솟아났다. 팔과 다리에 금장식이 생겼고 억센 근육이 보였다. 어디선가 세탁기가 돌아가는 것 같기도 하고 레미콘이 돌며 자갈이 섞이는 것 같기도 한 뭉툭한 소음이 들렸다. 달걀이 썩는 듯 유황 냄새가 올라왔다. 유황이 불붙은 산처럼 솟구쳐 올랐다. 식욕을 조절하고 자비함을 갖도록 라미엘이 노래했다. 노래가 끝나고 라미엘이 말했다.

"폭력의 두 번째 뿌리는 가학성, 즉 남을 해침으로써 얻는 즐거움이다. 소년들이 메뚜기 다리를 뜯어내는 것처럼 인간은 생명의 허약함에 매료되는 특징이 있다. 몇몇 가해자는 다른 사람에게 고통을 가함으로써 만족을 얻으려는 이유로 사건을 저지르기도 한다. 가학성이 발달하려면 타인의 고통을 즐기는 동기가 형성되고 이를 행동으로 옮기지 못하도록 막는 제약이 제거되어야 한다. 복수심은 뇌의 감정이입을 꺼버린다. 폭력에 노출되었던 사람이 적절하게 위로받지 못하면 가학성을 가질 수 있다."

슈퍼마켓의 기억이 되살아났다.

슈퍼마켓

5학년이 됐지만 진오는 여전히 외톨이였다. 특별히 괴롭히는 아이들은 없었다. 봄볕이 따뜻한 도덕 시간이었다. 진오는 평소 수업에 집중하지 않는 편이지만, 조용한 분위기 속에 선생님의 몇 마디가 들려왔다.

"…법에 어긋나는 행동을 해서는 안 된다. …도둑질은 법에 어긋나는 행동이다. …도둑질해서는 안 된다. …"

아무리 따져 봐도 법을 왜 지켜야 하는지에 대한 설명이 없었다. 아니 타당한 나름의 이유가 있었지만 이미 착한 아이임을 포기한 진오로선 받아들일 수 없었다. 다만 법에 어긋나면 처벌을 받는 게 두려웠다. 진오는 조금 엉뚱하게 처벌받지 않도록 들키지 않고 훔치면 되겠다고 해석했다.

시골에 살 때만 해도 많은 사람이 진오에게 관심을 가졌다. 그래서 적어도 어른들이 보는 데서는 착한 척이라도 했다. 어른들은 그런 모습을 칭찬하고 가끔 무엇인가로 보상해 주기도 했기 때문이다. 그러나 아무도 진오의 행동에 관심을 기울이지 않는 지금 착하게 행동해야 할 이유가 없었다.

슈퍼마켓에는 고향과는 비교도 할 수 없이 맛있는 과자가 넘쳐났다. 하지만 사 먹을 돈이 부족했다. 진오는 그런 상황이 불만이었다. 그날 오후 수업을 마친 진오는 시내를 구경할 겸 철도를 건너, 집에서 멀리 떨어진 곳으로 갔다. '삼광슈퍼'라는 새로 생긴 가게가 눈에 들어왔다. 가게 입구에는 '축 개업.' 또는 '돈 많이 버세요.' 등 이제 막 생겼음을 증명하는 화분이 몇 개 있었다. 지나가는 자동차 바람에 화분의 나뭇잎이 흔들렸다.

진오는 가게에 들어섰다. 가게는 제법 넓고 깨끗했다. 앞에는 작고 잘 팔리는 것 위주로 진열돼 있었고 안으로 들어갈수록 크고 비싼 물건들이 있었다. 진오는 처음 보는 과자들에 홀린 듯 가게 안쪽으로 들어갔다. 화장을 진하게 한 주인은 진오의 행색에 몇 번 의심스러운 눈으로 쳐다보았다. 한참 구경만 하자 관심을 거두고 정리하던 물건을 챙기고 있었다.

어디선가 음성이 들렸다.

"언제까지 구경만 할 생각이야. 하나 훔친다고 큰일이 날 것 같지도 않은데. 걸리면 잘못했다고 빌면 되고 안 걸리면 먹을 수 있잖아."

진오는 가장 비싼 종합선물세트의 포장을 뜯고 몸 구석구석에 초콜릿처럼 작고 맛있어 보이는 것들을 쑤셔 넣었다. 입구 쪽으로 막 돌아서는데 다시 음성이 들렸다.

"겨우 그거 가지고 만족하려고? 어차피 뜯은 거 초코파이도 맛있을 것 같아. 이번에 포장이 바뀐 것 같은데 한번 먹어봐. 거기까지는 주인이 눈치 챌 수 없을 거야."

크게 수고로운 것도 없었다. 한 개를 집어 품속에 넣은 후 마음에 든 게 없다는 표정으로 빈손으로 계산대 앞으로 갔다. 껌을 하나 집어 들고 오십 원을 냈다. 마음속 긴장은 팽팽한 활 사위처럼 당겨졌지만, 초점을 잃은 눈빛이 이를 잘 감췄다. 주인이 말을 붙이려다 그만두었다. 묻고 싶은 마음보다 빨리 가게를 나가 줬으면 하는 마음이 큰 눈치였다. 돌아서는 순간 바스락거리는 비닐 소리가 났다. 진오는 아차 싶었다. 초코파이를 무심코 집어넣었는데 돌아설 때 소리가 날 걸 예상 못 했다.

"학생, 잠깐만."

가게 주인의 목소리가 바뀌어 있었다. 곁눈으로 쳐다보니 눈빛도 달라져 있었다. 여기서 더 지체하면 사달이 날 것이다. 팽팽한 마음이 진오의 온몸을 긴장시켰다. 품속의 물건을 모두 쏟아내고 교만과 분노가 이끄는 대로 뛰기 시작했다. 옷깃에 화분이 걸려 쓰러졌다. 주인은 확신에 찬 목소리로 외치며 달려왔다.

"너 거기 안 서?"

사람들이 쳐다보는 게 느껴지고 자동차의 빵빵거리는 소리도 들렸지만, 그 순간 차도 사람도 아무것도 보이지 않았다. 그렇게 철길에 도달했다. 평소에 이렇게 달리기를 잘했나 싶게 힘도 들지 않고 아프지도 않았다. 기차가 지나간다는 신호가 켜져 있었다. 차단봉이 내려져 있었지만, 신경 쓰지 않고 아래로 파고들었다. 진오는 어차피 걸리면 죽는다고 생각했다. 이렇게 뛰다 죽는 게 나을 수 있었다.

철길을 건너고 조금 후에 기차가 지나가는 소리가 들렸다. 모퉁이를 돌아 조금 더 뛰다 뒤돌아봤다. 가게 주인은 따라오지 않았다. 해질녘 보라색 하늘이 눈에 들어왔다. 그날 밤 잠자리에서 뛰었던 다리가 쥐가 나는 듯 저렸다. 진오는 의식을 차리고 일어나려 했지만, 가위에 눌렸다.

보라색 손톱을 한 존재가 아래를 두리번거리며 다가왔다. 얼굴도 몸도 각이 져서 성격이 까다롭고 고집이 세 보였다.

"모든 사람을 자신의 정보를 보전해야 행복하다. 자신이 인정받지 못할 때 불안해지고 탐욕으로 표현된다. 갖고 싶은 게 많으냐? 욕심껏 취하라. 탐욕은 끝없는 욕심으로 너를 생명으로 이끌어 가기 위해 찾아온 주의 시험자이니라."

"당신이 아까 물건을 훔치라고 했지라. 사람들이 정해 놓은 규칙을 깨보는 건 짜릿했어라. 가끔 보상으로 갖고 싶은 것을 얻었지만, 잡힐 수도 사고가 날 수도 있었당게요."

"시험에는 보상이 따르고 위험도 함께 오지. 사실 그래서 더 짜릿한 것이 아닌가? 시험에서 사고를 당하더라도 그 또한 주가 예비하신 일이고 너도 그 위기감을 즐겼잖아. 탐욕은 분에 넘치는 마음에서 비롯되니 그 정도 위험은 감수해야지."

"긴장감 속에 달리는 게 즐겁긴 했지라. 위기를 벗어났으니 다행인디, 갖고 싶은 걸 하나도 챙겨오지 못해서 슬퍼라."

"원하는 게 있는데 갖지 못했느냐? 마음껏 슬퍼하고 불안해하라. 네가 나를 찾았으나 이제는 나 스스로 네 안의 불안을 먹이로 성장할 것이다."

슈퍼마켓에서 과자를 훔치진 못했지만, 진오는 대담해졌다. 잘못을 저지르는 위험이나 노력에 비해 이익이 크다면 망설이지 않았다.

다음 날 아침 씻는 소리에 잠에서 깨어 거실로 나왔다. 덕배 선배가 외출을 준비하며 걱정스러운 듯 말했다.

"진오야 어젯밤 술을 많이 먹지도 않았는데 갑자기 눕더라. 자나 싶었는데 미세하게 손발을 떠는 것 같아 걱정 많이 했다. 어렸을 때 죽을병 걸린 사람들이 약초 땜에 이웃에 많이 살았는데 대부분은 나쁜 자세가 원인이더라."

선배의 설교는 집에서 쉬다 그랬으니 다행인 것과 거북목을 고치고 심호흡해야 한다는 것으로 발전했다. 공과금은 저녁에 말하기로 했으니 신경 쓰지 말고 나갈 때 인사나 잘하라는 것으로 마무리되었다. 나는 이러다 진짜 죽을 수도 있겠다고 생각했다. 지난번 버스에서의 일도 그렇고 조금씩 위험해지는 것 같았지만, 아직 크게 신경 쓰고 싶지 않았다. 몸도 피곤하고 술에 취해 그런 거라 대답하고 얼버무렸다. 덕배 선배가 나간 후 집을 정리하고 몸을 추슬러 나갔다. 아주머니가 여전히 무표정한 얼굴로 마당을 치우고 있었다.

부끄러웠지만 용기를 내서 인사했다. 아주머니는 계면쩍은 모습으로 인사를 받았다. 나는 너스레를 떨며 들어오는 날 미리 말씀드렸어야 했는데 죄송하다고 말했다. 아주머니는 어제 과하게 화낸 것에 미안한 눈치였다. 그 옆에는 이사한 학생 방을 치웠는지 물건이 제법 많이 쌓여 있었다. 혼자 치우기엔 버거워 보였다. 난 좀 더 친근하게 말했다.

"참 올해부터 분리배출 안 하면 과태료가 부과되는데 어차피 나가는 길이니 제가 들고 나갈까요?"

아주머니는 못 이기는 척 대답했다.

"그래 주면 고맙지. 오늘은 재활용품을 수거하지 않는 날이라 저 앞 버스정류장까지 들고 가야 해서. 부탁 좀 할게."

나는 재활용품을 들고 나가며 기숙사에 있던 친구 중에 아직 마땅한 방을 못 구한 사람이 많은데 집이 깨끗하고 조용하니 소개해 본다고 했다. 아주머니의 눈빛이 바뀌는 게 느껴졌다. 애써 웃음을 감추듯 말했다.

"워낙에 위치가 좋아서 빈방이 없었는데 바빠서 홍보를 못 했어. 신경 써줘서 고마워. 저기. 공과금은 너무 걱정하지 마. 보아하니 선배한테 얹혀사는 것 같고, 집에서 밥도 안 해 먹으니 내 따로 받지는 않을게."

직감적으로 과한 반응이 필요하다고 생각해서 이모님 마음씨도 좋다고 말한다며 격하게 고마움을 표시했다. 한마디 인사와 마음을 쓴 것이 이런 결과로 이어진 것이 놀라웠다. 위험이 있더라도 예의만 차리지 말고 용기를 내서 시도해 보는 것도 필요했다. 자취 생활에서도 흥미로운 일들이 많이 생길 것 같았다.

오후 늦게 학교에서 내려와 신림동 사거리로 가는 버스를 탔다. 버스에서 내려 건널목을 지나 조금 오래된 건물 이층에 판소리 강습소로 올라갔다. 강습소에는 학생들이 많았는데 주로 각종 대회에 출전하거나 입시를 준비했다. 한복을 곱게 차려입고 소리하는 모습은 어린 나이에 걸맞지 않게 예뻤다. 가끔 그런 학생들과 같이 목을 풀면 괜스레 얼굴이 붉어졌다.

일주일에 세 번씩 동아리 선배들과 소리를 배웠다. 덕배 선배는 시간에 맞춰 왔지만, 찬영 선배는 학생회에서 주관하는 시위가 많아 가끔 참석했다. 강습소에서 선생님께 호흡법을 먼저 배웠다. 모든 소리, 즉 울림의 기본은 호흡이었다. 들숨과 날숨의 자연스러운 과정에 울림을 얹힌다고 생각해야지 울림을 위해 인위적으로 숨을 쉬는 순간 억지스럽고 부자연스러워진다. 그래서 내고자 하는 소리에 맞게 깊이 호흡해야 한다. 청중도 호흡을 함께해야 소리에 녹아 있는 감정이 온전히 전달될 수 있다. 이것이 텔레비전에서 보는 딴따라와 소리가 근본적으로 다른 점이라고 했다.

강습은 단가 등을 이용해 목을 푸는 과정, 본 강습, 복습 등으로 이뤄졌는데 처음에는 춘향가에서 시작하기로 했다. 선생님께 옥중가를 배웠다.

적막하고 차가운 감옥에서 생각나는 것이 임뿐이라.
손가락의 피를 내어 사정을 쓸까?
애간장 썩은 눈물로 임의 얼굴을 그려 볼까?
내가 감옥에서 죽는다면 무덤 앞 돌은 망부석이요 나무는 상사목이라.
이 원통을 알아줄 사람이 누가 있겠나 아무도 몰래 슬프게 운다.

누군가 이런 마음으로 나를 기다려 주면 좋겠다고 생각했다. 여자친구를 만드는 게 우선이었다. 강습이 끝나고 덕배 선배와 버스를 타고 돌아오는 길이었다. 거리에는 비가 그치고 비릿한 물 냄새가 올라왔다. 버스가 사거리에 정차했는데 직좌 신호를 받고 맞은편에서 같은 회사 버스가 오는 것이 보였다.

노란불에서 빨간불로 바뀌었으니 멈춰야 했다. 하지만 시간이 급했는지 깜빡이를 켜며 지나갔다. 내가 탄 버스는 이해한다는 듯 멈춰 있었다. 상황을 모르는 오른편의 오토바이는 신호를 보고 출발하다 버스와 부딪혔다. 오토바이 운전자는 학생인 듯 어려 보였고 헬멧도 쓰지 않았다. 다행히 금방 일어났다. 차들이 엉키고 사고를 낸 버스 기사가 내려와 말했다.

"학생, 아직 신호가 바뀌지도 않았는데 진행하면 어떻게 해. 그게 바로 예측 출발이지. 내가 다행히 서행하다 부딪혔으니 망정이지 크게 다칠 뻔했잖아."

학생은 당황한 듯 말이 없었다. 내가 타고 있던 버스를 운전하던 기사도 급히 내려 말을 보탰다.

"내가 봐도 아직 파란불이 안 들어왔는데 오토바이가 출발하더라고. 학생은 헬멧도 안 쓰고 있어서 경찰 부르면 여러 가지로 곤란할 것 같은데. 뭐 크게 다친 것 같지도 않고 서로 사고처리 하지 말고 경찰 오기 전에 수습하는 게 좋을 것 같아."

두 사람 사이에서 학생은 더는 버티지 못하고 절뚝이며 오토바이에 올라탔다. 그렇게 사고는 정리됐다. 교통사고의 순간이 기록되진 않았지만 분명 파란불이 들어왔었다. 사고가 났으면 병원을 먼저 찾는 게 우선이었다. 단지 마주 오는 버스가 같은 회사라는 이유로 거짓말을 한 기사가 미웠지만, 남 일에 나서서 좋을 게 없었다. 버스는 다시 출발했지만, 기분이 좋지 않았다.

나팔소리가 들렸다. 버스 안에서 비가 그쳤는데도 어디선가 섬광이 비치고 천둥이 쳤다. 버스 출입문이 열렸다. 한복을 입은 예쁜 여자가 올라왔다. 움직이지 못하고 쳐다보는 내게 다가오더니 무릎 위에 앉았다. 달콤한 맛과 복숭아 향이 났다. 부드러운 비단 사이에 파묻혔다. 점점이 내리던 빗방울은 점점 거세져 한여름 소나기처럼 세차가 퍼부었다. 어느새 소나기는 강물이 되어 모든 걸 쓸고 내려갔다.

대인시장의 기억이 되살아났다.

대인시장

진오는 또래에 비해서 작고 말랐다. 여름이 가까워지자 더운 날씨 때문에 진오의 앙상한 뼈가 더욱 도드라졌다. 방문판매를 하는 엄마가 급하게 대인시장에서 양장점을 하는 이모에게 화장품을 가져다주고 오라고 했다. 약간의 용돈과 버스비를 받았다. 만일 버스비를 보탤 수 있다면 더 맛있는 걸 사 먹을 수 있었지만, 걷기엔 너무 더운 날씨였다. 진오는 산수동 오거리로 나가서 버스를 탔다. 사람들이 많지는 않았고 버스 기사도 좋아 보였다.

음성이 들렸다.

"어차피 착한 아이는 포기했잖아. 아직 학교에 안 다닌다고 해봐. 신분증이 있는 것도 아니고 여차하면 다음 버스를 타면 되잖아."

진오는 기사에게 인사하듯 머리를 숙이고 안으로 들어갔다. 기사는 학생인 것 같은데 버스비를 내지 않으니 이상한 듯 몇 살이냐고 물었다. 진오는 각오를 다지고 버스에 오르긴 했지만, 막상 질문을 받으니 당황스러웠다. 학교에 들어간 때를 기준으로 일곱 살이라고 해야 할지 보통 아이들 기준으로 여덟 살이라고 해야 할지 몰랐다. 당황한 마음에 짜증 섞인 목소리로 아직 학교 안 다닌다고 대답했다.

귀밑까지 붉게 달아오른 진오는 그렇지 않아도 작은 눈을 더욱 가늘게 뜨고, 아직 학교에 들어가지 않았음을 눈빛으로 주장했다. 기사는 붉게 상기된 얼굴에 더는 타박하지 못했다. 진오는 흥분한 상태로 빈자리에 앉았다. 창문을 열고 바람을 맞았다. 바람을 타고 고소한 냄새가 났다.

또다시 음성이 들렸다.

"네가 탈 때부터 이 버스 안의 사람들이 불쌍해서 너만 쳐다보고 있는 게 보여? 아직도 남들의 동정에 기대려는 그 습성을 못 버렸구나."

후회스러웠고 자책과 열등감이 솟아올랐다. 허기가 졌다. 버스에서 내려 대인시장 안으로 들어갔다. 사람이 북적이던 입구를 지나자 길이 한가해지며 주위의 물건들이 눈에 들어왔다. 족발, 통닭 등 사면 대부분 바로 먹을 수 있는 것들이었다. 하지만 진오를 전혀 고객이라고 생각하지 않고 쳐다보는 아주머니들에게 가격을 물어볼 수 없었다.

이모네 양장점 문을 열고 들어가자 세련되게 옷을 입은 이모와 역시나 깨끗하고 잘 차려입은 사촌 동생들이 진오를 반겼다. 엄마가 부탁한 화장품을 건네자, 이모는 잠시 있으라고 하고 물건을 전해주러 급히 나갔다. 한쪽 구석에 있는 잘 구워진 설탕이 뿌려진 누룽지가 진오의 눈에 들어왔다. 먹을까 말까 망설이고 있는데 이모가 돌아왔다.

이모에게 누룽지를 먹을 수 있을지 물어보라는 목소리가 들렸다. 그 목소리는 입구의 족발이나 통닭도 먹고 싶다고 하면 분명 사주실 거라고 했다. 그러나 말을 꺼내기 전에 이모는 진오의 모습을 보고 한숨을 쉬었다. 신발가게로 데려가 운동화를 사줬다. 진오는 누룽지를 먹고 싶은 게 새 운동화보다 간절했지만, 측은한 눈빛에 아무 말도 못 했다. 인사하고 대인시장에서 나왔다.

진오는 버스를 타려다 아까의 당혹함이 떠올라 포기하고 산수동 오거리까지 걸어왔다. 어디선가 짜장을 볶는 달콤한 냄새가 났다. 고개를 돌려보니 '유성반점'이라는 중국집이었다. 버스비를 셈해 보니 짜장면은 먹을 수 있었다. 바래고 낡은 간판과는 달리 안으로 들어가니 화려한 잉어 그림이 보였다. 중국풍의 의자와 탁자가 눈에 들어왔다. 큰 테이블에 혼자 앉아 짜장면을 시켰다. 중국집 사장님이 고봉으로 쌓인 짜장면 그릇을 테이블에 내려놓으며 말했다.

"학생 어디 아픈 것 아니지. 부족하면 말해."

앙상한 어깨뼈에서부터 아래로 훑으며 불쌍하다는 시선을 던졌다. 진오는 허겁지겁 면발을 입에 넣었다. 맛있었다. 식욕이 펄펄 끓는 가마솥의 김처럼 퍼져나갔다. 음식을 모두 살과 뼈로 만들 것처럼 끝없이 먹었다. 배가 튀어나오고 목까지 올라왔다. 더는 먹을 수 없을 것 같았다. 그때 벽면의 황금색 '福(복)' 자가 새겨진 천이 눈앞에 보이며, 어디선가 불어온 바람에 흔들렸다.

또다시 음성이 들렸다.

"겨우 그거 먹고 그만두려고? 너의 불쌍함을 먹을 것으로라도 보상해. 지금 이걸 다 먹으면 주인이 다음엔 더 많이 줄 거야. 네가 충분히 많이 먹을 수 있다는 걸 보여줘."

아궁이에 불을 지핀 것처럼 다시 김이 솟아올랐다. 진오는 또다시 먹기 시작했다. 입에서 토악질이 나왔지만, 남은 짜장을 깨끗이 먹었다. 계산을 마치고 집에 도착하니 속이 부글부글 끓었다. 화장실에서 그날 먹은 것을 토했다. 모든 걸 쏟아내고 창자가 끊어질 듯 아팠다. 진오는 화장실에서 노랗게 들뜬 얼굴을 바라보았다. 그날 저녁 고열에 시달렸다.

무엇인가 노란 날개를 퍼덕이며 다가왔다.

"먹고 싶은 게 있느냐? 마음껏 탐하라. 식욕은 너의 평생 동반자이다. 주의 시험을 통해 나를 만났으며 앞으로 항상 함께하리라. 마음껏 나를 누려라. 건강한 사람으로 살 수 있어야 행복하다. 몸이 건강하지 못할 때 마음은 좌절하고 식탐으로 나타난다."

"오늘 음식을 먹으라고 부추긴 게 당신이다요? 그만 먹으려고 할 때 끝까지 먹으라 했지라. 왜 그렇게까지 했어라?"

"식욕은 바로 네가 한 생명으로 살아 있다는 증거지. 또한, 모든 욕심을 성장시키는 근원이니 나를 발달시키며 육체적 정신적 성장을 조절할 수 있을 것이다. 하지만 식욕을 참고 열등감이나 죄책감처럼 주체할 수 없는 감정과 합쳐지면 식탐으로 발전해 자신을 포함해 누군가에게 해를 끼치게 되지."

식욕이 찾아오고 얼마 후 할아버지는 사람들과 어울리기 시작했다. 광주에 올라오며 끊으셨던 약주를 다시 드셨다.

꿈을 꾸고 있을 때 덕배 선배는 나를 업고 방으로 돌아와야 했다. 다음 날 아침 막 일어난 나에게 씻고 나오던 덕배 선배가 진지하게 어제 일 기억나는지 물었다. 나는 아직 잠에서 덜 깬 목소리로 그냥 버스를 타고 가다 물 냄새가 올라왔고 깜박 잠이 들었다고 했다. 혹시 큰 실수를 했을까 겁났다. 덕배 선배는 안타깝다는 듯 말했다.

"내 뒤에 앉아 있었는데 처음에는 초점 없는 눈으로 멍하게 밖을 바라보다 입맛을 다시고 알아들을 수 없는 이야기를 했어. 내가 잡고 집으로 데려왔으니 망정이지 큰일 날 뻔했어. 전혀 기억에 없니?"

나는 궁색하게 기억이 안 난다고 했다. 그렇게 말은 했지만, 쓰러질 때면 악마와 천사를 만났던 기억들이 떠오른다는 이야기를 차마 할 수가 없었다. 그 와중에 자칫 사고를 당할 수도 있었다. 덕배 선배는 걱정스럽게 덧붙였다.

"너 저번에도 그렇고 내 생각에는 아무래도 위험한 것 같은데, 혹시 이전에 비슷한 경험을 한 적은 없냐?"

"어렸을 때 몸이 많이 안 좋아 앓다가 가끔 졸도하곤 했어요. 사실 그 후로는 잘 기억나지 않지만, 대학 들어오고 나서 몸이 허해져서인지 가끔 그러네요."

"그럼 영양 불균형일 수도 있다. 우리는 육식과 채식을 통해 필요한 영양분을 얻는데 인스턴트 음식으로 칼로리만 확보하면 악화하는 경우가 많다. 그게 예전에는 달리 치료할 방법이 없었다고 하는데 요즘에는 빨리 진단하고 약만 제대로 먹으면 큰 탈 없이 관리될 수 있다고 하더라. 딱히 응급상황은 아닌 것 같아 데려왔지만, 바쁘더라도 시간 내서 병원 한번 가봐라. 가만히 놔두다 큰 병 되면 사회생활 힘들어진다."

"그러게요. 혼자 있는 것도 아니고 같이 사는 처지에 계속 폐만 끼치네요. 가까운 시간에 병원도 가보고 주위에도 좀 알아볼게요."

변명으로 일관하고 있자니 허기가 졌다. 조금 더 생각하던 덕배 선배가 가끔 몸보신도 해줘야 한다고 했다. 저녁에 고향 친구들과 개고기 먹으러 가기로 했는데 같이 가자고 했다. 나는 어렸을 적 개고기를 먹어본 기억이 났다.

시골에서 누렁이를 키웠었다. 학교가 끝나면 동네 앞 버스정류장에서 항상 기다리고 있었다. 조그마하던 강아지가 나만큼 커졌던 어느 날 버스에서 내려 아무리 찾아도 보이지 않았다. 집에는 닭개장이 끓여져 있었다. 음식을 먹고 나서 개고기라는 걸 알았다. 창고에 쥐약을 놓았는데 쥐를 잡아먹고 죽었다는 것이다. 옆 동네 개와 바꿔왔다는 이야기를 들었지만, 나는 그날 먹은 걸 모두 토했다.

쓸쓸한 기억 속에 개고기 안 먹는다며 저녁은 혼자 먹어도 되니 다녀오시라고 했다. 선배는 한 번 더 권했다.

"난 생명에 대한 존중이 음식을 귀하게 여기는 것이지, 안 먹는 건 아니라고 생각해. 너 안 가면 후회한다. 오늘 갈 음식점이 삼 개월 전에 예약해야 하는 서울의 오대 보신탕집이야. 주기적으로 먹어줘야 하는 건 알지? 하긴 아직 쓸 일도 없겠구나. 꼭 개고기를 먹지 않아도 돼. 삼계탕도 맛있다고 하던데."

"평상시 알던 형들도 아니잖아요. 선배도 오랜만에 친구들끼리 편하게 식사하세요. 저는 제가 원하는 걸 맘 편히 먹는 게 좋을 것 같아요."

나는 누군가 호의를 베풀었어도 꼭 먹고 싶은 게 아니면 거절해도 된다는 것을 알았다. 그것이 미안한 마음에서 제안해 본 것이라면 적당한 이유로 사양하고 먹고 싶은 것과 상황을 말하는 것이 서로를 위해 좋았다. 식욕은 올바르게 발휘해야 했다. 조금 더 생각하고 신림동에 순대가 유명하니 강습 끝나고 사달라고 덧붙였다. 우린 식사를 약속했고 선배는 편한 마음으로 친구들을 만나러 갔다.

다음번 강습에선 선생님께 청과 성을 배웠다. 그날은 찬영 선배도 함께했다. 청은 음의 높이라는 뜻으로 호흡하며 인위적인 울림이 거의 없는 평청을 기준으로 머리를 울려서 내는 최상청까지 위로 세 단계, 단전을 울려서 내는 최하천까지 아래로 세 단계가 있다. 음을 만들어 내는 성은 서양에서 몸의 공명들을 중첩시키는 것과 달리 판소리에서는 목을 굳히고 공기를 뿜어내는 통성을 사용했다. 소리꾼은 판 전체를 울리며 사람들은 함께하는 공명에 감동했다.

강습이 끝나고 순대볶음을 먹으러 갔다. 신림역에서 조금 걸어 들어가면 많은 가게가 모여 있는 순대타운이 나왔다. 계단을 올라가자, 순대가 고소하게 볶아지는 냄새와 소리가 가득했다. 각자의 재료와 양념으로 순대를 파는 가게들이 있었다. 가게 중에는 광주집, 수원집 등 친근한 지명도 있었다. 순대를 주문하고 중앙 홀에서 순대, 면, 채소, 곱창까지 한판에 나온 재료를 같이 볶았다. 순대가 익어가길 기다리며 덕배 선배가 소주를 따르며 찬영 선배에게 물었다.

"요즘 강습받느라고 소식을 못 들었는데, 학생운동은 잘 돼가?"

찬영 선배가 소주를 마시며 말했다.

"말도 마세요. 가열차게 투쟁해서 세상을 조금은 바꿔볼 수 있을 거로 기대했는데, 분신자살한 김기설의 유서가 조작됐다는 거짓 보도가 나가면서 의구심을 갖는 사람들이 많아졌어요. 또 정원식 총리 지명자가 전교조를 불법화하고 관계된 선생님들을 해고했잖아요. 이유는 보도하지 않고 학생들이 항의한 것만 생중계돼 도덕성에 치명타를 입었어요. 그 결과 민주 진영은 국회의원 선거에서 참패하며 지금까지의 노선을 반성해야 한다는 의견과 더 강하게 투쟁해야 한다는 의견이 반목하고 있고요."

덕배 선배가 씁쓸하게 말했다.

"그것참 어떻게 그렇게 사실을 왜곡시킬 수 있는지. 그러면 학생들도 어느 의견에 힘을 실어주어야 할지 몰라 우왕좌왕하고 많이 위축되겠네?"

찬영 선배가 차분하게 대답했다.

"네, 아무래도 당분간은 어쩔 수 없을 것 같아요. 이게 다 정보의 왜곡과 독점 때문이에요. 바른일보가 분신을 이용하는 것 아니냐는 김소하 시인의 칼럼으로 논란을 만들고 검찰에서 죽음을 선동하는 세력이 있다는 식으로 의혹을 키운 후 국과수까지 동원해 유서를 대필했다고 조작했어요. 저라도 실상을 모르고 신문과 방송을 보면 운동권은 죽일 놈들이라 할 것 같아요."

덕배 선배도 소주를 마시더니 말했다.

"그래서 몇 해 전부터 올바른 언론 운동으로 우리신문을 만들고 있지. 그런데 구독률이 높지 않아 기성 언론에 의해 왜곡된 효과를 얼마나 상쇄할 수 있을지는 잘 모르겠어. 진실을 전달하는 것도 중요하지만, 그동안 기성 언론에서 다루지 않았던 권력자들의 치부에 대한 의혹을 제기하는 편이 더 효과적이지 않을까? 거기에 상상력을 키울 수 있는 몇 가지 양념도 첨가하고."

나는 순대를 볶으며 제대로 취재해서 보도하는 건 모르겠지만, 아니면 말고 식의 의혹 제기는 문제가 있다고 했다. 양념처럼 정보의 왜곡으로 얻는 이익이 많아도 잘못된 정보를 생산하는 건 사회에 대한 또 다른 폭력일 것 같다고 했다. 덕배 선배가 물었다.

"저쪽에서 뺨을 때리는데 우리는 용서와 화해로만 접근하자는 거야?"

철판이 달궈지자, 순대는 금방 볶아졌다. 나는 당면이 잘 익도록 뒤집으며 말했다.

"즉흥적으로 복수하고 끝내는 것보다는 장기적인 전략이 필요하다는 거죠. 언론에 대한 신뢰성을 확보하자는 목적에 집중해야죠. 그러자면 최대한 정직하고 검증할 수 있는 것만 게재해야 할 것 같아요."

우린 잘 익은 순대볶음을 두고 건배했다. 덕배 선배가 순대를 먹으며 말했다.

"운동권에 너 같은 사람이 많아서 힘든 거야. 저번에 프락치 보내주자는 것도 그래. 경찰이 때린 것보다 덜 맞았다면 다시 올 거야. 그렇게 이상적으로 어떻게 투쟁해."

찬영 선배는 생각이 많은 듯 조용히 순대를 먹고 소주를 마시는데 집중했다. 나는 선배들이 별 호응이 없자 풀이 죽었다. 맞으며 가만히 있는 것도 바보 같지만, 상대방의 공격에 대한 복수심은 결국 우리에게 돌아올 것 같았다. 덕배 선배는 나를 측은하게 바라봤다. 그런 안쓰러움이 새로운 인연과 이야기를 만드는 계기가 됐다.

전철을 타고 한강을 넘어 난생처음 신촌으로 향했다. 주말에 도착한 배화여대 정문 앞은 지금까지 알던 세상과 달랐다. 짧은 치마, 민소매, 형형색색 신발과 가방, 시선을 끄는 얼굴과 그 위에 가득한 웃음들. 부끄러워 얼굴을 돌렸다가 호기심을 참지 못하고 다시 보게 만드는 묘한 힘이 가득했다. 판소리 강습 외에는 수업도 없고 정해진 일이 없는 방학이었다. 덕배 선배는 내가 집에서 빈둥거리는 게 불쌍했는지, 아니면 그것 때문에 몸이 더 안 좋아진다고 여겼는지 작년에 과외를 했던 제자가 여대에 들어갔다며 소개팅을 시켜줬다.

청바지에 하얀 블라우스, 단발머리가 어울리는 여자아이가 나타났다. 코끝이 날카로웠고 입도 뾰족하게 튀어나왔다. 서울깍쟁이라는 말이 어울리는 조수연이었다. 덕배 선배와 그녀가 반갑게 인사했다. 우리는 큰길을 벗어나 가까운 카페로 갔다. 나는 파르페를 수연이는 레모네이드를 시켰고, 덕배 선배는 오렌지주스를 시켰다. 수연이의 근황을 듣던 덕배 선배는 음료가 나오자, 얼음이 채 녹기도 전에 급하게 마시고 일어섰다. 둘만 남게 되자 처음의 긴장이 어느 정도 풀렸다. 숫기가 없어 머뭇거리며 파르페를 먹던 나와 달리 수연이는 답답한 것을 참지 못했다.

집이 학교 근처라는 말로 시작했다. 세 딸의 맏이로 태어나 공무원이며 딸 바보인 아버지와 자상한 어머니와 단란한 삶을 살고 있었다. 수학을 좋아해서 각종 대회에도 많이 나갔고 대학은 여대에 가야 한다는 아버지의 성화에 못 이겨 배화여대 수학과에 진학했다. 수학 외에는 특별히 좋아하는 거나 잘하는 게 없지만, 그래도 동생들 공부도 도와주고 과외도 하고 있어 살림에 보탬은 된다고 했다.

나도 지금까지의 삶을 되짚어가며 말했다. 어렸을 때 자주 아팠다. 국민학교 사 학년 때 농사일을 접은 부모님을 따라 광주로 이사 와서 열심히 적응했다. 교우관계도 공부도 별로 신통하지 않았지만, 고삼 때 사립고등학교의 스파르타식 교육 덕택에 제일대에 들어왔다. 남중과 남고를 나온 후 여학생은 없는 학과에 진학했다. 한일이가 '용 꼬리'가 된 사연에서 수연은 조금 웃었다. 선배들을 따라 학생운동을 했고 소리를 배우지만 여자를 만날 기회가 없어 주말이면 혼자 집에 있다고 했다.

수연이는 고개를 끄덕이며 제법 진지하게 생각하더니 결론에 도달한 듯 웃었다. 혼자서 남는 시간을 보내기 좋은 미림극장을 소개해

준다고 했다. 명화를 상영하진 않지만, 입장료만 내면 좌석도 나가야 하는 시간도 없어서 야하고 재밌는 영화를 계속 볼 수 있다고 했다. 낯선 곳에 와서 주말이면 할 것도, 갈 데도 없는 내 처지를 딱하게 여긴 듯했다. 방학이라 월요일 오전 미림극장 앞에서 만나기로 했다.

나는 자취방에서 천천히 걸어가며 많은 상상을 했다. 미림극장은 녹두거리에서 신림역으로 가다 시흥 쪽으로 나가는 갈림길 지하에 있었다. 오늘 하루가 기대됐다. 아침부터 찌는 듯이 더워 걷는 사람은 거의 없었다. 극장에 거의 다다를 때쯤 수연이 낭패한 표정으로 서 있었다. 그날이 한 달에 하루 있는 정기휴무일이었다. 우리는 이른 점심을 먹기 위해 녹두거리로 움직였다. 메밀국수를 먹으며 수연이의 또 다른 이야기들을 들었다. 수연이는 외모와는 달리 책임감이 강하고 적극적이었다. 난 왜 하필 수학과를 지원했는지 궁금해서 물었다.

"피타고라스는 모든 것이 '수'라고 했어. 수의 발견이 곧 인류 문명의 발전인 거지. 자연수를 발견하며 인류는 셈을 하기 시작했고, 영을 발견하며 없는 것을 상상할 수 있게 되었지. 정수론에서 나오는 소수는 우주 탄생의 비밀을 풀 수 있는 열쇠로 여겨지고 있어. 점은 쪼갤 수 없다고 정의하며 시작한 수학의 완전성이 좋아. 하지만 세상은 언제나 도전이야. 부모님 사이도 조금씩 위태롭고 동생들은 놀고만 싶어 해서 걱정이야. 세상일도 수학처럼 엄밀하게 따질 수 있으면 좋겠어."

나처럼 입시만 준비한 사람과는 달랐다. 수연이는 수업과 학점관리, 밀려드는 과외를 소화하기 위해 차를 사야 할 것 같다고 했다. 그런 바쁜 일상에서도 나를 챙겨주기 위해 나와 준 수연이가 고마웠다.

나는 여자 친구를 사귀고 싶다는 솔직한 내 감정을 숨기고 그동안 대학에 들어와서 배운 것을 말했다. 세상 문제의 본질에 대한 호기심과 그 문제를 해결하기 위해 피를 흘리고 이타적인 삶을 사는 운동권 사람들, 그들과 함께하며 살아 있음을 느낀다고 했다. 듣고 있던 수연이가 말했다.

"너 은근히 진지하고 고민이 많구나. 우리 서로 공감 가는 것도 있고 말도 잘 통하니 앞으로 좋은 친구로 지내볼까? 사실 나도 여중과 여고를 나오고 여대에 왔더니 주위에 남자도 없고 그들의 생각을 이해하기가 쉽지 않아."

친구로 지내자는 말이 당황스러웠다. 나는 솔직하게 말하지 못한 것이 아쉬웠다. 수연이가 학생운동을 하는 철학에 공감해 주는 것에 만족하기엔 함께하는 시간이 아까웠다. 그래도 같이 지내다 보면 낯선 서울 생활에서 놀거리를 배울 수도 있었다. 우리는 친구로 지내기로 했다. 혹시 친구 이상으로 다가갈 기회가 생길까 하는 마음도 있었다.

새 학기가 시작되고 다시 수많은 술자리와 학습으로 바빠졌다. 나는 잠만 잘 수 있는 가장 저렴한 방을 구해 독립했다. 계속 얹혀살 수 있었지만, 덕배 선배의 여자 친구가 찾아오면 밤새 잠들기 어려웠고, 아침이면 서로 불편했다. 독립한 이후에 준비단장이 되어 공부나 학생운동보다 가을 축제 때 공연 준비에 공을 들였다. 여름에 강습소에서 선생님께 배운 소리가 자신감을 키웠다. 수연이도 나의 자유로운 생활이 부럽다며 녹두거리에 자취방을 얻었다. 운전면허도 땄고 넘치는 과외비로 차도 샀다. 시승식에서 이제 애인만 마련하면 된다고 했다.

가을 축제 준비가 막바지에 다다를 무렵 수연이에게 삐삐가 왔다. 과외 끝나고 집에 들어갈 때 잠깐 얼굴이나 보자는 것이다. 마침 축제 때 쓸 대자보 작업을 하느라 냄새에 머리가 어지럽던 참이었다. 서점 이 층에 새로 생긴 '예가' 호프 레스토랑에서 만나기로 했다. 성진이도 여민락 축제 플래카드를 막 칠한 참이었다. 녹두거리까지 혼자 가기 심심해서 같이 가자고 했다. 학교에서 걸어 내려갔다. 가을 등산객들이 많이 보였다. 카페에 들어서며 수연에게 말했다.

"시간에 맞춰 내려왔는데 생각보다 일찍 도착했구나. 반갑다. 여긴 고향 친구 성진인데 지쳐 보여 같이 쉬자고 데려왔어."

수연이도 우리를 반갑게 맞았다. 하지만, 어색한 듯 나에게 말했다.

"잘 지냈어? 연락 좀 하지. 내가 연락하기 전에는 연락 안 하겠다는 심보냐? 아무리 바빠도 친구끼리 가끔 얼굴은 보고 살아야지. 누가 도와달라면 네 일 제쳐두고 도와주니 항상 바쁘지. 오늘은 내가 살게. 뭐 마실래?"

우린 커피를 주문했다. 나는 머쓱해져서 학기 시작하고 조금씩 바빠지더니 어느새 파묻혀 산다고 했다. 조금 억울하지만 일하면서 얻는 것도 많고, 어차피 수업에는 흥미가 없으니 포기할 핑계도 된다고 했다. 따뜻한 아메리카노가 나왔다. 수연이는 커피를 마시며 큰 스트레스 없이 한다니 다행이라고 말했다.

커피를 마시자, 속이 편해지며 머리 아픈 게 나아졌다. 나는 그래도 어쩔 수 없다는 듯 누가 월급 주고 하라면 못할 것 같다는 것과 성진이도 나만큼 일복이 많다고 말했다. 수연이와 성진이는 어색하게 시작했지만, 이야기를 나눠보더니 서로가 마음에 든 눈치였다. 한참을 말하다 동아리 공연 연습이 생각났다. 나는 수연에게 이제 축제 때 공연 연습을 해야 해서 일어나야 할 것 같다고 했다. 수연이는 아쉬운 듯 말했다.

"벌써? 나는 오늘 제일대 가을 풍경이 보고 싶어 만나자고 했는데."

성진이가 시간이 되니 자기가 안내하겠다고 했다. 서로 호감이 있는 것 같았다. 뭔가 미묘한 느낌이었지만, 서둘러 셔틀을 타고 올라갔다. 다들 모여 있었다. 가을 축제에서 공연은 '수궁가'를 원형으로 잡았다. 권력을 대변하는 용왕과 민중을 나타내는 토끼, 토끼를 꼬드기는 자라를 주요 인물로 설정했다. 그동안 배웠던 소리를 추가하였다. 덕배 선배가 용왕 역할을, 2학기 때 새로 들어온 공대와 법대의 두 친구가 토끼와 자라를 맡았다. 나는 토끼가 죽을 위기에서 '상엿소리'와 도망칠 때 민요를 부르는 역할을 맡았다. 덕배 선배는 주인공을 맡은 두 친구를 심하게 몰아붙였다.

그리고 몇 주 후 수연에게서 점심이나 같이하자는 연락이 왔다. 마침 오전 수업 후에 한가해서 웬일인가 싶었다. 녹두거리로 가는 길에 쳐다본 가을 하늘이 맑았다. 내 마음도 맑아졌다. 아까 들은 수업이 생각났다. 예술은 가상이지만 현실이 더 기만적이라고 했다. 일상적으로 살면 오히려 우리의 가치와 잠재력을 깨닫지 못할 수도 있다는 것이다. 학문은 추상적인 사유를 통해 이론적인 진리를 드러내며 예술은 감각적인 형태로 정신의 자유로운 가능성을 드러낸다고 했다. 누군가 이 하늘을 화판에 옮기면 좋겠다고 생각했다. 녹두거리에서 수연이 기다리고 있었다. 나는 철판에 가득한 해물과 고기를 보며 말했다.

"그래도 나를 생각해 주는 친구는 너밖에 없다. 이 비싼 철판구이를 다 사주고."

"돈 벌어 뭐하냐? 가끔은 여유롭게 쓸 줄도 알아야지. 참, 그런데 너한테 할 말이 있는데."

"지금 말하고 있잖아."

"그런 거 말고 네가 꼭 축하해 줬으면 하는 일이야."

내가 뜸 들이지 말라고 재촉하자, 남자친구가 생겼다고 했다. 조금 쑥스러워하더니 성진이랑 사귀기로 했다는 것이다. 셋이 만난 날 학교 구경하며 너무 잘 맞아 다음에 또 만나자고 했다며 말을 꺼냈다.

"조금 급한 거 같기는 한데. 두 번째 만나는 날, 내가 불쑥 사랑하는 사람이 있었으면 좋겠다고 했지. 성진도 서로 바쁘니 자주 볼 수는 없지만, 사랑으로 발전하고 싶다며 사귀자고 했어. 그래서 조금 생각하는 척하고 그러자고 했지. 성진이는 말수가 적은 게 탈이지만, 예의 바르고 무엇보다 나한테 잘해줘. 근데 아무래도 너한테 말은 하고 사귀어야 할 것 같아서. 소개해 준 고마움도 표시하고."

"참 쉽게들 사귀는구나. 일단은 진심으로 축하한다. 근데 결국 자랑하려고 보자고 했구나. 내가 아는 유일한 여자 친구를 고향 친구한테 뺏기다니 조금 속상한데. 그러면 성진이는 어디 있어? 아직 안 온 거야? 같이 봐도 좋은데."

"성진이는 아직은 공식적으로 주변 사람들에게 말하기가 조금 어색한가 봐. 셋이 함께 보기에도 부끄러운 것 같고. 너 설마 질투하는 건 아니지? 이거 재미있는데. 나 성진과 헤어지고 너랑 사귈까?"

"얘가 왜 이렇게 오버하고 그래. 설마 내가 질투하겠냐? 아직 내 한 몸도 챙기지 못하고 누굴 챙겨줄 여유도 없어. 그리고 난 너보다는 예쁜 여자 친구를 사귈 거야. 아무튼, 내가 열심히 응원할 테니 잘 해봐라."

나는 이걸 기뻐해야 할지 슬퍼해야 할지 잘 판단이 서질 않았지만, 어차피 우리는 친구 사이로 지내기로 했다. 둘 다 연애 경험은 없어 수연이의 연애를 통해 간접경험도 쌓을 수 있겠다 싶었다.

제일대 가을 축제는 재미없기로 유명했다. 세미나와 토론 등이 주였고, 운동장에서 학생과 전경으로 나누어 데모를 막는 프로그램도 있었다. 행정관과 도서관 사이에 긴 계단을 아크로라고 불렀다. 저녁이 되자 얼쑤는 그 앞에 만들어진 무대에서 '수궁가'를 공연했다. 많은 사람의 성원 속에 공연은 무사히 끝났지만, 주인공을 맡은 두 친구는 여름에 강습받지 않아 기대에 미치지 못했다. 토끼의 소리는 삐져나왔고, 자라는 밋밋했다. 덕배 선배는 뒤풀이에서 크게 화를 냈다. 본인의 생각만큼 공연의 수준이 올라가지 못할 탓이었다. 열심히 하던 두 친구는 실망하여 공연을 끝으로 나오지 않았다. 그 공연을 마지막으로 동아리는 거의 해체되는 분위기였다. 나도 덕배 선배와 그 후론 연락할 일이 없었다.

반면 수연이는 정해진 일정표에 따라 차분히 둘 사이를 발전시켰다. 나는 점점 수연이 연애하면서 부딪히는 시시콜콜한 문제를 전화로 들어주고 상담해 주는 사람이 돼갔다. 알콩달콩 사랑이 커지고 진한 러브스토리로 발전했다. 슬슬 듣는 게 지겨웠는데 수연이의 전화가 뜸해졌다. 궁금해서 전화했지만, 성진이가 변덕스럽다고 말하고 시무룩하게 얼버무렸다. 성진이는 각본에 따라 진행되는 흐름을 못 견디는 것이라 짐작했다. 어느 날 수연에게서 만나자고 전화가 왔다.

레스토랑 '예가'에서 수연이의 고민을 들을 수 있었다. 성진이가 청주에서 보냈던 고등학교 시절 연상의 첫사랑이 있었다고 했다. 본인의 첫사랑을 그리워하며 헤어지자 했다가 다시 외로움을 못 견디고 수연이를 찾는 패턴이 반복된다는 것이었다. 그렇게 수연이를 다시 찾을 때마다 더욱 애절하게 자기 잘못을 뉘우치고 사랑을 고백했지만, 그때뿐이었다고 했다. 조금 불안하긴 했지만, 같이 술 마셔 주는 것 외에는 해줄 게 없었다.

어느 날 자취방으로 전화가 왔다. 아무 목소리도 들리지 않았다. 조금 기다리자, 전화기 너머로 익숙한 목소리가 흐느꼈다.

"수연이니? 너 무슨 일 있어?"

대답 대신 우는 소리만 커졌다. 금방 간다고 잠깐 기다리라 했다. 수연이의 집은 누군가 어질러 놓은 걸 급하게 치운 듯 어수선했다. 그런 방 한쪽 구석에서 수연이는 쭈그려 앉아 울고 있었다. 말을 해야 도와준다고 하자, 수연이는 울음을 참으며 언뜻 고개를 드는가 싶더니 다시 고개를 숙이고 울었다. 나는 사태가 심각함을 직감하며 말했다.

"아무리 내 친구이고 연애는 사생활이라지만 이건 좀 아닌 것 같다. 어렸을 적에 나도 좀 당한 게 있어 걱정은 했다. 상황이 이런데 해결하지 않고 갔단 말이야? 내가 만나서 드잡이질하더라도 따끔하게 혼을 내야겠어."

"아냐. 성진이는 잘못 없어. 우린 화해하고 다시 사이가 좋아졌어.

편한 마음에 그동안 섭섭했던 걸 한참 말했어. 잘 받아줘서 괜찮을 줄 알고 첫사랑에 관해 물었는데…"

수연이는 지난 상황을 정리하는 듯 한참을 생각하더니 다시 말했다.

"조금 더 조심해서 말했어야 했어. 내가 그 사람의 깊은 상처를 건드렸나 봐. 이제 잊었다고 생각했는데 다시 말한다고 화를 냈어. 기억을 지우지 못하는 내가 문제지 뭐."

난 한숨을 쉬고 내 생각을 정리해서 충고했다.

"휴. 사랑도 발전하고 좋아져야 사랑이지. 사랑이 깊어질수록 힘들어지고 고통스럽다면 그거 하지 말아라. 적어도 성진이와 너는 안 맞는 것 같다. 그만 놓아줘라. 나도 잘 모르겠지만 때로는 보내주는 게 사랑일 수도 있다."

수연이의 눈빛이 강렬해졌다. 무엇인가를 쏟아내듯 말했다.

"말을 너무 쉽게 한다. 사랑이 애절하니 더 힘들고, 깊어지니 더 고통스럽지. 술에 취할수록 독주가 필요한 것처럼 사랑할수록 더 목마른 심정을 알아? 넌 모를 거야. 왜냐하면, 사랑해 본 적도 없고 사랑할 준비도 안 되었으니까. 미치도록 외로워 보지 못한 사람은 사랑을 말할 수 없어."

나는 왠지 무시당하는 것 같아 짝사랑으로 끝났지만, 나도 어렸을 적 누군가를 좋아했던 적이 있다고 했다. 지나가는 예쁜 여자를 보면 마음이 흔들리기도 하고 아직 기회가 없었지만, 나도 인연을 만난다면 사랑할 수 있다고 말했다. 나의 자신감 없는 말투를 수연이는 놓치지 않았다.

"인연. 웃기지 마. 넌 절대 사랑 못 해. 왜 그런 줄 알아? 넌 네 속을 절대 온전히 보여주지 못해. 갑옷이 너무 두꺼워서 네가 무너질 만큼 마음을 줄 수 없는 이기적인 사람이니까."

갑자기 나에게 화살이 돌아온 상황이 당황스러웠다. 내 눈빛이 변할 걸 눈치 챈 수연이 잠시 숨을 가다듬더니 말했다.

"내가 너무 심하게 말했지? 미안해. 요즘은 무엇에도 확신이 없어."

나는 다시 마음을 가라앉히고 뭔가 다른 문제가 없는지 물었다. 수연이가 무척 불안해 보였다. 많이 망설이는 듯싶더니 조심스럽게 말했다.

"너한테 이런 말 하긴 창피하지만, 사실 아빠가 변했어. 엄마와 우리 자매들만 사랑한다고 생각했는데 엄마보다 훨씬 어린 여자와 새롭게 살고 싶다고 해. 그래서 내가 성진을 더 못 믿는 것 같기도 하고. 나도 내 마음을 모르겠어. 그래도 한바탕 쏟아내고 나니 마음이 편안해. 오늘 너무 힘들었는데 와줘서 고마워. 오늘은 비록 무너졌지만 이렇게 조금씩 다가가다 보면 언젠가는 상처를 감싸줄 수 있겠지."

말은 그렇게 했지만, 스스로 사랑이라는 감정을 정해 놓고 그 감정에 충실하기 위해 노력하는 책임감 강한 수연으로서는 그 상황을 끊어내지 못했다. 오히려 알지도 못하는 성진이의 첫사랑을 시기하며 극복하겠다는 의지를 불태우는 것 같았다. 그해 겨울 수연이는 과거의 보이지 않는 연적과 오지 않은 미래의 불륜과 싸웠다. 이상한 점은 내가 부당하다고 말할수록 수연이는 더욱 자신의 사랑을 확신했다. 삶의 모든 의미를 사랑에 맞추었다. 수연이 그럴수록 성진이는 더욱 흔들리거나 못되게 구는 것 같았다.

하루는 수연이가 할 말이 있다며 나를 자취방으로 불렀다. 방에 들어서자, 프리지어 향이 풍겼다. 시디에선 '사랑을 위하여'가 반복되고 있었다. 수연이는 하던 일을 정리하고, 조금은 수다스럽게 자기가 왜 이 노래를 좋아하는지를 말했다. 자취방임에도 책장에는 수학에 관한 책이 많았다. 나는 책 제목들을 살펴보았다. 수연이는 조금 생각하더니 유난히 밝게 말했다.

"힐베르트는 수학자들이 하는 작업을 대체할 수 있도록 수학적 추론규칙을 정리해보자고 제안했어. 괴델은 이것이 불가능하다는 것을 정리했고, 튜링은 이를 기계적인 방식으로 증명했지. 컴퓨터는 인간이 할 수 있는 모든 걸 따라 할 수 있지만, 인간은 항상 그 이상의 무엇을 할 수 있다는 거야. 난 그게 수학에서 가장 두드러진다고 생각해. 나 이제 오롯이 수학만을 위해 사랑을 포기하려고. 근데 더는 여기선 못 살 것 같아. 가족도 사랑도 싫어. 성진에게 말하지 않고 미국으로 떠나려고. 뭐 나중에는 알려지겠지만 나에게 계획이 있어. 성진이에게 유서를 남기는 거야. 그러면 성진이가 자기 때문에 내가 죽은 줄 알고 무척 슬퍼하겠지? 그게 내가 할 수 있는 마지막 사랑이자 복수인 것 같아."

말을 마치고 차를 끓여준다며 주방에 갔다. 나는 다가설 수 없는 관계의 한계를 느꼈다. 마지막까지 복수하려고 하는 수연이도 문제였지만, 오히려 성진이가 심술을 부린다고 여겨졌다. 그런 성진이에게 시기심도 생겼다.

그 순간 나는 따뜻한 방안인데도 손발이 차가워졌다. 한 손엔 병을 다른 손엔 풀을 든 그녀가 왔다. 가슴이 두근거렸다. 일어날 수가 없었다. 계피와 박하 향이 느껴졌다. 차가워진 나의 손발을 따뜻하게 어루만졌다. 따뜻한 입술이 나의 가슴을 쓸어내렸다. 물거품이 일었다. 나는 거품 속에 갇히며 날아올랐다. 격정의 물살에 온몸이 녹아내렸다. 나팔 소리가 들리자, 온몸이 파랗게 물들더니 온 세상이 파래졌다. 시기와 질투가 서로 죽이기를 부추겼다. 생명이 의로써 이어지도록 라구엘이 노래했다. 노래가 끝나자 라구엘이 말했다.

"가학성은 후천적으로 획득하는 취향이다. 이는 두려우면서도 희망을 준다. 우리가 가학성이 드러나는 첫 단계를 차단하고 전달되는 나머지 경로를 환한 햇살 아래 드러낸다면 가학성이 발전하는 길을 원천 봉쇄할 수 있다. 공감 즉 감정이입은 다른 이의 고통을 느끼게 하고 그들의 이해를 우리와 연결한다. 자신을 투사하여 다른 사람, 동물, 물체의 입장에서 어떤 감각이 느껴질지 상상하는 능력이다. 공감 능력이 있으면 그 마음을 알기 위해 직접 경험할 필요는 없다. 마음 읽기는 사실 두 능력으로 구성된다. 하나는 생각을 읽는 능력이고, 다른 하나는 감정을 읽는 능력이다."

사춘기의 기억이 되살아났다.

사춘기

진오는 6학년이 되었다. 날씨 변덕이 심한 4월이지만 볕이 좋아 점심을 먹고 아이 대부분이 운동장에 나와 있었다. 특별히 괴롭히려는 녀석들이 없을 때 진오는 혼자였다. 야외에 있는 화장실 쪽에서 멀찍이 다른 아이들을 관찰했다. 보통의 아이들은 조금씩 무리가 달라지긴 했지만 대부분 섞여서 놀았다. 그날은 어디선가 축구공을 가져온 녀석을 중심으로 한 무리의 사내아이들이 어울려 놀았다. 철봉에 매달려 서로 장난을 치는 녀석들도 있었고, 여자아이들은 고무줄을 놀았다.

진오는 여자아이들을 보고 있으려니 어제 본 성인잡지가 생각났다. 옆집의 형들이 킬킬거리고 보다가 한쪽에 숨겨 놓은 것을 몰래 훔쳐보았다. 영어로 쓰여 있어 내용은 잘 몰랐지만, 가슴이 유난히 큰 이상한 눈빛의 여자가 다리를 한껏 벌리고 갖가지 자세를 취하고 있는 모습이었다. 꽃잎 같기도 하고 나비 같기도 한 여러 모습을 쳐다보고 있으니, 입술이 마르고 침이 나왔다. 아랫배에 힘이 들어가는가 싶더니 무엇인가 부풀어 올라 바짓단에 닿으며 간지러운 느낌을 줬다. 손으로 쓰다듬으니 쾌감으로 기분이 좋았다. 진오는 그날 처음으로 사정했었다. 운동장에서 놀고 있는 여자아이들의 얼굴과 그림 속 얼굴이 겹치며 마치 진오를 보고 웃고 있는 것처럼 느껴져 부끄러웠다.

그때 마침 주희를 발견했다. 진오처럼 누군가와 어울려 놀지 않고 항상 혼자였다. 하지만 그녀는 진오와 달리 모든 게 좋았다. 큰 키, 단정한 머리, 살짝 올라간 눈꼬리와 도도하고 차가운 눈빛, 오똑한 콧대와 날렵한 얼굴선, 깔끔한 옷매무새까지. 학생은 저렇게 다녀야 했다. 어제의 일이 떠오른 진오는 심장이 뛰고 얼굴이 빨개졌다. 진오의 마음은 봄날의 아지랑이처럼 피어올라 공간을 넘어 주희에게 다가가고 싶었다. 바람에 느티나무의 초록색 새순이 흔들렸다.

어디선가 음성이 들렸다.

"네 쪽으로 오는 것 같은데 말을 걸어봐. 네 용모에 자신이 없더라도 용기가 가상해서 이야기를 들어줄 수도 있고, 불쌍해서 돌보아 주고 싶을 수도 있잖아."

담임이 주희 아버지가 목사인 것을 아는 척했던 것이 떠올랐다. 진오는 차마 용기가 나지 않았다. 진오가 가진 무엇 하나 그 아이와 어울릴 것 같지 않았고 빛과 어둠처럼 가까이 다가가면 모든 것이 사라져 버릴 것 같았다. 그런 마음을 가졌다는 것도 죄책감이 들었다. 주희가 화장실을 가려는 듯 진오의 곁을 스쳐 지나가던 순간 운동장 쪽에서 익숙한 소란스러움이 느껴졌다. 진오를 괴롭히던 녀석들이었다. 불안한 눈빛으로 쳐다보았지만, 진오를 의식하는 것 같지 않았다. 이번엔 녀석들의 대상이 진오가 아니었다. 그 녀석들도 진오와 같은 생각을 했고 그들에겐 용기가 있었다. 선우가 다가가서 능글맞게 웃으며 말을 걸었다.

"주희야 어딜 그리 급히 가야쓰까? 쉬 마려운 갑네?"

주희는 대답하지 않았다. 선우는 더욱 대담해졌다.

"주희, 너 보지에 털 났냐? 우리끼리는 다 보여줬는디, 니도 좀 보여줘브러라. 얼굴도 이쁘니 거시기도 이쁘제."

주희가 화를 낼 거로 예상했지만, 어찌할 바를 모르고 있었다. 이를 눈치 챈 선우의 눈이 빛나며 더 짓궂은 농담과 행동으로 발전했다. 주희의 손을 낚아채더니 얼굴을 만지고 봉긋 솟은 가슴과 엉덩이를 쳐다봤다. 주희가 간절한 눈빛으로 그 그룹에서 비켜서 있는 진오를 바라보았고 진오는 주어진 기회에 당황했다.

그때 또 음성이 들렸다.

"주희가 너를 봐주다니 좋은 기회야. 지금 가서 도와주면 가까워질 수도 있어. 네 마음속 호감을 표현해 봐."

반대의 음성이 들렸다.

"평상시에 말 한마디 못 붙여 봤잖아. 그런 일을 한다고 해도 주희가 너랑 친하게 지내 줄 것 같지도 않고. 괜히 나서서 창피당하지 말고 자존심을 지켜."

거드는 음성이 들렸다.

"봄날의 햇볕이 좋잖아. 그냥 이 자리에 늘어져 있어. 다 지나갈 거야. 너같이 게으르고 가난하고 지저분한 아이에겐 저기 있는 모두가 남일 뿐이야."

진오에게 이성에 대한 호감은 용기보다는 부끄러움과 게으름으로 다가왔다. 금세 게으름이 진오를 채우고 멍한 표정으로 되돌아갔다. 마음은 초저녁의 물안개처럼 가라앉았다. 주희가 얼굴을 찡그리고 싫은 내색을 했지만, 반항할 용기도, 도와줄 친구도 없다는 걸 이미 모두가 알아 버렸다. 다행히 한 무리의 다른 여자아이들이 나타나며 상황은 마무리됐다.

간밤에 내린 비로 솟아난 느티나무의 초록색 새순이 진오의 눈에 들어왔다. 창피해했던 주희를 떠올리며 진오의 게으름은 두려움으로, 두려움은 간절함으로, 간절함은 욕구로 변해갔다. 그날 밤 한껏 달아오른 마음에 열이 올랐다.

낮에 보았던 초록색이 세상을 뒤덮었다. 빛나는 초록색 갈퀴를 가진 용이 나타났다. 용의 갈퀴는 이해할 수 없는 수많은 생각을 불러 일으켰다.

"몸이 자라 일정한 나이가 되면 생명의 역할에 충실할 수 있어야 행복하다. 충실할 수 없을 것 같은 불안은 이성에 대한 호기심을 만든다. 마음에 드는 사람이 있지만 다가갈 수 없느냐? 마음껏 표현하라. 색욕은 네가 시험을 통해 만난 욕심 중에서 모든 생명에게 가장 자연스러운 것이니라."

"아까 주희에게 다가서라는 목소리가 당신이다요? 당신의 이야기를 듣지 못했어라. 아직은 용기가 없어라. 지금도 스스로 어쩌지 못하고 바라기만 하는 내가 원망스럽당게요. 그런데도 좋아하는 마음이 든다는 것이 부끄러워라."

"나를 부끄러워하지 마라. 네가 나의 말을 듣지는 못했지만, 너의 욕심은 충분히 자랐다. 나는 내가 사랑이 충만한 주께 가기 위해 반드시 발견해야 하는 주의 시험자이며, 나를 통하지 않고서는 생명도 영혼도 존재할 수 없다. 나를 인정하고 받아들여라. 용기 내어 호감을 표현하라."

시간이 갈수록 욕구가 커졌지만, 표현할 수 없자 기분이 우울해졌다. 가을 햇살이 비치는 6학년 등굣길이었다. 진오는 낙엽을 보며 광주로 이사 온 후 유일한 친구였던 할아버지를 떠올렸다. 할아버지는 반년 전에 돌아가셨다. 그날은 동네 노인정에서 약주를 거나하게 드셨다. 저녁에 아끼시던 쌈짓돈을 누나와 진오에게 나눠주시더니 잠자리에 든 후 일어나지 않으셨다. 진오는 오랫동안 울었다. 식구들은 할아버지가 좋은 곳에 가셨다고 위로했지만, 진오는 낯선 광주의 상황을 혼자서 버텨야 하는 것이 막막하고 슬퍼서 울었다.

　다음날 진오는 집을 나섰다. 너무 이른 시간인지 아직 오락실은 문을 열지 않았다. 아이들이 짝을 이뤄서 학교에 가고 있었다. 사거리를 건너자, 문방구가 있었다. 수업 시간에 준비물이 있는지 문방구에서 준비물을 찾는 몇몇 학생들이 보였다. 어디선가 바람에 낙엽이 날렸고 낙엽을 쫓아 시선이 움직였다.

　진오의 눈에 성진이 막대사탕 두 개를 산 후 달려가는 모습이 보였다. 성진에게 맞았던 기억으로 미움이 솟아올랐다. 계속 쳐다보고 있으려니 사탕 하나를 다른 친구에게 주었다. 그들은 서로에게 다정하게 웃으며 사탕을 빨아 먹었다. 상황이 이해되지 않았다. 진오는 왜 성진에게 괴롭힘을 당해야 하고 저 녀석은 사탕을 얻어먹을까? 애써 무시하고 잊어버렸던, 진오의 병약한 어린 시절을 함께 해준 친구이며 삭막한 대도시의 외로움을 함께 느껴주었던 할아버지가 그리웠다. 할아버지와 나누어 먹던 사탕 맛 대신 쓴맛이 입속에 맴돌았다.

　음성이 들렸다.

"이미 할아버지는 죽고 없잖아. 언제까지 철부지 기억 속에 갇혀있을 거야? 차라리 네가 못 가진 것들을 남들도 갖지 못하도록 만들어야지."

　그리움은 시기로, 미움으로 돌변했다. 사탕을 주고받는 녀석들이 미웠다. 진오의 유일했던 친구는 이미 죽고 없는데 저 녀석들만 친구를 가지게 둘 순 없었다. 도대체 얼마나 받았으면 대가 없이 주려고 할까? 무슨 감언이설로 꼬드겼기에 공짜 사탕을 얻어먹을까? 어떤 방법으로 녀석들을 골탕 먹일까 생각했다.

반대의 음성이 들렸다.

"그냥 지나가지? 어차피 네가 산 것도 아니잖아. 잘 생각해야 해. 잘못하면 성진에게 더 맞을지도 몰라."

찬성의 음성이 들렸다.

"언제까지 바보처럼 부러워하고 당하고만 살 거야. 어차피 너는 잃을 것도 없잖아."

결심을 굳힌 진오는 생각한 바를 실행하기 위해 가게로 갔다. 한참 물건을 정리하는 주인아저씨에게 말했다.

"쩌기 주황색 웃옷을 입은 녀석이 어제 가게에서 초콜릿을 훔치는 걸 봤어라. 친구라서 아는 척할 수는 없지만, 가만히 있으면 안 될 것 같아 말 해부요. 방금 아저씨가 그것도 모르고 사탕을 팔았다고 놀렸어라."

진오는 말을 마치고 황급히 다른 아이들 속으로 들어갔다.

아저씨가 무서운 표정으로 성진을 불렀다. 성진이 당황해 돌아보았다. 등교를 재촉하는 종이 울리자, 성진은 친구에게 먼저 가라고 하고 문방구 쪽으로 걸어갔다. 그 친구는 영문을 모르겠다는 표정으로 사탕을 가지고 돌아섰다. 그때 진오는 뛰기 시작했다. 사탕을 먹고 있는 친구의 옆을 지나가는 척하다 확 밀쳤다. 파란색 막대사탕이 바닥에 떨어졌다. 녀석은 이내 상황을 파악하고 울기 시작했다. 진오는 교실로 달려갔다. 그 미움이 온종일 진오를 괴롭혔다.

그날 저녁 고열에 들떠 있는데 담청색 조끼를 입은 존재가 다가왔다. 수많은 영혼이 그 조끼 속에 답답하게 매여 있는 듯했다.

"우리가 가진 영혼의 욕구가 충족되지 않을 때 사람은 불행하다. 그 상황이 내가 이겨낼 수 없거나 대상이 나보다 월등할 때 시기와 질투로 나타난다. 함께 할 수 없어 우울하냐? 시기하고 질투하라. 이는 네 영혼을 성장시키는 것이다. 시기와 질투는 내가 생명의 존재에서 영혼의 존재로 변화하기 위한 주의 시험자이니라."

"아까 할아버지에 대해 조언을 해준 게 당신이다요? 그 녀석들이 부러운 건 사실이지만 그 결과는 부끄럽고 힘들어라."

"내가 함께하지 못하는 것이 부끄럽고 같이 하는 사람이 부러우냐? 너는 시기로 인한 고통으로 네 영혼의 궁핍을 느끼게 되고 질투로 네 영혼이 나아갈 방향을 찾나니 네 가진 생명의 욕구를 밖으로 분출해 영혼을 채우기 위해 노력하라."

그 후로도 진오는 아이들에게 상처를 주었다. 몇 가지는 들키지 않았고, 알아도 엮이기 싫다는 이유로 무시되었다. 광주 생활에 익숙해질 무렵 국민학교를 졸업했다.

졸업식 날 일곱 악마의 꿈을 꾸었다.

"오늘은 한꺼번에 찾아왔어라. 당신들은 지옥에 떨어진 일곱 악마인데 왜 자꾸 나한테 나타나부요?"

"우리는 주가 너에게 주신 일곱 시험자이다. 지금까지 다양한 기회와 경험을 통해 우리를 모두 발견하여 마지막 깨달음을 주기 위해 찾아왔다. '교만'은 인간의 영혼에서 맨 처음 발현되는 힘으로 어린 아이들은 천진한 눈빛 속에 그 거만함을 담고 있어 스스로를 지키는 첫 번째 힘이다. '게으름'은 인간의 육체를 형성하는 물질의 본성으로 모든 존재가 관성을 갖듯이 인간은 게으름을 통해 나의 중요성을 자각한다. '분노'를 표출하며 자신의 정체성을 형성하고, '탐욕'은 인간이 사회를 구성하고 발전시키기 위해 꼭 필요하다. '식욕'은 너희가 생명으로 살아 있다는 증거이며, '색욕'은 모든 생명에게 가장 자연스러운 욕구이고, '시기'는 너희가 충분히 건강한 생명이 되었을 때 누군가와 함께하고 싶은 영혼의 길로 이끈다."

"제가 이제 수많은 시행착오와 고통 속에서 내 안의 악마를 모두 깨웠으니, 지옥에 속하게 된당가요?"

"천국과 지옥은 주가 세상을 창조하시며 사회를 발전시키기 위한 것들이지만 너희가 온전한 형태로 그 속에 들어갈 수는 없다. 굳이 말하자면 너에게는 네가 속한 세상이 곧 지옥이다. 너희는 고통 속에 태어나고 병들고 늙어가며 고통받으며 이별하며 죽는 순간까지 고통받는다."

"이 세상은 왜 이렇게 힘들어라?"

"사실 너희의 육체는 결국 먼지 한 줌으로 돌아갈 것들이다. 태어나 그 안에 있는 영혼은 죽을 때까지 자라나야 하는데 그 수단이 고통이니라. 현재의 고통을 감내하고 예비하신 날을 위해 영혼을 단련하라. 주가 너희를 위하여 우리 일곱을 주셨나니 사실 너희가 죄악이라고 부르는 이 일곱 욕심은 너희의 영혼을 성장시키는 일곱 가지 힘이니라. 너희 각자가 이 힘을 충분히 키워 준비되었을 때 주가 또 다른 길을 보여주실 것이다."

정신을 잃었던 나를 수연이 흔들어 깨웠다.

"너 듣고 있었던 거야? 아무리 피곤해도 친구가 진지하게 고민을 털어놓고 있는데 가타부타 말도 없이 이렇게 대놓고 잠을 잘 수가 있어? 네가 옆에 있고 들어준다고 뾰족한 해결책이 있는 건 아니지만 그래도 섭섭하다."

나는 멋쩍은 듯 대답했다.

"미안해. 내가 요즘 몸이 별로 좋지 않아서 어렸을 적 앓았던 병이 도진 것 같아. 가끔 깜박깜박 졸도하는데 그럴 때마다 어렸을 적 겪었던 기억이 되살아나곤 해. 뭔가 대책을 좀 찾아야 하나 고민이야."

말은 그렇게 했지만, 나의 마음은 복잡했다. 그렇다고 고민하는 친구에게 꿈을 털어놓을 수 있는 건 아니었다.

"그랬구나. 내 이야기만 하느라고 너에 관해 관심을 두지 못했던 것 같아. 그래도 할 수 없어. 우린 친구 사이로 지내기로 했잖아. 친구 사이는 가끔 하소연이나 하며 술이나 한잔할 순 있지만, 너무 깊어지면 안 되잖아."

"그래 우린 친구 사이지. 내가 이야기를 들어주고 가끔 선의로 도와주겠지만, 너의 문제를 대신 해결해 줄 수는 없어."

"그렇게 말해줘서 고마워. 언뜻 내비치긴 했지만 나 이제 한국이 지긋지긋해. 유학원을 통해 미국에 있는 학교를 알아보고 있어. 어차피 수학은 국경이 없잖아. 한국을 떠나서 다시는 돌아오지 않을 거야."

"이해해. 꼭 남녀관계의 문제만은 아닌 것 같아. 같이 공유할 수 없는 기억에 사로잡혀 혼자만의 추억을 쌓아가고 있다면 그 또한 학대이고 극복하기 어려운 상황인 것 같아. 이렇게 보내는 게 아쉽지만, 현재의 감정을 추스를 수 없다면 그것도 나쁘지 않은 선택이야. 부디 미국에서는 좋은 사람 만나길 바랄게."

"이해해 줘서 고마워. 진오 너도 이제 나 같은 여자 사람 친구 말고 너를 생각하고 위해줄 수 있는 사랑을 만나길 바랄게."

대학에 들어와 유물론을 배우면서 사람 사이의 감정은 실체가 아니며 물리적 환경과 사회적 관계에 따라 부수적으로 느껴지는 것이라고 이해했다. 그런데 그것이 관계에 영향을 미치고 있었고 사람의 행동을 변화시켰다. 만일 그러한 변화가 되돌릴 수 없는 결과를 일으킨다면 어떨까 혼란스러워졌다.

어쩌면 수연이는 사랑이라는 감정을 정하고 행동과 관계를 규정하고 있는 것 같았다. 그런 생각을 하고 집에 돌아와 보니 텔레비전에 속보가 나오고 있었다. '뉴키즈온더블럭'이라는 아이돌그룹이 내한 공연하는 올림픽 체조 경기장에 만 육천 명의 관객이 몰렸으며, 불행히도 공연 도중 흥분한 관객들로 수십 명이 다치고 여고생 한 명이 압사했다는 뉴스였다.

물리적으로 검출될 수는 없지만, 현실에 영향을 미친다면 실재하는 것 아닐까? 어쩌면 수연이는 혼자였으면 손쉽게 헤어졌을 수 있을 문제를 나에게 이야기하며 더 깊은 수렁 속으로 빠져들었을 수도 있었다. 수연이는 그해 겨울이 지나고 어학을 배우며 유학을 준비한다고 미국으로 떠났다. 이별은 아쉬웠으나 마음속 단단한 돌이 빠져나간 듯한 허전함이 새로운 인연을 만들어 줄 것 같았다.

제4장

훌륭한 **이상**도 결국 다 **사람의 일**

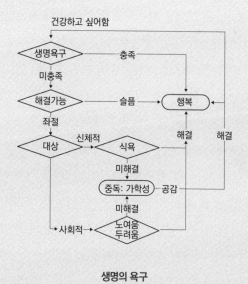

생명의 욕구

제4장
훌륭한 이상도 결국 다 사람의 일

송악에서의 1년을 보내고 전공수업을 듣기 위해 수원에서 자취 생활을 시작했다. 수원에 있는 상록캠퍼스는 건물보다 나무가 많았다. 푸른 수목 사이에 군데군데 아담한 건물들이 보였다. 인근에 오산비행장이 있어 건물에 고도 제한이 걸려 결과적으로 어느 이상 높이로는 나무만 보이는 풍경이 만들어졌다. 캠퍼스 앞으론 서호천이 흘렀고 뒤쪽엔 기숙사와 연습림, 과수원 등이 있었다.

학생들은 주로 옆문 쪽 원룸에 살았다. 잠만 잘 거라 학교에서 가깝고 최대한 싼 곳을 찾은 것이다. 다들 비슷한 생각이었는지 주변에 선배들이 많았고, 자주 어울리다 여러 가지 고민을 듣게 되었다. 가장 큰 문제는 같이 할 사람이 없다는 것이었다. 찬영 선배가 학생회장이 되자 나는 자연스럽게 단과대학 학생회의 조직관리를 맡게 되었다.

나와 비슷하게 학업에 큰 흥미가 없었던 '용 꼬리' 한일이는 홍보를 성진이는 기획을 같이했다. 나는 캠퍼스 중앙에 있는 식당에서 점심을 먹고 옆문 쪽의 후미진 학생회실을 찾아갔다. 낡은 학생회실을 열고 들어갔다. 오후 수업이 휴강이라 학생회에 모여 올해 운영 방향에 대해 같이 논의하기로 했다. 조금 기다리자, 한일이와 성진이가 들어왔다. 나는 갈수록 집회나 시위에 참여율이 저조하니 이번 학생회는 참여하는 학생회에 초점을 맞추자고 제안했다. 성진이가 한숨을 쉬며 말했다.

"문제는 종교 동아리야. 학기 초에 어느 종교든 들어가면 교육받느라 학생회에 참가할 일정이 나오지 않아. 현실 문제를 치열하게 고민하고 해결책을 구하기 위해 같이 노력해야 하는데 종교에선 현실은 인과응보라고 하잖아."

나는 조심스럽게 학생회 차원에서 뜻을 모아 집회하는 것은 불법이 아니라 헌법에 보장된 국민의 기본권임을 알리자고 했다. 한일이가 대답했다.

"뭐, 사람만 많으면 뭘들 못하겠냐. 문제는 수원은 독립캠퍼스 단과대학이라 사람이 부족해 홍보 한번 하려면 며칠 준비해야 해. 우리가 전업으로 그것만 하고 있을 수는 없잖아. 당장 1학년생들 소개하는 진군식이 다음 주에 있는데, 학과별 참석인원도 모르겠고, 진행 프로그램, 소요 예산, 물품 구입 등 아무것도 된 게 없잖아. 빨리 계획해서 대자보 붙이고 플래카드도 써야 하는데."

성진이는 결론을 내렸다.

"그럼 셋 중에서 진오가 예전 자료로 프로그램 구상하고 있고 너랑 나랑은 학과들 돌아다니며 참석인원 파악하며 같이 일할 사람 좀 찾자."

성진이와 한일이는 밖으로 나갔다. 나는 예전 자료를 찾아 정리하던 중 우연히 한곳에 놓여 있던 톨스토이의『사람은 무엇으로 사는가』책이 눈에 들어왔다.

　'사람들에겐 다른 이를 불쌍히 여길 수 있는 마음이 있습니다. 모든 사람은 스스로 돌봄이 아닌 다른 사람의 사랑으로 살아갑니다. 신이 사람에게 생명을 주시고, 그들이 단순히 살아남는 것이 아니라 함께 살아가길 바라십니다. 저마다 자신에게 무엇이 필요한지 드러내지 않으시며 다만 모두를 위해 무엇이 필요한지를 드러내십니다. 사랑이 있는 사람은 신 안에 있고, 신은 그 사람 안에 있습니다. 신은 사랑이기 때문입니다.'

　나는 어렴풋이 내가 느꼈던 우정과 사랑이 이런 것이겠다고 생각되었다. 내가 학생운동을 시작하게 된 것은 억울하게 죽은 강경대가 불쌍해서였다. 덕배 선배와 수연이는 나를 도와주려 했던 것도 서울에서 외롭게 지내는 나를 위하는 마음이었다. 내가 수연이에게 연민을 느끼고 성진이를 시기한 것은 곤란에 빠진 수연이에 대한 마음이었다. 그 마음이 다 사랑이었다. 하지만 신이 사랑이라는 말은 받아들이기 어려웠다. 그 논리가 교묘히 사람을 의존하게 만드는 것으로 여겨졌다. 마음을 정리하고 작년 진군식 자료를 찾았다. 행사 개요에 일정이나 담당자는 나와 있으나 규모, 준비사항 등을 알기는 어려워 새로 구상해야 했다. 한창 일하고 있는데 성진이가 학생회실에 돌아오며 말했다.

　"야, 일 좀 같이할 사람이 왜 이렇게 없냐? 과외 한다고 빠지고, 데이트한다고 빠지고. 또 우리끼리 밤새야 하나 보다. 한일이도 좀 전에 호출 왔다며 도망갔다. 데이트하고 내일 도와준단다."

힘이 빠졌지만 그래도 돌아와 준 성진이는 고마웠다. 문득 투덜투 덜하면서도 항상 묵묵히 일하는 성진이는 왜 수연이에게는 그렇게 대했을까 궁금해졌다. 남녀 간의 일을 캐묻기는 부담스러웠지만, 조심스럽게 작년에 수연과 사귀다 헤어진 이유를 물었다. 성진이는 긴 한숨을 쉬며 말했다.

"휴. 이야기하자면 좀 복잡해. 대학 들어오고 1학년 때 야학 봉사 활동을 다녔어. 그때 최저시급도 받지 못하고 일하는 공원들을 보면서 좀 더 평등한 사회가 되었으면 좋겠다고 생각했어. 과외로 너무도 쉽게 돈을 벌어 쓰는 대학 생활도 불평등한 사회에 일조하는 것 같아 거부감이 들었고. 그런데 수연은 오히려 부모들의 불안감을 조장해서 더 악착같이 벌어서 과외비로 펑펑 쓰도록 부추겼어. 데이트 때마다 그렇게 번 돈을 써대며 자랑하는 수연이 불편했어."

"그렇게 된 거였구나. 사실 학생운동을 하며 불우한 이웃을 직접 접해보지 못한 사람들은 사회의 구조적 불평등을 이해하기가 쉽지 않지. 그렇지만 수연이는 네가 첫사랑을 잊지 못해서 그런 거라고 하던데?"

"우리가 첫사랑에 빠져 있을 시간이 어디 있냐? 내가 청주로 이사하고 어머니와 봉제공장에서 일하는 시다를 위해 야학 봉사하는 누나를 좋아했었어. 수연이를 아끼는 마음에 좀 더 현실을 보라고 조언하면서 몇 번 그 누나가 봉사활동으로 삶을 보람 있게 사는 걸 예로 들면서 설명했지. 사람은 자기가 듣고 싶은 것만 듣잖아. 좋아했다는 것과 아직 기억하고 있다는 걸 조합해서 따지고 드니까 할 말이 없더라. 그래서 서로 말다툼이 심해졌지."

"그게 사랑이지. 그렇게 발전하는 거고. 그렇다고 다 헤어지는 건 아니잖아?"

"나를 좋아해서 그런다고 이해하려 했지만, 수연이는 내가 첫사랑을 못 잊는다고 규정하고 그것에만 집착했어. 난 사랑이 깊어지면 상대방을 더 신뢰하고 자유롭게 해줘야 한다고 생각해. 수연이는 시간이 지나도 나에 대한 믿음이 깊어지지도 나에 대한 집착을 해소하지도 않았어. 지금 생각해 보면 나를 사랑했다기보다 내가 자신만을 사랑해 주길 바란 것 같아. 자기 아버지 바람난 것까지 나에게 뭐라 했잖아. 자신의 완전한 사랑을 위한 도구라는 나에겐 딱 그 정도의 역할만 있었던 거지."

"그래 네 말을 들어보니 오래가긴 힘들었겠네. 그래도 좋게 끝내야지. 수연이는 상처를 많이 받았는지 유학 가며 다시는 돌아오지 않는다고 말했어."

"이런 말까진 안 하려 했는데. 수연이는 나와 사귀면서도 무엇엔가 거부감이 있었던 것 같아. 평상시엔 스킨십을 거부하다 술에 취하면 언제 그랬냐는 듯 적극적으로 변했어. 다음날이면 형식적이고 무표정하게 헤어졌고."

조금 더 생각하더니 작심하듯 말했다.

"아무것도 설명해 주지 않고 점점 험악해졌어. 그러다 흥분하면 자학하거나 심하면 물건을 집어 던졌어. 내가 있어 더 문제가 커지는 것 같아 혼자 두고 나갈 수밖에 없었지. 그렇게 우린 평행선만 걷다 끝난 거야. 수연이가 남긴 유서 때문에 혼자 속앓이 한 걸 떠올리면 지금도 끔찍하다."

같은 상황도 누가 어떻게 보느냐에 따라 다르게 해석되는 것 같았다. 그렇게 성진이의 푸념을 들어주고 있는데 현석이가 찾아왔다. 현석이는 작년에 군대를 마치고 복학했으나 착실하게 학교생활을 할 뿐 학생회와는 거리를 두었다. 나는 반갑게 인사하며, 그렇지 않아도 한번 뭉쳤으면 했는데, 고생한 친구들 술이나 사달라고 졸랐다. 현석이는 본인도 그러고 싶지만, 오늘은 예배가 있어 어렵다고 했다. 그리곤 누군가에게 나눠주기 위한 유인물을 내밀었다. 교회 부흥회를 소개하고 참석을 권유하는 것이었다. 같이 준비하던 성진이는 빼앗아 훑어보고 화를 냈다.

"지금 학생회 준비하는 것 안 보여? 그렇지 않아도 종교동아리 때문에 골치 아픈데 고향 친구라는 놈이 부흥회에 참석하라고 찾아온 거야? 우린 뭐 시간이 남아서 이러고 있는 것 같아? 평상시엔 바쁘다고 도망가더니 네가 필요할 때만 찾아오고."

성진이가 아까 말한 종교동아리의 문제점을 다시 반복했다. 아까 성진이 늘어놓은 푸념도 있고 그렇게라도 풀어진다면 나쁘지 않겠다 싶었다. 현석이도 중간중간 할 말이 있지만, 꾹 참고 있는 듯했다. 체념한 듯 다른 쪽을 바라보며 혼잣말했다.

"주의 의를 위하여 핍박받는 자를 축복하니 기뻐하고 즐거워하라. 너희보다 앞에서 행했던 선지자들도 이같이 핍박받았느니라."

잘 들리지 않는 말 때문이었는지, 혼잣말하는 묘한 표정이 자신을 비웃는다고 여겨서인지 성진이가 화냈다.

"찾아와서 네 이야기는 다 하고 내 말은 대놓고 무시하네. 기뻐하고 즐거워해? 네가 듣기 싫은 건 들을 필요도 없다는 거지?"

성진이의 모습이 바뀌기 시작했다. 머리에는 꽃장식을 했고, 목에는 주름이 보였다. 손에 무엇인가 들고 있었다. 칼 같기도 하고 꽃 같기도 하였으며 술 같기도 했다. 속에서 무언가 치밀어 오르며 모공이 곤두섰다. 나팔 소리가 들리자, 분노가 주위의 강과 샘을 빨아들이며 보라색으로 물들었다. 여름 산의 덥고 습한 기운이 검은 화산처럼 솟아오르더니 빨간 용암처럼 흘러내렸다. 분노를 절제하라고 가브리엘이 노래했다. 노래가 끝나자, 가브리엘이 말했다.

"세 번째이자 가장 중요한 폭력의 원인은 이데올로기이다. 무리를 하나의 교리로 엮어낸 뒤, 다른 사람들까지 끌어들여 그 파괴적 목적을 달성하려고 한다. 인간의 마음은 수단과 목적을 연결하는 연쇄 추론을 부추기도록 발전해 왔다. 이데올로기적 폭력은 심리보다는 역학의 문제이다. 치료를 위해 고통스러운 처지를 견디는 것과 같이 목적이 수단을 정당화한다. 집단 간 적개심은 구성원이 저지를 한심한 짓을 책임의 이동, 피해자 악마화로 감소시키고 집단 내부의 의견 차이를 억압한다. 진보적인 집단은 더 진보적인 방향으로, 보수적인 집단은 더 보수적인 방향으로 양극화해 간다."

중학교 때 친구를 사귀었던 기억이 되살아났다.

친구

등교하는 첫날 럭비부 선생님이 몸이 좋은 애들을 뽑아갔다. 나머지 아이들의 서열을 정하기 위한 눈치 싸움이 한창이었다. 진오를 자기 밑이라고 여긴 아이들은 거만한 눈빛으로 쳐다볼 뿐이었다. 옆자리에 앉은 천우는 진오보다 키만 조금 컸다. 이마가 각지고 평평한 듯했고 눈이 크고 튀어나왔다. 특이한 건 머리가 벌써 하얗게 세었다는 것이다. 쉬는 시간이 되자 이미 안면을 트고 친해진 아이들끼리 삼삼오오 모여서 잡담을 나눴다. 모여 있던 무리 중 한 명이 다가와 말했다. 진오보다 체격이 있으나 키가 작은 아이였다.

"야 새꺄. 가만히 보니 아는 애들도 없는 것 같은디. 나 병우다야. 너 다른 동네에서 왔을까? 혼자 놀기 심심하믄 내 밑에 들어와라. 잘 봐줄팅께."

병우는 얼굴이 길고 광대와 턱에 굴곡이 없었고, 코가 길며 턱이 강해 보였다. 중학교는 집에서 상당히 떨어진 무신중학교였다. 평준화가 시행되어 원하는 중학교에 갈 수 없다고 했다.

음성이 들렸다.

"우열을 정해 놓자는 심산이야. 고개를 숙이거나 눈빛을 흐리면 안 돼. 여기서 또 주저앉으면 삼년이 괴롭다."

과거의 진오를 기억하는 아이가 한 명도 없다는 것이 새 삶을 시작할 기회였다. 용기를 내어 똑바로 보며 말했다.

"이 잡열의 새끼가 시방 뭐라고 지랄이냐. 재수가 없어 멀리까지 왔지만, 딱히 혼자서 심심할 일 없다. 당분간은 누구와 어울리고 싶지 않아야."

녀석이 헛웃음을 쳤다.

"아따 호로새끼 자신감이 넘치는구나. 동네가 사나워서 누구라도 어울려야 등하교 시간에 괴롭지 않을 텐디. 내 밑 따까리라도 들어오는 게 날꺼여."

진오는 화가 났으나 아무 말도 못 했다. 얼마 전 하교하는 골목에서 몰려다니는 아이들에게 혼자 다니던 누군가가 돈을 뺏기는 걸 보았기 때문이다. 참고 있는 진오를 비웃으며 녀석은 자리에 앉았다. 오전 수업이 끝나고 점심도 혼자 먹었다. 체육 시간이 되어 운동장에 나갔다. 교사는 우선 학급 친구들과 친해지도록 피구를 시켰다. 한 반을 두 팀으로 나눴다. 규칙을 알려주고 놀도록 했다. 덩치가 있는 아이들이 먼저 잡혔다. 양 팀에 진오와 병우가 남았다. 진오가 공을 받아 던졌는데 병우가 몸을 낮춰 옆으로 피하다 얼굴에 맞았다. 화난 표정으로 말했다.

"씨발 새끼. 너 아까 규칙 못 들었냐? 얼굴로 던지면 반칙이야 개상놈의 새끼야."

진오도 지지 않고 대답했다.

"아구창에 걸레를 물었냐? 말 좀 가려 해라. 네가 피하다 맞았어야."

아이들이 몰려들었다. 병우와 어울리던 아이들이 악을 썼다.

"네가 얼굴로 던졌잖아. 우리도 다 봤어. 쪼끄만 게 우기고 있어."

억울했다. 그러나 주위엔 진오를 선뜻 도와줄 친구가 없었다. 그때 천우가 나섰다.

"내가 봤는데 얼굴 아래로 던졌어. 병우가 피하다 맞은 거야."

천우의 말에 몇몇 아이들이 호응해 주었다. 패가 갈리자, 무효로 하고 다시 하자고 의견이 모였다. 진오는 다행이라 생각했다. 우쭐한 마음에 한마디 보탰다.

"지랄맞게 우길 생각만 하지 말고 마음을 곱게 써라잉."

분위기에 눌려 있던 병우가 더 참지 못하고 말했다.

"너 이 새끼. 이따 쉬는 시간에 보자."

결국, 시비는 쉬는 시간의 말다툼에서 학교 끝나고 만나자는 것으로 귀결됐다. 주위에 있던 다른 녀석들이 심판을 보겠다고 나섰다. 그 녀석들도 구경하며 덤빌 만한 녀석과 그렇지 않을 녀석을 판단하려는 속셈이었다.

진오는 천우에게 같이 가달라고 부탁했다. 자기편도 하나쯤은 있었으면 하는 마음 때문이었다. 학교가 끝나고 싸울 장소로 이동했다. 학교 운동장에는 럭비부가 운동하고 있었다. 이미 어른처럼 보이는 학생들이 모여 규칙에 맞춰 훈련하는 모습에 진오는 세상이 참 불공평하다고 느꼈다. 작고 마른 몸으로 하루하루를 버텨내야 하는 자신의 신세가 처량했다.

학교 정문을 나와 길을 건너면 문방구가 있고 그 옆으로 좁은 골목길이었다. 골목길을 올라가면 동네 야산이었다. 야산은 높지 않아 일부러 오는 사람이 없었고 건너편으로 갈 수도 없었다. 학교가 끝난 오후에 일부러 여길 지나갈 사람은 없었다. 아무 일 없다는 듯 올라가던 아이들은 야산 입구 공터에 도착하자 말없이 가방을 내려놓고 공간을 만들었다. 진오와 병우가 자연스럽게 양쪽에 섰다. 팽팽한 긴장감이 흘렀다.

"혹시 걸리면 친구끼리 장난쳤다고 해라잉."

진오는 싸우기 직전 걸어온 말에 대답해야 할지 말아야 할지 당황했다. 이를 눈치 챈 병우가 비웃었다.

"뭘 멀뚱멀뚱 쳐다만 봐. 씨발 새끼 왜 막상 싸우려니 겁나냐?"

말에서 지면 본 싸움에서도 불리할 거로 생각했다. 진오도 독기를 올렸다.

"상놈의 새끼가 아가리를 찢어버린다. 이름도 병신 같은 게 지랄이야."

얼굴이 붉어진 녀석이 다가왔다. 진오도 앞으로 다가서기는 했지만, 막상 싸우려고 하니 어떻게 주먹을 뻗어야 할지 몰랐다. 이럴 줄 알았으면 평상시에 손을 뻗는 연습을 해 놓을 걸 하고 후회했다. 병우의 주먹이 얼굴로 날아왔다. 뺨을 스치고 지나갔다. 다행이라 생각하는 순간 종아리가 욱신거렸다. 주저앉는 틈에 배로 주먹이 날아왔다. 이번엔 운이 없었다. 얻어맞는데 이력이 나 있는 몸이라 고통은 잘 참았지만, 연이은 펀치에 결국 균형을 잃었고 쓰러졌다.

"별것도 아닌 놈이 허벌라게 말만 앞서고 염병이야."

다리를 때렸던 발이 이제 얼굴로 향했다. 진오는 코피가 나고 입안이 찝찔했다. 두려움에 일순간 몸을 웅크렸다. 그러다 맞고만 있는 자신에게 화가 났다. 마음속 분노는 아픔을 가시게 하고 얼굴을 주황빛으로 물들였다. 삼 년 동안 맞을 걸 모두 맞자는 심산으로 일어나 흐르는 피를 닦아내며 소리쳤다.

"좀 맞아 주니 좋냐? 이제 좀 몸이 풀리는데 내 대가리 터지고 너 감방 가고 오늘 다 같이 뒤지자."

병우는 얼굴에 피칠을 하고 눈에 독기를 품고 덤벼드는 진오를 보고, 더는 때리지 못하고 물러섰다. 순간 진오는 자기 모습이 우스워 미소를 지었다. '그동안 왜 이렇게 덤비지 못했을까?' 약했던 몸만큼 이나 부족했던 의지와 용기에 대해 후회했다. 더 물러설 곳 없는 병우에게 악을 지르며 질주했다. 품속에 파고들며 고개를 들었다. 피 묻은 손으로 병우의 어깨를 움켜쥐고 소리 질렀다.

"피가 나니 머리가 개안하다. 내 피가 보약이니 처먹고 벽에 똥칠할 때까지 살아라잉."

병우는 손을 치우며 외쳤다.

"미친 새끼. 무섭다, 좀 말려부러라."

다른 녀석들이 달려와 진오를 붙잡았다. 천우가 가방을 들고 걱정스러운 듯 다가왔다. 한 녀석이 병우와 몇 마디 나누더니 말했다.

"너 괜찮냐? 일이 이렇게까지 커질지 몰랐다. 이제 그만하자. 미안하다."

진오는 이제 다른 녀석들이 건드리면 어찌해야 할지 알았다. 그날 광주에서 처음 싸움했고 친구가 생겼다. 긴장이 풀려서인지 밤에 푹 잠이 들었다.

잠결에 시원한 바람이 느껴졌다. 창문 틈에 비치는 불빛에 주황색 봉을 든 존재가 보였다. 봉이 향하는 곳엔 생기가 도는 것처럼 푸른 빛이 느껴졌고 가까워질수록 낮에 생겼던 상처가 아무는 것 같았다. 진오는 호기심에 말했다.

"누구당가요? 또 다른 악마요?"

"예언의 천사 가브리엘이다. 너의 결심이 나를 일깨웠다."

"오늘 왜 그런 마음이 들었어라?"

"너는 지금까지 다른 사람과의 갈등과 육체적 고통에 따른 정신적 충돌로 성장해왔다. 본래 분노와 두려움은 대상의 우열에 따라 달라지는 한 가지에서 난 감정들이다. 욕구의 만족을 방해받을 때 이를 이겨내려는 충동이지. 두려움이 큰 사람은 분노도 크게 나타난다. 나보다 우등한 대상에게 느끼는 두려움을 극복할 수 있어야 하고, 나보다 열등한 대상에게 표출하는 분노를 누그러뜨릴 수 있어야 한다. 이들을 조절하는 법을 배워야 한다."

"분노와 두려움을 어떻게 참아부요?"

"생존본능은 자아의 불안을 증폭시켜 극단적인 감정으로 몰아간다. 합리적이고 유연하며 차분한 영혼을 발달시켜 자아가 정상상태에 머물게 해야 한다. 오늘 네가 두려움을 이겨내고 분노한 이유는 지혜로서 그 결과를 예측했기 때문이다. 더욱 지혜를 넓혀 한쪽으로 치우치지 말아야 한다."

다음날 진오는 꿈속에 누군가를 만난 것 같았지만 잘 기억나지 않았다. 다만 어제의 싸움은 졌지만, 잘한 것 같았다. 덕분에 친구도 생겼다. 머리가 하얗게 센 천우는 낯선 학교에서 처음 만난 짝꿍이었고, 진오의 편이 돼 주었다. 천우는 말수도 없었다. 부족한 눈빛만큼이나 옷도 색이 바래고 곰팡냄새가 났다.

2교시가 끝나고 우유 급식이 있었다. 학급에서 반 정도만 우유를 먹고 있었지만, 당번은 돌아가면서 했다. 그날은 진오가 우유를 가져왔다. 급식하는 아이들에게 나누어주었는데 하나 남았다. 쉬는 시간이 끝나갈 무렵 하나가 더 왔다고 생각하고 우유를 마셨다. 허겁지겁 병우가 들어왔다.

"아 하마터면 늦을 뻔했네. 당번 우유 가져와."

진오는 아차 싶었지만 이미 우유를 마신 후였다. 멍하니 우유갑을 들고 병우를 쳐다보았다.

"이 쳐 죽일 새끼. 설마 내 것을 처먹었냐? 성질 좆같은 건 알고 있었지만, 이젠 째비기도 하냐? 너 내가 못 봤으면 안 왔다고 시치미 뗄 거였잖아. 넌 담임한테 혼나봐야 해."

진오는 당황했다. 우유를 먹고 싶었지만 훔쳐서는 아니었다. 다들 수군거리기만 하고 있는데 천우가 나서주었다.

"진오가 잘못했지만, 그렇게까지 일을 키울 건 없잖아. 내 것을 줄 테니까 화 풀어라."

병우는 분한 눈빛이었지만, 우유를 받고 더는 어쩌지 못했다. 진오는 천우가 고마워 학교 끝나고 분식을 샀다. 교문을 나서자 곳곳이 공사 중인 도로에 차와 오토바이, 자전거들이 사람들과 뒤섞여 복잡했다. 길을 건너 김이 모락모락 피어나는 분식집으로 들어갔다. 대형 선풍기를 맞으며 먹는 맵고 달콤한 떡볶이는 간간이 섞여 있는 오뎅과 함께 별미였다.

"고맙다. 많이 묵어라."

그런데 천우는 떡볶이만 조금 먹을 뿐 튀김을 먹지 못했다.

"왜 안 묵냐?"

조금 망설이는가 싶었다.

"이거 포장해서 우리 집에서 먹을까?"

진오는 의아했다.

"집에는 부모님이 계실 건데?"

천우는 집에 부모님이 안 계신다고 했다. 조금 망설이는가 싶더니 고아라고 대답했다.

"우리 가족은 목포에 살았는데 아빠가 청과물상회를 하신다고 광주로 이사 왔어. 열심히 하셨지만 무리하게 가게를 늘려서 망했어. 사업에 실패하고 아빠는 어디로 가셨는지 몰라. 엄마도 몸져눕더니 작년에 돌아가셨어. 지금은 동생들과 셋이서 살고 있어."

우유 급식이 나오는 건 생활보호대상자였기 때문이었다. 그런 이야기를 친구에게 아무렇지도 않게 할 수 있다는 게 놀라웠다. 진오는 중학교 1학년이 혼자서 동생 둘을 데리고 어떻게 사는지 궁금해졌다.

튀김을 포장하여 큰길을 따라가다 백운동에 이르러 언덕으로 한참을 걸어 올라갔다. 아무도 올 것 같지 않은 오래된 상가건물이 나왔다. 천우는 그 건물 지하에서 지우, 인우와 함께 살고 있었다. 초인종을 누르자 동생들이 문을 열어줬다. 눅눅한 곰팡냄새가 났다. 이 방은 천우의 옷에 항상 배어 있던 냄새의 정체였다. 안으로 들어가자, 눅눅하긴 해도 제법 넓고 깨끗했다. 동생들이 명랑하게 공부하던 것들을 정리했다. 여러 가지 집기들이 있었지만 모두 색이 바랬다. 방에 들어서자, 둘째 지우가 벽지에 또 비가 샜다고 불평했다. 천정에 잘라 붙인 도배지에 빗물이 새어 나왔다. 천우는 별일 아니라는 듯 물기가 마르면 도배지를 새로 붙이면 된다고 다독였다. 진오는 무심코 물었다.

"밥하고 설거지, 청소와 빨래까지 다 해부냐? 그냥 고아원은 어째 쓰까?"

천우는 멋쩍게 대답했다.

"나도 처음에 힘들어서 고아원을 알아봤어. 나이가 달라서 다 다른 곳으로 찢어져야 한대. 엄마가 돌아가시며 헤어지지 말라 했는데 차마 그렇게는 못 하겠더라. 혹시 아빠가 오실지도 모르고. 조금 어렵기는 해도 크게 아프지 않고 동생들과 지낼 만해."

마침 저녁 시간이 돼 밥을 차려줬는데 쌀밥에 간장 한 종지, 김치 몇 조각이 전부였다. 불우이웃돕기에서 쌀은 나오지만, 반찬은 누군가 해줄 사람이 없어서 김치랑 밑반찬이 항상 부족하다는 것이었다. 튀김을 먹으며 동생 지우가 말했다.

"먹을 건 조금 부족해도 난 성들과 사는 게 좋아라. 나중에 커서 돈 많이 벌면 성도 잘 모시고 우리처럼 어려운 사람도 도와준당께요."

막내인 인우도 밝게 웃으며 반찬 투정 없이 씩씩하게 잘 먹었다. 진오는 갑자기 그동안 당연하게 누려왔던 혜택이 죄스러워졌다. 도시락 김치 냄새가 싫어서 먹지 않아 다 쉬어버린 밥이 부끄러웠다. 부끄러움을 식탐으로 채우고 왜 먹는지도 모르고 탈이 날 때까지 먹었던 과거도 후회스러웠다.

그날 밤, 잠을 자면서 어디선가 번개가 치는 것 같았다. 번쩍임은 주위에 가득하지만 조용했다. 이른 봄의 생기가 가득한 느낌이 들면서 황금색 투구를 쓴 존재가 나타났다.

"환영을 지배하는 번개의 천사 라미엘이다. 너의 뉘우침이 나를 일깨웠다."

"시방 꿈이라요?"

"사람은 잠을 자며 많은 시간 꿈을 꾼다. 모든 과학과 마찬가지로 꿈 또한 우리의 행복에 이바지한다. 네가 오늘 꿈을 다 기억하진 못하겠지만 언젠가 깨달음을 얻는 데 도움이 될 것이다. 너에겐 게으름과 분노를 음식으로 풀었던 기억이 정신적 외상으로 남았다. 오늘의 반성으로 늦기 전에 되돌릴 수 있었다. 모든 음식을 경건히 대하고 음식의 이로움과 해로움을 살펴 자비함, 즉 인으로 서로 나누라. 이것이 생명의 변화를 촉진해 너희를 번성케 하시는 주의 뜻이다."

"오늘 내가 느낀 부끄러움 때문이지라. 내가 음식을 사람들한테 노력 없이 받으면서도 그 소중함을 알지 못했어라."

다음날 진오는 어머니에게 사정을 말하고 주말에 집에 있는 김치를 천우에게 가져다주었다. 진오의 이해는 거기까지였다. 중학교 2학년에 올라가며 천우와는 다른 반이 되었다.

정신을 차리니 성진이와 현석이가 걱정스러운 눈빛으로 쳐다보고 있었다. 성진이는 조금 누그러진 목소리로 말했다.

"진오가 갑자기 쓰러진다고 한 것 같은데, 미처 신경 쓰지 못했어. 갑자기 내 화를 주체하지 못하고 소란을 피워서 미안해."

나는 소파에서 일어나 앉았다. 모든 게 기억나진 않았지만, 궁금한 건 풀고 넘어가야 할 것 같았다. 나는 현석이에게 군대에서 무슨 일이 있었고, 복학 후에 교회를 열심히 하는지 물었다. 현석이는 한숨을 쉬며 대답했다.

"차근차근 설명하는 게 우선이겠다. 선우라고 진오도 기억할 거야. 고등학교 3학년 때 같이 친하게 지냈던. 군대 때문에 광주에 내려갔다가 만났어. 반가운 마음에 이런저런 이야기를 하는데 고백할 게 있다고 했어. 어렸을 적부터 해외의 성인 잡지들을 많이 봤지만, 아무런 감응이 없었다고. 고3 때 기숙사 생활을 하며 자기가 여자보다 남자에게 끌린다는 걸 알았다는 거야. 대학 입학 후 좋아하는 남자가 생겨서 집을 나와 행복한 생활을 했다는 거지."

나는 선우가 남자를 좋아한다는 말에 충격을 받아 말했다.

"선우가 호모라는 거야? 아무렇지도 않게 여자애들 괴롭힐 때 조금 이상하다고 생각하긴 했지만, 그런 애와 손도 잡고 같은 침대에서 뒹굴고 했었다니."

"그래 우리가 좀 친하게 지내긴 했지. 그때는 선우가 그런 걸 모를 때고. 문제는 얼마 가지 않아서 부모님이 눈치를 챘고 버릇을 고쳐보겠다고 학교도 그만두게 하고 감금과 다름없는 생활을 시켜 죽고 싶다고 했어. 난 어떻게든 설득해 보려 했지만 자기는 처음부터 이 세상과 맞지 않는다고 했어. 죽어버리는 게 사회를 위해서 도움이 된다는 거야. 그리고 며칠 후 자살했어. 욕실에서 손목을 그었다고 했어. 빈소에 가서 대부분 교인으로 보이는 친척들과 만났어. 더 죄짓지 않고 간 게 차라리 잘된 일이라고 했을 때 숨이 막혔어. 아무리 종교적으로 맞지 않는다고 해도 사람이 그러면 안 되잖아. 그렇게 잊혀갈 선우가 너무 불쌍해서 뛰쳐나왔는데 교회 십자가가 보였어. 목사님이 위로해 주셨고 나는 힘을 다해 기도했어. 정말 신이 존재한다면 선우를 기억해달라고. 성 정체성 하나로 매도되기엔 너무 좋은 친구라고."

현석이는 한동안 숨을 고르고 다시 말했다.

"복학한 후에 지금 다니는 교회에서 신앙생활을 하며 주는 아무리 낮은 존재라도 불쌍히 여겨 준다는 걸 알았어. 우리도 그 의를 배우고 실천하기 위해 노력해야 한다는 것도. 약속을 번번이 미뤄서 미안해. 교회에서 같이 봉사하는 모임이 있는데 나를 기다리는 형편이 어려운 아이들 때문에 어쩔 수가 없었어."

성진이 아까와는 달리 누그러진 목소리로 말했다.

"그래, 평상시에는 주위를 섬길 수 있겠지. 그런데 여기는 사회를 직시해야 하는 대학이잖아. 많은 선배가 피를 흘렸잖아. 왜 불명확한 논리로 사회문제를 감추려는 종교를 퍼트리려고 해? 종교가 해결할 수 있는 문제는 없어."

현석이는 신중하게 대답했다.

"진오가 가끔 쓰러지는 것도 특정한 원인이나 대책도 없잖아. 진오를 어려서부터 봐왔지만 좀 더 복잡한 무엇이 있을 것 같아. 교회의 담임 목사님도 소아마비였지만 신앙을 통해 극복하고 지금도 과학으로 설명하기 어려운 많은 이적을 하셔. 진오도 병이 나을 수도 있지 않을까? 만일 진오만이라도 부흥회에 참석해 준다면 결과에 상관없이 내가 학생회 활동을 다시 할게."

현석이 부흥회에 데려가려는 게 나를 위해서라고 말하자 그동안 강하게만 반발했던 것이 미안했다. 섭섭했었다고 선의를 깎아내릴 이유는 없었다. 친구끼리 조금씩 양보해도 좋을 것 같았다.

제대로 된 봄 투쟁을 위해서 한 사람도 절실했다. 하루를 소비해서 내가 변함이 없다는 것을 보여주고 한 사람을 얻을 수 있다면 나쁘지 않은 제안이었다. 나는 부흥회에 참석하기로 했다.

　공동강의동에 심리학 수업이 있는 날이었다. 심리학은 수강할 수 있는 교과목이 다양하지 않아 듣게 된 수업이지만, 나에게 일어나는 일도 심리적 요인으로 설명할 수 있나 하는 궁금증도 있었다. 끝나고 부흥회에 참석하기로 했었다.

　수업을 들으러 자취방을 나섰다. 주택가 골목을 조금 지나면 옆문이라 부르는 시멘트 블록 담 사이의 작은 철문이 나온다. 이 철문을 지나 쭉 직진하면 식당이 나왔다. 식당을 끼고 캠퍼스 가운데 도로를 따라 조금 내려오면 공동강의동이다. 자리에 앉아 기다리자, 시간강사로 보이는 젊은 여자가 들어왔다. 단발에 정장 바지를 입고 있었다. 사무적으로 출석을 부른 후 수업을 진행했다.

　"과거의 심리학은 상담 자료를 바탕으로 추론이나 추측이 대부분이었으나, 현대에는 풍부한 임상시험 자료를 바탕으로 의학적인 접근이 많이 이뤄졌습니다. 우리가 의미라고 부르는 것은 시상을 거쳐 대뇌피질에 투사된 심상을 각자의 정보계로 해석한 것입니다."

　해석된 결과가 신경망 간의 관계를 만들고 승리한 시나리오에 의해 의사결정이 이루어진다는 내용이 지루하게 이어지자, 한 학생이 손을 들고 질문을 했다.

　"교수님 사람이 기계는 아니잖아요. 그렇게 논리적으로 따져서 합리적인 행동을 하는 사람이 어디 있겠어요. 저는 제 마음이 원하는 걸 먼저 생각해요."

　무거웠던 분위기가 깨어졌다. 다들 호기심에 강사의 얼굴을 쳐다봤다. 강사는 한참을 생각하다 대답했다.

"학생들은 자기 마음이 뭘 원하는지 진짜 안다고 생각해요? 오늘날에도 사람들은 자신의 마음보다 자동차에 관해 더 많은 것을 알고 있습니다. 마음은 다음 날에도 살아남기 위해 꼭 알아야만 하는 세계의 부분들만 밝게 비춰볼 뿐 나머지 부분들에 대해서는 거의 장님이나 다름없어요."

마음은 의식하는 경험과 잠재의식의 흐름이라는 더 어려운 대답에 모두 말이 없었다. 또 다른 학생이 도전적으로 질문했다.

"교수님 강의가 너무 어려워서 제가 지금 무척 우울합니다. 감정에 따라 마음도 달라질 수 있나요?"

강사는 또 한참을 생각했다.

"의식의 시나리오들이 자극 때문에 추동되고 감정에 의해서 강화되고 수정됩니다. 의식은 역동적 안정 상태를 얻기 위해 행동하고 반응합니다."

더 이상 질문하는 학생이 없었다. 강사는 계속 설명했다.

"이렇듯 현재의 심리학은 뇌에서 어떻게 지각하고 감정을 느끼며 의식하는지는 설명하지만, 개별 의식을 넘어선 마음이나 영혼 또는 사회의 집단지성을 설명하지는 못하고 있습니다."

강의를 들으면서 이게 심리학인지 생물학인지 구별이 되지 않았다. 사람이 어떻게 감각을 통해 사물을 인식하고 느끼는지 배웠지만, 내가 갑자기 쓰러지는 이유를 이해하는 데 도움이 될 것 같지 않았다. 수업이 끝나고 진미김밥에서 현석과 만나 간단히 요기하고 교회에 가기로 했다. 버스정류장은 정문으로 가는 것보다 옆문을 통해 주택가를 지나는 게 빠르다. 옆문을 빠져나와 단독주택들이 늘어선 골목을 나설 때쯤이면 제법 큰 슈퍼가 있었다. 슈퍼에는 간판이 없는데 큰 전봇대가 앞에 있어 전봇대슈퍼라고 불렸다. 멀리선 잘 보이지 않지만 가까이 가면 그 옆에 '진미김밥'이라는 자그마한 간판이 붙은 분식집이 있었다.

분식집에 들어가자, 현석이 기다리고 있었다. 분식집에는 가끔 아주머니 딸이 와서 서빙을 도왔는데, 이제 막 고등학교를 졸업한 듯 수수했고 두 갈래로 땋은 머리가 단정하고 예뻤다. 일부러 단무지를 빨리 먹고 더 달라고 한 적도 있었다. 단무지를 주며 웃는 모습에 살짝 설렜었다. 그날은 아주머니만 있었다. 김밥과 오뎅으로 간단히 요기하며 현석의 요구를 들어주는 게 맞는지 확신이 없어 마음이 불편했다. 다 먹고 현석이는 얼마인지 물었다.

"사천오백 원이요."

현석이는 만 원을 냈다. 사장님은 사천오백 원을 거슬러줬다. 그냥 나오는 현석이에게 물었다.

"사장님이 착각하신 것 같은데, 왜 말 안 했어?"

"어 그냥 민망하실 것 같아서. 나중에 생각나면 주시겠지."

난 한참을 생각하다 현석이가 분식집 딸에게 관심이 있다고 결론 지었다. 식사 후에 버스표를 사기 위해 슈퍼에 들렀다. 버스표를 사서 계산하고 있는데 한쪽 벽에 걸려있는 한지에 그려진 수묵화가 눈에 들어와 멍하니 쳐다보았다. 변하지 않는 진실처럼 단단한 산과 너무 신경 쓰지 말라는 듯 은은하게 감싸고 있는 구름, 그리고 오랜 세월을 지켜본 나무들이 그려져 있었다. 나의 시선이 그림에 멈춰있는 것을 눈치 챈 주인아저씨가 말했다.

"참 잘 그렸지? 나는 한지에 그려진 수묵화가 세상과 닮아 있어서 좋아. 세상이 모두 연결된 것처럼 수묵화도 어느 것 하나 단절되는 게 없지. 잘 간 먹물로 한지에 선을 그리면 먹물이 번지고 모양을 잡지. 그리는 사람도 번질 것을 예상해 예의를 지키고, 받아들이는 종이도 정해진 농도에서 타협하지. 먹과 종이는 단순하지만, 세상의 진실을 잘 표현하고 있어. 뉴스에서 부자들이 골프와 승마를 하는 걸 보면 여기 앉아 물건 파는 내가 한심하다가도 믿음을 가진 사람이 어려운 이웃을 위해 희생하는 걸 보면 함께 사는 세상임을 느껴."

수묵화를 보며 오랜 친구인 현석이의 마음을 받아주길 잘했다고 생각했다. 나는 믿음이 부족했다. 오히려 몇 가지 단편적인 사건으로 믿음을 가진 사람을 조롱했었다. 사이비와 잘못된 신앙인이 나타난다고 해서 각자의 마음속 믿음을 무시해서는 안 될 것 같았다. 한참을 보고 있던 나는 계산대 앞에 있던 이웃사랑 모금에 이만 원을 넣었다. 현석이와 주인아저씨가 놀라는 눈치였으나 뭐라 하진 않았다. 가게를 나와 홀가분한 마음으로 버스에 올랐다.

교회는 학교에서 멀지 않은 곳에 있었다. 저녁 어스름에 다섯 정거장쯤 가다 버스에서 내렸다. 길을 건너자 크지는 않지만 새로 지은 듯 아담한 믿음교회가 있었다. 입구에는 단발이지만, 풍성한 머리에 넓은 이마가 잘 드러난 선한 인상의 여전도사가 안내문을 나눠주고 있었다. 바깥은 도로 옆이라 시끄러웠지만, 실내는 밝고 따뜻했다. 어차피 현석을 위해 시간을 낸 것일 뿐 무엇인가를 배우거나 달성하려고 온 것도 아니었다. 적당히 쉬었다 가자고 마음먹었다.

안에는 이미 많은 사람으로 북적여 앞자리로 갈 수는 없었다. 나는 현석이와 함께 뒤쪽 바닥에 자리를 잡았다. 행사가 진행되는 과정에 혼자 찬송가를 부르거나 소리 내어 기도하는 사람들도 눈에 띄었다. 인도자가 다 같이 손을 들고 찬송하자고 했지만, 아직 믿음이 없는 나는 손을 들기가 어색해 적당히 손뼉을 쳤다. 장내가 정리되고 목회자의 설교가 시작됐다.

"함께 할 수 있는 이웃이 있어야 좋은 사회입니다. 여러분이 그 이웃이 되어주십시오. 마태복음 5장 44절에서 주는 우리에게 원수도 사랑하라 하셨습니다. 오늘도 십자가를 지고 갈 우리의 영혼을 불쌍히 여겨달라고 주님께 함께 기도하겠습니다."

목회자가 기도하자 주위의 많은 사람이 통성기도를 했다. 가끔 울음이 섞여 나왔다. 분위기에 이끌려 나도 어쩔 수 없이 눈을 감고 기도하는 척했다.

갑자기 주위가 조용해져 눈을 떴는데 아무것도 보이지 않았다. 입구에서 보았던 여전도사가 반가부좌를 하고 목회자가 있던 자리에 앉아 있었다. 먼 미래를 생각하는 듯 깊은 생각에 잠겨 있었다. 나를 보고 아득한 목소리로 말했다.

"세상에는 많은 울림이 있지? 그중에 가장 깊은 것은 참회의 울림이야. 욕심과 방황을 한 몸에 지닌 인간이기에 감수해야 할 어려움과 후회, 아쉬움이 공명할 때 진정한 화합과 은혜의 울림이 일어날 수 있어."

그녀는 일어나 내 손을 잡더니 어디론가 데려갔다. 침향이 가득한 곳에 나를 앉히더니 부드럽게 어루만졌다. 내 눈에서는 눈물이 흘렀다.

슬롯머신의 기억이 되살아났다.

슬롯머신

독서실을 운영하며 공부하던 진오의 아버지는 공인중개사에 합격하며 직업을 바꾸었다. 좋은 땅이 나오면 건축도 하였는데, 돈이 부족해서 집을 짓고 팔릴 때까지 새집으로 옮겨 다녔다. 월산동으로 이사하자 진오는 학교에 걸어 다닐 수 있었다. 중간에 행복오락실이 있었다. 가게 한쪽을 막아 살림집으로 쓰고 있었다. 예전에 갔던 오락실보다 종류도 많고 규모도 컸다. 그중에 슬롯머신이라는 평소에 못보던 게임기가 있었다. 돈을 넣으면 코인이 올라가고 베팅을 해서 돌리면 나오는 무늬나 숫자에 따라 코인을 받았다. 보상을 받으면 높낮이 게임으로 액수를 높일 수도 있었다. 마지막에 남은 코인만큼 돈이나왔다. 당연히 주인이 조절해 놓았을 테지만 종종 많은 돈을 가져가는 애들도 있었다.

진오는 슬롯머신이 사람을 알아보지는 못할 테고, 도대체 어떤 경우에 돈을 따게 되는지 관찰했다. 그러던 중 베팅을 많이 해서 잃은 사람 뒤에 베팅을 줄여서 게임을 하면 돈을 딴다는 것을 발견했다. 한 달에 받을 수 있는 용돈 천원에서 이백 원 정도를 남겨서 게임을하기로 했다.

긴 기다림의 연속이었다. 누군가 한번 게임을 시작하면 잔뜩 열이 받기 때문에 게임을 하던 중간에 치고 들어갈 수는 없었다. 또한, 게임기는 항상 균형을 맞추려고 해서 이미 얼마간 코인을 얻어간 기계에서 게임을 하면 손해였다. 인내심을 갖고 사람들이 지쳐 떨어질 때쯤 마지막에 돈을 많이 딴 기계를 기다렸다. 시간이 늦어 대부분이 집에 갈 때쯤 혼자 남아 한 포인트씩 배팅했다. 많은 돈은 아니지만 이백 원이 다 떨어질 때쯤 천 원 정도를 벌었다. 참 좋은 오락 기계였다.

그렇게 풍족하게 몇 달을 즐기던 오월의 어느 날, 학교가 늦게 끝났다. 비도 오고 있어 춥고 배가 고파 그동안 아껴두었던 용돈으로 어묵에 핫도그를 사 먹었다. 진오는 혹시나 하는 심산으로 이백 원을 남겼다. 이미 어두워져 오락실에 애들은 없고 불만 환하게 켜져 있었다.

음성이 들렸다.

"혹시 모르니 가서 게임을 해봐. 어차피 뱃속에 들어가 사라질 거였잖아. 이제 가게도 문 닫을 시간이니 오락기도 온종일 많이 벌었을 거야."

행복오락실 간판에 불은 꺼졌지만, 실내가 환했고 아직 가게 문은 닫지 않았다. 나는 오랫동안 지켜본 후 게임을 한다는 규칙을 버리고 그냥 운에 맡긴다는 심산으로 오락실 문을 열고 들어갔는데 아무도 없고 소란스러웠다. 가게의 살림집에서 내외가 한참 부부싸움을 하고 있었다.

"돈 없다고 콧구멍만 한 가게에 살림 차렸으믄 일이라도 같이 해야제."

"내가 시방 놀러 댕기냐?"

"애는 아파서 칭얼대는데 병원도 못 데려가고 종일 싸돌아다닙스

롱 코빼기도 안 보인다냐?"

"새로 들여놓을 기계도 봐야 하고 한 푼이라도 더 벌 수 있는지 찾아댕긴다 안했냐."

"저녁에 기어들믄 혼자서 가게하고 집안일을 워치케 다한다냐."

"급하믄 언니나 동생에게 부탁해야제. 맨날 가족이라는 말만 하고 뭐한다냐?"

진오는 오십 원짜리로 동전을 바꿔야 해서 그 모습을 물끄러미 쳐다보고 있었다. 주인 부부도 민망했는지 얼른 동전을 바꿔주고 문을 닫은 후 계속 말을 이어 나갔다. 진오는 자리에 앉아 이백 원을 넣었다. 가끔 코인 몇 개를 따긴 했지만, 대세를 거스르진 못했다. 아쉬움이 남았다. 자꾸 돈이 쏟아졌던 기억이 되살아났다. 순간 나사못이 눈에 들어왔다. 항상 늦게까지 남아 있었던 탓에 주인아저씨가 드라이버로 열고 돈을 꺼내는 것을 몇 번 본 적이 있는데 오늘따라 나사못이 다 잠겨 있지 않았다.

다시 음성이 들렸다.

"나사못 몇 개만 돌리면 거기 네가 먹고 싶은 만큼 사 먹을 수 있는 돈이 있을 거야. 슈퍼에서 과자 훔치는 것과 같아. 어차피 여기 안 들어왔으면 배부르게 먹었을 네 돈도 거기에 있잖아."

진오는 주인 방을 한번 살펴보았다. 여전히 부부싸움으로 시끄러웠다. 떨리는 손으로 나사를 돌렸다. 손에 땀이 찼다. 세 모서리의 나사를 풀자 뚜껑이 돌아갔다. 동전통에 반짝이는 오십 원짜리 동전이 가득 차 있었다. 진오는 땀이 찬 손으로 동전을 조금씩 호주머니에 담았다. 그렇게 이만 원가량이 생겼다.

진오는 무엇인가 잘못되었다고 느꼈다. 과자와 초콜릿과 같이 당장 먹을 수 있는 것도 아닌데 물건을 훔쳤다. 그러나 지금은 그런 고민을 할 때가 아니었다. 급하게 가게 문을 나섰다. 어차피 애들 돈을 노리는 오락실 주인의 잘못이라고 생각했다. 다시는 이곳에 오지 않으리라 다짐했다. 어느새 비가 갠 하늘은 다시 보라색으로 바뀌어 있었다.

급하게 집에 갔는데 누나가 있었다. 어서 들어오라며 반갑게 맞았다. 진오는 호주머니에 가득 찬 동전을 어쩌지 못하고 입구에 우두커니 서 있었다. 누나는 동생이 왜 집에 들어오지 않을까 의아해했다. 진오는 뭔가 설명하려다 그만두었다. 누나는 무엇인가 난처한 상황이라는 걸 이해한 듯 더 책망하지 않고 주방으로 들어가며 말했다.

"비 맞고 오니라 피곤할텐디 언능 싯쳐라. 누나가 밥 차려 줄탱께."

진오는 겨우 방으로 가서 동전을 책상 서랍에 몰아넣고 젖은 옷을 벗고 씻었다. 몸을 씻고 나오자, 누나가 말했다.

"진오 한참 사춘길텐디 누나가 고등학교 삼학년이라 많이 챙겨주지 못해 미안하다. 부모님이 우덜 잘 가르치시려고 힘드신데 무슨 일이 있었더라도 몸 상하지 말고 건강하게 지내라 잉."

진오는 밥을 꾸역꾸역 먹었다. 더운 음식이 들어가자 마음이 놓였다. 어묵이 맛있었다. 아침에 엄마가 이제 없다고 했는데 어묵이 어디서 났는지 물었다. 누나는 빙긋 웃으며 대답했다.

"엄마가 저녁에 오면 먹으라고 놔두셨는데 너 생각나서 안 묵고 남겼다."

진오는 먹다 말고 아까 왜 아무것도 묻지 않았는지 물었다. 누나는 우린 식구니까 네가 말하고 싶을 때까지 기다려 주는 게 좋을 것 같았다고 했다. 진오가 말하기 곤란한 뭔가 사정이 있을 거라 짐작했다는 것이다. 누나는 집안 분위기를 어떻게든 화목하게 하려고 했다. 누나의 배려가 고마웠다.

진오는 그날 밤에 크고 튼튼한 몸에 화사한 두건을 두른 존재를 보았다. 두건에는 깨알 같은 글씨가 정교하게 새겨져 있었다.

"불꽃의 천사 우리엘이다. 우리가 죄로 죽게 되었을 때 화목제로 조화롭게 되었다. 제물의 기름을 벗기고 기쁨으로 이웃과의 관계를 회복하라."

"오늘 돈을 훔쳤어라. 저도 무엇인가 잘못됐다는 걸 알겠는데 그게 뭔지를 모른당께요."

"너의 탐욕이 어디서 오느냐? 그 시작은 필요였으나 그 진행은 불안이다. 불안에 의한 탐욕은 끝이 없으니, 너에게 주어진 하루를 충실히 살되 불안의 찌꺼기인 탐욕은 모두 불태워라. 주는 너에게 매일의 달란트를 주시니라. 너에게 주어진 달란트를 잘 살펴 세상을 화목하게 하는 데 사용하라."

다음날부턴 풍족한 삶이 이어졌다. 오락실에서 동전을 훔친 지 한 달쯤 지났을 때였다. 진오는 오락실을 지나치며 가게 안을 넌지시 관찰했다. 여전히 아이들로 북적댔다. 이만 원을 주워 담을 때의 긴장감과 돈을 집어넣을 때의 쾌감, 주인에 대한 죄책감, 어차피 부부싸움 중이었다는 위안 등이 되살아났다. 오락기가 무척 보고 싶어졌다.

음성이 들렸다.

"아주 잠깐만 보고 나오면 안 될까? 주인이 있더라도 한 달 전에 돈을 바꿀 때 잠깐 보았던 애를 지금까지 기억하진 못할 거야."

진오는 마음을 놓고 오락실에 들어가서 슬롯머신을 한창 바라봤다. 누군가 자신을 보는 것 같았다. 혹시나 하는 마음에 고개를 돌렸는데 주인아저씨와 눈이 마주쳤다. 달려야 한다는 생각이 들었지만, 그 살기 어린 눈빛에 다리가 떨어지지 않았다. 진오는 어느새 아이들이 모두 사라지고 없는 적막한 오락실에 진오를 위해 깎아놓은 몽둥이와 마주했다.

"이 쥐똘만 한 새끼가 여가 어디라고 돈을 훔치고 그라냐? 내가 너 죽여불라고 이거 깎아놓은 거 보이징? 대갈빡을 아작낸 다음 경찰에 넘겨서 다시는 세상 빛을 못 보게 해불랑께. 이 동네 경찰이 내 친구당께. 너 이젠 뒈졌다고 생각해라 잉."

진오는 매를 맞는 것도 무서웠지만, 지금 잡혀가면 시커멓고 어두운 감옥에 갇히고 정상적인 사회에서 떨어져 평생 그늘만을 찾아 살거라는 말에 완전히 넋이 나갔다.

"아재 뭐든 시키는 대로 할랑께 지발 경찰만 부르지 말랑께요. 지가 그날 정신이 나가서 그라지 겁나게 착하당께라."

진오는 마치 아저씨가 판사라도 되는 것처럼 매달렸다. 오락실 주인은 진오가 완전히 넘어갔다는 판단에 조건을 말했다. 학교와 반을 확인하고 가방을 맡아 둘 것이니 십만 원을 구해오면 용서해 주겠다고 했다. 진오는 가방을 빼앗긴 채 왜 이만 원을 훔쳤는데 십만 원을 갚는지 따지지도 못하고 오락실을 나섰다.

집으로 오는 길에 지나치는 트럭을 보며 뛰어들고 싶었다. 그러나 쌩 하고 지나가는 트럭 소리에 놀랐다. 트럭이 지나간 후 잡아당기는 느낌에 화들짝 멀어졌다. 무서웠고 용기도 없었다. 비틀비틀 집에 들어갔다. 아직 아무도 집에 오지 않았다. 이대로 집을 나가서 도망가고 싶었지만, 찾아갈 사람도 장소도 떠오르지 않았다. 집에 돈이 있을 만한 곳을 필사적으로 생각했다. 그때 아버지가 올라가던 다락이 떠올랐다. 분명 다락방에는 자주 쓰지 않는 짐들만 놔두는데 아버지가 주기적으로 올라가는 데에는 이유가 있을 것이다. 다락에 올라가니 이제는 입지 않는 옷가지도 보였다. 먼지 쌓인 상자에는 오래전에 읽었던 책이 있었다. 책들을 뒤적이다 진오는 비상금을 발견했다.

음성이 들렸다.

"그래, 지금 그 돈을 가져다주고 모든 일을 잊어버리는 거야. 이 집에서 넌 아직 어리고 약하니까 무조건 모른다고 하면 벗어날 수 있어."

진오는 십만 원을 가지고 오락실로 갔다. 가는 길에 얼굴은 굳어 있었지만, 눈물이 흘렀다. 오락실에 십만 원을 주고 가방을 받았다. 오락실 주인은 이 꼬마가 어디서 돈이 났을까 의아해하는 눈치였지만, 금세 공돈이 생긴 것에 만족해했다. 진오는 차마 아버지의 얼굴을 똑바로 바라보지 못하고 며칠을 보냈다. 아버지가 자꾸 다락에 오르내리기를 반복했다.

몇 번을 확인하던 아버지가 진오를 불렀다.

"진오야. 집에서 돈이 없어졌는데 짐작 가는 거 없냐?"

진오는 도둑이 들었을 수 있다고 최대한 모르는 척 말했다. 잠시 생각하던 아버지가 다시 말했다.

"그랬을 수도 있겠구나. 하지만 귀중품은 남아 있단다. 비상금은 다락에 있는 책 상자에 넣어놨는데 십만 원만 없어졌더구나."

아버지는 아무렇지도 않게 쳐다보았지만, 진오에겐 더는 거짓말하면 큰일 날 것 같이 느껴졌다. 떨리는 목소리로 말했다.

"아버지 죄송혀라. 제가 훔쳤어라. 돈을 안 주면 감방에 가야 한다고 했어라."

진오는 설움에 겨워 통곡했다. 아버지는 화를 참으시며 우선 진오의 자초지종을 들었다. 이야기를 다 들으시고 회초리가 부러질 때까지 때렸다. 부러진 회초리를 한참 바라보시더니 다음부터는 먼저 말해달라며 조용히 안아 주셨다. 진오는 탐욕과 교만의 이야기를 들은 것에 대해 후회했다.

그날은 밤에 붉은 반지를 낀 존재가 나타났다. 반지에는 풍요로운 영혼의 울림이 있었다.

"치유의 천사 라파엘이다. 잘못을 잘라내고 없애려 하지 말고 너희를 굳건히 하여 다시 빛나게 하라. 이것이 창조의 날부터 주가 너희에게 준 진정한 치료의 은사이니라."

"나타나 줘서 고마워라. 무엇인가 많이 어긋났어라. 저는 호기심에 저지른 일인데 제가 저지른 잘못 때문에 저와 가까운 사람이 힘들어 한당께요."

"정신이 자아의식과 콤플렉스로 구성된다면, 두 구조에 활기를 불어넣고 생명을 부여하는 힘을 정신 에너지라 한다. 정신 에너지는 자아가 본능에 휘둘리지 않고 도덕적 본성에 가까이 가도록 유도한다. 사람들과 함께하고 싶으냐? 네가 모든 것을 할 수 있다는 교만을 내려놓고 주위를 보아라. 네 아버지는 본인의 생각을 접어두고 너를 존중함으로 너의 교만에 경종을 울렸다. 모두 조금씩 부족하고 연약할지라도 우리 주 앞에서 형제이니 그들의 이야기를 듣고 존중하라. 그존중이 바로 도덕이며 서로를 다시 빛나게 할 것이다."

어디선가 부르는 소리가 들렸다.

"아버지 감사합니다. 당신의 은총으로 성령이 이 교회에 임하였습니다. 불쌍한 이 영혼을 아버지 품으로 구원하셨습니다. 이제 이 영혼이 나아갈 길을 스스로 말하게 하소서."

누군가 내 머리에 손을 얹고 있었다. 아까 보았던 믿음교회의 담임 목사였다. 주변의 사람들이 목사와 나를 둘러싸고 있었다. 내 몸의 공명이 커지며 입술이 열리더니 알아들을 수 없는 말을 했다. 말하기가 그치자, 주위가 눈에 들어왔다. 모두가 나를 보고 같이 기도하고 있었다. 아까 보았던 여전도사가 내 말을 해석했다.

"내가 너희를 사랑해 나아갈 길을 보여주려 하나 단절돼 알아듣지 못하는구나. 너는 나의 영이 번지고 스밀 수 있는 틈이 많은 지체이니 주어진 소명에 감사하라. 너에게 충분히 나의 영이 스민 후에 세상에 이를 전파하는 도구로 쓰리라."

안수기도가 끝나고 주위 사람들이 방언의 은사를 받은 것을 축하했다. 그러고 보니 원래 있던 일 층이 아니었다. 지하의 작은 방에 앉아 있었다. 내가 주의 선택을 받았으니, 말씀을 전할 것이라고 했다.

방언할 때의 감정과 그때의 눈물이 떠올랐다. 갑자기 부끄럽고 화가 났다. 이런 상황의 계기를 만든 현석에게, 손을 올리고 찬송을 하던 사람들에게, 설교하던 목사에게, 그렇게 맥없이 당한 나에게 가장 많이 화가 났다. 도망치듯 그곳을 빠져나와 버스정류장으로 갔다.

버스를 타고 학교로 돌아오며 아까의 감정을 되돌아보았다. 대승 환합회의 저주도 감당하기 힘든데 방언까지 했으니 이러다 죽겠구나 싶었다. 그럴 수밖에 없는 운명이라면 받아들여야 했다.

상록캠퍼스는 송악캠퍼스와 상황이 아주 달랐다. 사람보다 나무가 많았다. 예전에 마로니에 나무가 있었는데 학생들이 술을 너무 많이 주어서 말라 죽었다고 했다. 역사가 오래된 만큼 나무가 많이 심어져 백 년이 넘은 나무들이 숲을 이뤄 전체적으로 차분한 분위기를 연출했다. 나도 생각을 정리할 때 큰 나무 밑에서 술을 마시는 걸 즐겼다. 교회에서 돌아오는 버스에서 내려 막걸리를 사기 위해 슈퍼에 들렀다.

막걸리와 떡볶이를 사서 성진을 불렀다. 김상진 동산 옆 제법 커다란 플라타너스 밑에 자리를 잡고 술을 먹었다. 취기가 어느 정도 오르자, 몸도 마음도 따뜻해졌다. 성진이 부흥회는 재미있었는지 맛있는 음식은 많았는지 물었다. 나는 말없이 막걸리를 마셨다. 성진이 궁금한 듯 다시 물었다.

"왜 무슨 일 있었어? 마음에 드는 여자라도 만난 거야?"

나는 마지못해 일 층에 앉았는데 어느 순간 지하에서 방언하고 있었다고 대답했다. 성진은 교회에서 약이라고 탄 거냐고 방방 뛰었다. 전도사들이 통역한 내용을 설명하자 코웃음을 치며 말했다.

"네가 병을 앓고 있으니 그런 거잖아. 그래서 이젠 교회에 다니려고? 21세기에도 종교가 성행하는 걸 이해할 수가 없어. 화석을 어떻게 설명해. 스스로 창조한 생물을 주기적으로 멸종시켰잖아. 노아 홍수 이전의 멸종은 모세에게 알려주고 싶지 않은 거야? 중세 암흑시대를 끝내고 프랑스 대혁명을 이끌었던 수많은 선각자가 아직도 이천 년 전에 쓴 책을 진리라고 믿고 가르치는 지금 상황을 보면 황당할 거야."

성진은 이해하기 어렵다는 듯 바라봤다. 나는 워낙에 이상한 경험을 많이 하는 몸이었다. 그렇다고 어떠한 확신도 없었다. 아직은 저주에 대한 저항도 방언에 대한 이해도 부족했다. 하지만, 내가 확신할 수 없는 것에 대해 함부로 말하거나 규정해서는 안 될 것 같았다. 잘 모르는 것에 대한 경외감, 그것이 현석이 말하려는 종교이지 않을까 어렴풋이 짐작되었다.

두두두두. 콘크리트 바닥을 깨는 소리에 잠에서 깼다. 일요일 점심 때가 한참 지나서였다. 전날 늦게까지 술을 먹어 입안이 텁텁했다. 옆집에 있는 찬영 선배를 깨워 라면이라도 끓여 먹어야 했다. 적당히 씻고 선배 자취방으로 건너갔다. 방문을 열자, 술과 찌든 담배 냄새가 섞여 나왔다. 거실 소주병에 담배꽁초가 가득했다. 문을 열고 청소하며 선배를 깨웠다. 선배는 청소가 끝날 때쯤 일어나 담배를 하나 태우고 라면이 익을 때쯤 씻고 나왔다. 잡다한 일은 내가 하지만 술과 라면은 찬영 선배가 샀다.

나는 예전보다는 좀 더 도덕적인 삶을 살기 시작했지만, 생활이 크게 달라지진 않았다. 현석은 방언하고도 신앙생활을 계속하지 않는 나를 이상하게 여겼다. 나 또한 부흥회에 참석했는데 학생회 활동을 도와주지 않는 현석이 이상했다. 한 번의 사건이 인생 전체를 바꾸는 일도 있겠지만 대부분 사건은 삶의 관성에 묻히고 살아왔던 대로 살아가게 된다. 나는 수업이 있으면 수업에 들어가고, 없으면 과방에서 시간을 보내고, 일이 생기면 노력 동원하는 삶의 연속이었다.

날이 따뜻해지고, 주말이면 연인이나 가족들이 도시락을 싸서 놀러 왔다. 수원의 상록캠퍼스는 심훈의 '상록수'에서 유래했다. 소설의 내용처럼 농민들을 계몽한다는 의미와 학생들이 항상 푸르른 나무처럼 활기차게 지내라는 뜻이었다. 수목이 대부분 백 년이 넘은 교목으로 크고 아름다웠다. 학기 말에 가까워지자, 수업이 없는 금요일 오후 후배들이 내려왔다. 퇴직한 명예교수가 전공 학생 전체를 대상으로 '창발과 통섭'에 대한 특강을 했기 때문이다.

"개미는 호르몬 교환이라는 단순한 방법으로 살지만, 규모가 커지면 아름다운 개미집이 만들어집니다. 아주 단순한 사건이라도 복잡성이 커지면 우리가 예측할 수 없는 창조성이 나타난다는 것이 창발입니다. 공학도는 문제를 해결하는 사람이고 현대의 문제는 복합적입니다. 여러분이 각 분야를 아우르는 통섭과 피드백 사고를 통해 문명의 도약을 이루어야 합니다."

대부분 학생은 학점만 따면 잊어버려서 전혀 피드백이 안 되는 공부가 많이 찔리는 눈치였다. 하지만 다 같이 노는 분위기를 바꾸진 못했다. 나는 특강이 끝나고 선후배들과 함께 학과 건물 앞 김상진 동산에서 술자리를 가졌다. 며칠 전 내린 비로 건너편 연못에 물이 가득 찼다. 조금 덥다 싶으니 어릴 적 친구들과 하던 물놀이가 떠올랐다. 그때 성진이와 현석이 아니었다면 나는 어떻게 됐을지 궁금했다. 성진은 야학 봉사하러 올라갔고 현석은 술자리에 참석하지 않았다. 한참 술을 마시다 승호 선배가 김민기의 상록수를 불렀고 모두가 따라 불렀다.

승호 선배는 평상시에는 무뚝뚝한 편이었지만 스스로에게는 엄격하고 주위엔 너그러웠다. 술 한 잔 들어가면 노래를 부르는 낭만적인 면도 있었다. 노랫소리가 제법 컸지만, 학과가 캠퍼스 가장 안쪽이어서 도서관과는 거리가 워낙 멀었고 방해를 받을 만한 연구실의 대학원생들은 학과 선배들이라 묵인해 줬다.

새벽 두 시가 가까워지자, 정리하고 마무리하는 분위기였다. 그런데 한참 후배들에게 말하던 찬영 선배가 한일이에게 명령하듯 말했다.

"용 꼬리. 술이 떨어지니 후배들 교육이 안 된다. 쓸데없이 옆에서 주접떨지만 말고 가서 술 좀 더 사 와라."

우리가 수원에 내려온 후로 찬영 선배가 많이 변했다. 원래 자존심이 강한 건 알았지만 배려심이 많은 사람이었는데 근래에는 강압적이고 화를 많이 냈다. 특히 아랫사람을 무시하는 경향이 있었다. 이해할 수 없다는 듯 멍청하게 쳐다보는 한일이가 지금 전봇대 문 닫을 시간이라고 대답했다. 찬영 선배는 더 호기롭게 말했다.

"그럼 두드려 깨워. 어차피 우리가 이렇게 술 마시는 것도 민족과 민중을 걱정하기 위해서인데 그까짓 잠 좀 깨운다고 문제 될 것 있어? 우리가 하는 것처럼 장사도 최선을 다해야. 영업시간을 문 앞에 붙여놓은 것도 아니고 장사하다 보면 늦게 사러 올 수도 있지. 파는 사람이 피곤한 것까지 생각하며 물건을 사러 가야 해?"

　나는 참지 못하고 선배 왜 그러냐고 따졌다. 그 아저씨 저녁에 잠이 많아서 항상 조시다 문 닫지만, 버스정류장 가는 길이라 새벽부터 일어나 장사하시는데 어떻게 깨우냐고 했다. 우리가 학생운동 하는 것도 다 같이 잘사는 폼나는 좋은 세상 만들자는 취지 아니냐고 말했다. 찬영 선배는 짜증 섞인 목소리로 말했다.

　"고민도 없이 훈계질이야. 학생회 일을 하겠다는 녀석이 그렇게 작은 일도 강단 있게 못 끊어내서 어떻게 하겠다는 거야. 우린 아방가르드야. 전투할 때 선두에서 적진을 향해 돌진하는 부대처럼 민중의 희생 위에서 온몸을 불살라 시대를 끌고 가야지. 이곳은 김상진 열사가 민주주의라는 나무는 피를 먹고 자란다는 말을 남기고 할복자살하신 곳이야. 오늘 조금 피곤해 봐야 내일 저녁에 조금 더 졸겠지. 오히려 하루 지나면 매출 올랐다고 좋아할 거야."

　나는 모두가 존중받는 것이 우리가 하려는 운동이라는 말이 목까지 차올랐다. 승호 선배가 나섰다. 많이 취한 것 같다며 들어가자고 했다. 찬영 선배는 잠시 주춤하더니 작심한 듯 말했다.

　"형. 그렇게 오냐오냐하니까 후배들이 말을 안 듣는 거예요. 술 좀 사 오라는 게 뭐 대단한 일이라고 해요. 지금 후배들 눈이 초롱초롱해서 듣고 있잖아요?"

　더 말해 봐야 좋은 소리도 못 듣고 들볶일 것 같았다. 나는 그냥 내가 다녀오겠다며 가게로 뛰어갔다. 다행히 가게 문을 닫기 직전이어서 소주와 과자 몇 가지를 살 수 있었다. 돌아오는 길에 불 꺼진 진미김밥 간판이 눈에 들어왔다. 막상 돌아와 보니 한일이가 혼자 울고 있었다.

승호 선배가 집에 들어가자고 설득해서 다들 들어갔다고 했다. 자리를 정돈하고 있는데 찬영 선배가 다시 돌아와서 얼차려를 하고 때렸다는 것이다. 나는 한잔하고 잊어버리자며 한일이를 다독이고 자리를 정돈했다. 나는 소주를 들이켜며 내 옆에 있어줘서 고맙다고 했다. 한일이는 의아하다는 듯 말했다.

"얘는 별소리를 다 하네. 우린 일학년 때부터 함께 한 친구잖아. 함께 영화도 보고 동아리 활동도 하고 참 많은 추억이 있었지. 물론 나는 너만큼 열심히 살지는 못했지만"

일학년 때를 회상하며 스터디 모임 빼고는 너도 열심히 살았다고 말했다. 한일이의 눈이 반짝였다. 그는 정색하고 진지하게 말했다.

"사실 난 지금도 그 부분은 별 관심 없어. 전공도 아닌데 수많은 가정과 가설 위에 세워진 무엇 하나 증명할 수 없는 이론이 별로 와 닿지 않아. 난 여자 친구와 같이 있는 시간이 좋아. 이 세상을 살아가는 의미는 사랑이 전부라고 생각해. 문제는 그런 나를 찬영 선배가 대놓고 무시한다는 거지."

나는 그제야 찬영 선배가 한일이에게 함부로 하는 이유를 짐작할 수 있었다. 엘리트 의식이 있는 찬영 선배에겐 폼생폼사만 추구하며 자신이 선택한 사랑에만 철저한 한일은 한심해 보였을 것이다. 찬영 선배의 거만한 눈이 떠올랐다.

주위가 어두워졌다. 산들바람이 불었다. 바람에 풀들이 누웠다. 내 몸도 풀숲 위에 겹쳤다. 불어오는 바람에 따라 머리를 양 갈래로 땋은 그녀가 나타났다. 그녀가 나에게 찬탄하고 예배하며 머물려 했다. 손에 든 꽃을 흔들자, 아지랑이처럼 내 몸은 피어올랐다. 한 번 더 꽃을 흔들자, 아지랑이가 바람에 흩어져 구름 위로 날아갔다. 나팔소리가 들리자, 구름 위에서 그녀를 희롱하다 비가 되어 내렸다. 비가 사람들을 화나게 했다. 교만을 경계하고 치유하기 위해 라파엘이 노래했다. 노래가 끝나고 라파엘이 말했다.

"나쁜 이데올로기가 전염되는 것을 확실히 막을 방법은 없지만, 열린사회가 예방책이 될 수 있다. 사람과 생각이 자유롭게 이동하는 사회, 누군가 다른 견해를 공표했다고 처벌받지 않는 사회이다. 도덕 감각의 발전은 열린사회를 만들어왔다. 가끔은 인간이 만든 도덕이 극단적인 원리주의로 변질되어 인류의 평화에 부정적으로 작용한 적도 있지만, 일반적인 도덕 감각은 같은 문화 속 구성원들의 상호작용을 다스리는 규범과 금기를 규정한다. 모든 인간의 인격을 존중하는 인도주의는 인종, 여성, 아동, 동물로 확장되는 권리 혁명으로 발전하며 폭력을 줄일 수 있었다. 자기와 다른 생각을 이해하려 노력하고, 약자에 대해 배려하려는 자세가 도덕 감각의 본질이다."

극복과 좌절의 기억이 되살아났다.

극복과 좌절

사건은 사람을 변하게 만든다. 큰 잘못을 겪고 나자, 진오는 가족들이 원하는 것에 노력하고 싶어졌다. 그동안 내버려 뒀던 공부에 관심을 가졌다. 성적이 오르자, 인문계 고등학교에 진학할 수 있었다.

최근에 만들어진 명문 사립고등학교였다. 학생들 쥐어짜기로 악명이 높았지만, 좋은 대학을 많이 보내서 전학을 오는 학생도 많았다. 현석도 고향에서 고등학교에 진학한 후 신성고등학교로 전학했다. 학교 앞에서 자취하고 있었는데 떨어져 있었던 시간이 길어 처음에는 조금 어색했지만 금세 친해졌다. 진오는 하교하는 현석이에게 말했다.

"당분간 네 방에서 놀다 가도 된다냐?"

"어 그래. 근데 무슨 일 있냐?"

"학교 공사한다고 야간자율학습이 없잖냐. 그럼 다른 학교 하교 시간과 겹쳐서 버스에서 짜브라지기 쉬어야."

진오는 현석이가 혼자 자취하면 엉망으로 지내지 않을까 싶었다. 하지만 현석이의 방은 깨끗하고 잘 정돈되어 있었다. 진오는 호기심에 물었다.

"너는 학교생활도 잘하고 자취방도 깨끗이 쓰는구마. 현석아 뭐 볼만한 거 없쓰까?"

현석이는 진오의 의도를 알았지만, 곤란한 듯 말했다.

"어 미안 여기엔 그런 거 없어야."

"너 혹시 여자 좋아 안 하냐? 다들 좋다고 보는데 왜 너는 관심이 없어야?"

"나도 여자 좋아해야. 처음 봤을 때는 무척 충격적이었고. 다만 의지로 참는 거랑게."

"왜 참아야 한다냐"

"언젠가는 좋은 사람을 만날 거라고 믿어야. 지금 나의 사랑을 왜

곡시킨다면 나중에 그 사람을 만났을 때 미안할 것 같아서야."

진오는 어이가 없어 헛웃음을 쳤다. 조금 후에 자취방을 나와 버스에 올라탔다. 무료한 버스에서 탑승객을 하나하나 보고 있는데 어딘가 익숙한 여학생이 버스에 탔다. 예쁜 얼굴과 깔끔한 옷매무새, 단정한 자세까지 분명 주희였다.

음성이 들렸다.

"그때의 일은 잊어버리고 가서 말을 걸어봐? 같은 학교에 다녔다는 것만으로 너에게 호감을 표현할 수도 있어."

누군가 유심히 보고 있다는 걸 의식한 듯 주희도 쳐다보았지만, 알아보지는 못했다. 이상한 것도 없었다. 진오는 중학교 이후로 키가 무척 자랐고, 시력도 나빠져 안경을 썼다. 그때의 부끄러움이 떠올라, 아는 척하지 못했다. 내릴 때가 됐지만 좀 더 그녀를 보고 싶어 몇 정거장을 지나쳤다. 더는 걸어갈 수 없을 때쯤 아쉬움을 뒤로 하고 버스에서 내렸다. 그날 진오는 오랫동안 잠을 이루지 못했다.

다음 날 어김없이 늦잠을 자고 발을 동동 구르며 버스정류장으로 갔다. 역시나 오는 버스마다 만원이라 몇 대가 지나갔다. 다행히 이번에 오는 버스는 기사가 승객들에게 안으로 들어가라고 닦달했는지 출입문 쪽에 조금 여유가 있어서 탑승할 수 있었다. 진오가 안으로 들어갔는데 주희가 있었다.

하교 때의 밝고 단정한 모습과는 달리 만원 버스에서 지친 기색이 역력했다. 그 옆에는 못된 녀석이 치근덕대고 있었다. 사람들이 들어올 때마다 안으로 들어가라고 외치는 기사의 말에 따라 자꾸 몸을 비비고 손으로 감싸 안듯이 만졌다. 그러면서 귓속말을 시도했다. 주희는 여러 사람 때문에 움직이지도 밀쳐내지도 못했다. 진오는 그녀의 처지가 측은해 보였고 힘이 닿는 대로 도와주고 싶었다. 진오는 용기를 내서 아는 척을 했다. 진오가 학교와 이름을 말하자 주희는 금세 얼굴이 밝아졌다.

"야기하게 쪼깐만 비켜주라."

진오는 녀석을 밀며 주희 옆에 섰다. 녀석은 눈을 부라렸으나 이미 되돌릴 수 없다고 판단한 듯 물러났다. 일단의 학생들이 내리고 버스가 조금 한가해지자 학교 다닐 때를 떠올리며 길지 않은 시간이었지만, 유쾌하게 말했다. 주희는 무척 고마워하며 진오에게 인사하고 내렸지만, 도움을 받은 건 주희만이 아니었다. 진오는 주희의 연락처를 받지는 못했지만, 언젠가는 다시 만날 것 같았다.

그날은 초록색 구슬을 든 존재가 나타났다. 구슬을 보고 있으면 어지럽던 생각이 정리되는 듯했다.

"정화의 천사 사리엘이다. 생명 욕구에서 시작된 사랑은 영혼으로 발전하니 헌신을 통해 너의 욕구를 정화해야 한다."

"나도 내가 변했다는 걸 느꼈어라. 용기를 내어 주희를 위해 나섰당께요. 처음엔 어색했지만, 주희랑 이야기하니 즐겁고 유쾌했어라."

"사람은 에너지에서 시작하여 물질, 정보, 본능, 정신으로 발전해 간다. 남성과 여성이고, 노인과 아이며, 강력하고 무기력하며, 선과 악을 동시에 가지고 있다. 사랑은 색욕에서 생겨나지만, 생명과 영혼을 추구하는 과정에 발전한다."

"그럼 예전에 나가 느꼈던 색욕이 부끄러븐거다요."

"원료가 없으면 결과도 없으니 부끄러워하지 말고 마음껏 만나고 상상하라. 우리 마음이 행복할 때 순수한 사랑으로 가득하고 인식자의 호기심을 회복할 수 있다. 사랑은 성스러운 주의 본성이니 때가 되면 주가 너에게 주신 부끄러움 속에서 사랑을 찾아내게 하시리라."

고등학교 입학 후 신입생의 긴장감이 사라지자, 공부도 느슨해졌다. 진짜 원해서 하는 행동이 아니면 주변에 눈을 돌리게 마련이다. 고등학교 2학년 때 학교에 가지 않는 주말이면 무료하게 집에 있기보다는 시내에 있는 도서관을 찾았다. 공부한다고 핑계를 댔지만, 실상은 도서관에 다니며 받는 특별용돈으로 매점이나 인근 공원에서 군것질하는 것이 더 큰 목적이었다. 도서관이나 공원에서 평상시에는 볼 수 없었던 여학생들을 구경하는 것도 즐거웠다.

이른 봄날이라 조금 쌀쌀했다. 매점에서 산 불량식품을 먹으며 사람들을 구경했다. '광주학생독립운동기념회관' 부설도서관 안내표지판을 읽었다. 1929년에 광주의 학생들이 중심이 돼 항일독립운동을 시작했다는 것도 신기했지만, 시위와 소요를 기념하는 장소를 만들고 거기에서 학생들이 공부하게 두는 건 더 신기했다. 1980년 광주사태는 빨갱이가 내려와 주동했고 그것 때문에 온 나라가 어려웠다고 배웠기 때문이다. 내부에 있는 권력을 향하면 불순분자이고 외부에 있는 적을 향하면 애국자 같았다. 벤치에 잠깐 앉아 있는데 수수한 옷차림의 처음 보는 두 사람의 남녀가 다가왔다. 어딘가 불쌍해 보이는 여자가 애써 웃음을 보이며 말을 걸었다.

"혼자 오셨어라? 학생인 것 같은데 눈빛이 맑고 선해 보이시요."

진오는 낯선 사람들이 갑자기 다가와 의아했지만 조금 심심하던 차에 외모에 대한 칭찬에 기분이 좋아 고맙다고 말했다. 그 옆에 왜소한 체구의 남자가 공손하게 말했다.

"시간 많이 안 뺏을랑께 쪼끔만 야기 하드랑께요."

낮은 코에 턱은 둥글고 살집이 좋았고, 입은 큰 턱에 비해서는 작은 듯해도 큰 편이었다. 막상 칭찬을 듣고 보니 쉽게 거절하기가 어려워, 공부하러 들어가야 하지만 잠깐이라면 시간을 낼 수 있다고 했다. 여자가 물었다.

"혹시 도를 아실랑가요? 조상님이 공덕을 많이 쌓으셨는갑소."

진오는 처음 듣는 '도', '공덕'이라는 말을 이해할 수 없어 칼을 말하는 거냐고 되물었다. 남자가 다시 말했다.

"도를 모른당가요. 우리를 만난 건 보통 행운이 아니랑께요. 그만큼 학생의 조상님들이 공덕을 많이 베푸신 거죠. 혹시 몸과 마음에 문제가 있지는 않았나요? 원인은 알 수 없으나 몸이 매우 아팠다거나 귀신이나 헛것이 보였을 수도 있어라."

여전히 설명은 없었지만 '공덕'이 무엇인가 은혜를 말하는 것처럼 느껴졌다.

"잘은 모르겠지만 부모님께는 항상 고맙게 여기고 있어라. 어렸을 때 몸이 안 좋긴 했어라. 그럴 때면 가위에 눌리거나 꿈에 이상한 존재들을 만나곤 했당게요."

순간 아차 싶었지만, 어차피 계속 볼 사람들도 아닌데 뭐 어떠냐고 생각했다. 남자의 목소리에 조금 자신감이 붙었다.

"그래서 조상님들이 학생을 우리에게 보내셨는갑쏘. 이제 우리를 만나서 도를 접하게 되었으니 차차 좋아진당게요. 조상님이 학생을 도왔으니, 학생도 조상님들께 보답해야 안쓰것쏘."

온전히 이해되지는 않았지만, 딱히 반박할 수는 없었다. 진오는 자포자기했다. 이미 돌아가신 분들인데 고맙게 생각하는 것 이상 할 수 있는 게 있냐고 물었다. 남자의 입가에 미소가 흘렀다. 자세를 다잡고 말했다.

"기가 허해서 자꾸 헛것을 보는 학생을 위해 조상님이 우리를 만나도록 인도하셨어라. 같이 가서 학생의 기를 높이기 위한 의식을 해야쓰겄쏘. 포덕소에 잠깐 가서 후천개벽에 대해서도 듣고 조상님들을 위한 치성도 올려서 기를 보강하시랑께요?"

진오는 잠깐 말만 들어준다는 것이었는데 당황스러웠다. 이젠 공부하러 들어가야 한다고 말했다. 하지만, 그들의 얼굴에 아까의 공손한 태도는 사라졌다. 남자는 의무를 말하고 무엇인가 생각해 주듯 보충했다.

"바쁘더라도 꼭 해야제. 버스 타고 잠깐 가서 설명 듣고 입도치성을 지내야 한당께요. 조금 있으면 밥 먹을 시간잉께, 점심은 포덕소에서 공짜로 주고, 왕복버스비는 공덕을 쌓는 셈 치고 우덜이 낸당께요."

진오는 허약한 몸과 마음을 고치고 싶었다. 포덕소가 어떤 곳일까 궁금하기도 해서 따라나섰다. 버스에서 통성명했다. 김혁진은 같은 학교 같은 학년이었다. 진오보다 조금 빨리 들어왔다. 혁진이는 진오가 구원받으면 지금까지 죽은 조상들이 모두 구원받으니, 조상들이 도와준 것이라 했다. 버스를 타고 서광주 쪽으로 한참을 가다 단독주택이 많은 곳에 내렸다. 그렇게 대승환합회와 인연을 맺었는데 그

179

들 말로는 포덕된 것이라 했다.

　포덕소는 가정집 이층을 빌려 운영되고 있었고 안에는 회의하고 제사를 지내는 공간이 있었다. 많지 않아도 본인이 가진 돈으로 제사를 드려야 해서 진오는 모아놓은 비상금을 모두 털어 제물을 마련했다. 제사는 상을 차리고 향을 피운 후 절을 하고 외워야 한다는 태을주 주문을 큰 소리로 말하고 다시 절하는 것을 반복했다. 덕을 쌓지 못하면 주문을 못 외운다고 했다. 진오는 덕을 많이 쌓았는지 한 번에 외운 자신이 대견했다.

　입도치성이라 부르는 제사를 지낸 후에 사람들에게 덕담을 들으며 놀다 보니 하늘이 열리는 기도 시간이 되었다. 진오는 포덕소에서 같이 수련했다. 호흡을 가다듬고 주문을 외우는 동안 점점 각성상태로 변해가는 게 느껴졌다. 숨을 들이쉬자, 코끝으로 들어온 향내는 머릿속을 한 바퀴 돌아 단전으로 내려갔다. 내쉬는 숨은 몸속의 온갖 더러운 것들을 끌고 밖으로 빠져나왔다. 많은 사람이 한꺼번에 외우는 주문은 방에 울리고 그 울림은 다시 진오에게 돌아와 마음을 흔들어 깨웠다. 진오는 어느새 큰 구름 속 일부가 돼 있었다. 그 속에서는 어떠한 의심도 불안도 존재하지 않았다.

　그때부터 진오의 휴일은 교육과 포덕, 기도와 제사의 반복이었다. 교육은 종교의 역사와 원리 전경이라는 경전에 기록된 후천개벽 등을 배우고 가르치는 시간이었고, 포덕은 진오가 당했던 방식 그대로 반복했다. 눈빛이 없거나 흔들리는 사람, 혼자서 심심해하는 사람을 찾았다.

　"인상이 선해 보이시오. 조상님이 덕을 많이 쌓으셨는갑소."

이렇게 칭찬을 한 다음 가족이라는 연결고리를 이용해 제사 드리게 하면 된다. 그 다음은 포덕소 선각들의 몫이다. 각종 명목으로 치성을 드리는 돈 일부는 포덕을 하면서 쓸 수 있었다. 제사를 지내고 남은 음식은 나눠 먹었다. 하루를 그렇게 보내는 것도 나쁘지 않았다.

그러던 어느 날 포덕소에 가니 기도를 마치고 선임들이 담배를 태우고 있었다.

"진오 왔냐? 어여 들어와라. 너 담배 하나 태울래?"

진오는 아직 담배를 배우지 못했고 학생이라 담배 태우면 안 된다고 대답했다. 그때 한 선임이 진지하게 말했다.

"네가 아직 정진을 덜 해 그라는디 제사를 지낼 때 향을 피우는 것처럼 담배를 피우면 기운이 시셔서 기도발이 잘 들어야. 나도 피우고 싶어서가 아니고 정진을 더 열심히 하려고 담배를 배웠다 안하냐."

그들은 늘 그런 식이었다. 새로 들어온 신입 중 얼굴이 반반한 여자를 저녁에 불러낼 때도 술을 먹자고 할 때도 항상 공덕, 기운과 연관시켰다. 가끔 문제가 생겨 경찰들이 조사하러 왔지만, 선임이 웃으며 봉투를 건네면 적당히 둘러보고 돌아갔다. 그렇게 몇 달 포덕을 하고 나니 진오 밑으로 상당한 사람들이 모여 있었다.

포덕소에서 혁진이와 진오에게 무리한 요구를 했다. 이젠 많은 후각이 모였으니, 선무의 임명을 받으라는 것이다. 선무는 성전을 건축할 때 필요한 공사비 조달을 위해 후각들을 독려해 월성으로 한 사람에 만 원에 해당하는 오십만 원씩 매달 바쳐야 했다. 그러나 진오가 포덕한 대부분은 입도치성만 지내고 나오지 않는 경우가 많았다.

잘해야 둘, 셋이 상의할 수 있었다. 고등학생이 그 큰돈을 달마다 마련한다는 건 불가능했다. 혁진이는 진오에게 말했다.

"우리 집에서는 공부를 열심히 하라고 하지만 왜 해야 하는지 언제까지 해야 하는지도 없이 막연히 살고 싶지 않어. 여긴 구체적인 목표와 지시가 있당게. 나는 돈을 마련하기 위해 학교를 그만두고 막노동을 할 거야. 가족과 헤어져야 하지만 상관없당게. 지금은 상처받겠지만 언젠가 내가 모든 조상님을 구원하게 되면 그때는 다 용서해 주실 거라 믿어쁘러야."

조만간 후천개벽 세상이 되면 어차피 직장을 구하고 돈을 벌기 위한 학교나 사회생활은 큰 의미가 없으니 지금 몇 년 고생해서 천국생활을 누리라는 것이다. 그때 새벽기도에 나가시던 할머니가 쓰러지셨다. 누나는 대학에 진학하여 없었고, 부모님은 생업에 바빠 진오가 주기적으로 병간호했다. 특별한 일을 제외하고는 밖으로 다니지 못했다. 선택의 시간이 온 듯했다. 저녁에 독서실 가는 길에 부슬비가 내렸는데 너무 답답해서 우산을 접고 비를 맞았다. 좀처럼 마음속 불안이 잡히지 않았다.

비에 젖어 독서실에 들어갔다. 상원 형이 놀라서 뛰쳐나왔다. 덥수룩한 수염에 항상 편한 옷차림의 독서실 총무였다. 진오를 사무실로 데려가 수건을 건넸다. 진오가 수건으로 머리를 닦자, 한 잔 마시고 공부하라며 따뜻한 오미자차를 주었다. 진오는 수건을 내려놓고 차를 마셨다. 시큼하고 떫은맛에 정신이 들었다. 상원 형의 네모 방정한 이마에 두툼한 코와 아담한 입이 눈에 띄었다. 집이 어려워 독서실 총무를 하며 대학원을 다녔다. 진오의 수심에 찬 얼굴을 보고 무슨 걱정이 있냐고 물었다. 진오는 그간의 사정을 이야기했다. 가만히 듣고 있던 상원 형이 말했다.

"세상에는 다양한 종교가 있어. 어떤 종교는 돈, 명예, 권력 등 세상의 이해를 추구하는 걸 장려하고, 어떤 종교는 그런 것들을 내려놓고 경건한 삶을 살도록 유도하며, 또 다른 종교는 아무것도 추구하지 않도록 하지. 마치 오미자처럼 다양한 맛이 모여 조합되는 방식은 다르지만, 우리에게 좋은 향기와 맛을 제공한다는 공통점이 있지."

진오는 다시 한 모금 차를 마셨다. 이번엔 매운맛에 눈물이 핑 돌았다.

"지금까지 건강하지 못한 몸과 마음으로 사는 게 너무 아프고 외로웠어라. 공부도 힘들고 지겹고, 언제까지 해야 끝나는지도 모르겠고 남들보다 뒤처지는 게 불안하고 두려워라."

상원 형은 나를 이해한다는 듯 말했다.

"내가 그 종교를 잘 알지는 못하지만 보통 종교를 가진 사람들은 그렇지 못한 사람보다 확신하고 사니까 더 성실하고 행복한데 만일 불안하고 괴롭게 한다면 그 종교는 무엇인가 잘못된 것 아닐까? 어떤 신도 자신이 창조한 피조물이 자신 때문에 힘들어하기를 바라진 않으실 거야."

진오는 자기만 이상한 게 아니라고 생각되며 차를 마셨다. 짭짤한 맛에 용기가 생겨 처음부터 다시 시작하고 싶지만, 새로운 선택에 확신이 없다고 했다. 상원 형은 잠시 생각을 정리하더니 말했다.

"그리스 철학자 소크라테스는 내면의 목소리를 경청하라고 주장했지. 공자도 죽음보다는 삶에 집중하라고 말했어. 종교를 벗어나면 지옥에 떨어질 것 같지만, 자유롭다고 막살게 되진 않아. 오히려 정답을 찾아가는 자신을 발견할 수 있어.”

차를 다 마시자, 달콤한 맛에 기운이 솟았다. 진오는 다음 날 학교에서 혁진이를 만났다. 우주와 합일하고 구원을 얻는 건 자신의 수도로 이뤄진다고 들었는데, 학생이라는 본분과 생활을 포기하면서 치성을 드린다고 구원을 받을 것 같지는 않다고 말했다. 혁진이는 걱정했다.

“좀 있으면 진각님이 오실 텐데 당분간 조용히 지내는 게 좋을 거야. 네가 아직 모르나 본데, 너는 입도치성을 했기 때문에 여그 다니다 그만두믄 신상에 나쁘고 혹여 노여움을 사면 급살을 맞아 죽을 건데 넌 죽는 것이 억울하고 두렵지 않냐?”

진오는 더욱 용기를 냈다.

“어차피 사람은 누구나 죽는 것이라 억울한 것도 없고 내가 죽더라도 이 세상은 별일 없을 것이니까 두렵지 않아. 난 다만 내가 이해하고 원하는 대로 살고 싶을 뿐이야. 나에게 이상한 존재들이 왜 느껴지는지 대승환합회가 무엇이 문제인지 지금은 충분히 설명할 수는 없지만, 내가 부족하다고 무조건 수긍하고 따라야 하는 건 아니야.”

진오는 마지막으로 탈퇴를 위해 포덕소를 찾아갔다. 신발이 많았지만 조용했다. 다음에 올까 망설였지만 빨리 문제를 매듭짓고 싶어 문을 열었다. 맨 앞에는 낯선 사람이 정좌해 있었고 주위에 익숙한 선각들이 평소와 다르게 조용한 것이 말로만 듣던 진각으로 느껴졌다.

“중요한 말씀 중이신 것 같은디 저도 할 말은 하고 가야것써라. 급살을 맞아 죽는다고 해도 저는 여기서 나갈라요. 공부 열심히 해서 좋은 대학 간 다음에 더 이해하려 노력한당게요. 다만 제가 나가면 포덕한 후각들의 연결고리가 끊어져 나빠진다고 하니 입도할 때 받은 묵주를 돌려줄랑게요. 묵주를 끊어 다른 선무에게 붙이시요. 그렇지만 저는 각기 다른 사람들이 하나의 몸이 되어 구원받는다는 것도 모른당께요."

다들 분해하는 눈빛이었다. 안쪽에 정좌해 있던 진각이 엄숙하게 말했다.

"그래도 마지막까지 책임을 다하려는 모습이 갸륵해서 당장 급살은 면하게 해주겠다. 다만 도장을 어지럽힌 죄로 앞으로 편히 살지는 못할 것이다. 내 영을 고양하여 공부만 하면 성적이 오르게 하겠다. 하지만 좋은 대학을 간 후 너는 운명처럼 스스로 우리를 찾아올 것이다. 그때부터 수많은 기억과 영들이 되살아나 괴로울 것이다. 항상 숙제해야 한다는 강박증에 시달릴 것이다. 사랑하는 누구에게도 안주하지 못할 것이다. 결국, 네가 오늘 끊은 묵주가 죽음으로 다가올 것이다."

그 사람의 확신에 찬 눈빛에 진오는 두려웠다. 그러나 결심을 바꿔놓지는 못했다. 문을 닫고 뒤돌아서 나왔다. 아무 일 없다는 듯 버스에 올라탔다.

그날 밤에 감청색 신발을 신은 존재가 나타났다. 신발뿐만 아니라 의복이 지극히 밝고 선명하게 빛났다.

"승리의 천사 미카엘이다. 네가 의지를 세워 승리한 것을 축하한다."

"제가 옳은 선택을 했지라. 그런데 혁진이보다 비겁하다고 느껴진당께요."

"충분히 판단할 수 있을 때까지 노력하지 않는 손쉬운 선택이 게으름이다. 네가 게으름에 승리한 것은 네 안의 관성을 인정하는 데서 출발한다. 콤플렉스는 대부분 개인의 삶에서 형성되나, 가족이나 사회적 콤플렉스도 있다. 끊임없이 노력해야 하는 승리의 길을 포기하고 미리 정해 놓은 우상의 노예가 된 자들이 보이느냐? 그들은 끊임없이 자신의 콤플렉스를 주변에 퍼트려 포기하게 한다. 현실 세계에서 너의 부족을 인정하고 끊임없이 반성하라."

"그러나 저의 부족을 인정하고 반성해도 모든 일에 항상 승리할 수는 없어라."

"세상 모든 일에 승리할 수는 없지만 매일 자신을 이길 수는 있느니라. 무의식은 개인의 생애 동안 획득되지만, 집단과 공유된다. 무의식은 문화적 형태로 구조화되며, 개인의 의식적 태도에 영향을 미쳐 무의식적 문화의 연쇄 관계를 형성한다. 승리하는 사람을 주위에서 찾고 본받아 성실한 하루를 살아라. 찾을 수 없다면 승리의 역사를 읽고 공감하라. 이것이 주가 우리를 함께 하도록 예비하신 이유이다."

다음날 일어나니 학과 연구실 소파였다. 한일이는 화장실 다녀오다 쓰러져 있는 나를 옮겼다고 했다. 온몸이 강직되고 얼굴이 파랗게 돼서 밤새 주물렀다며 걱정했다. 고등학교 때부터 참 다이나믹한 삶이었다. 내가 마지막으로 포덕소를 찾아간 날이 게으름을 극복했던 날이며, 지금 겪고 있는 어려움을 만든 날이었다. 그때 이후로 못 보게 된 혁진이 지금 무얼 하고 있을지 궁금했다. 이제는 저주를 인정하고 기억이 떠오르는 것을 받아들여야 할 것 같았다. 그렇지만 순순히 죽음을 받아들일 순 없었다. 그렇다고 나를 위해 누군가 희생해 줄 것 같지도 않았다. 뭔가 대책이 필요했다.

제5장

사랑이 **씨앗**이 되기까지

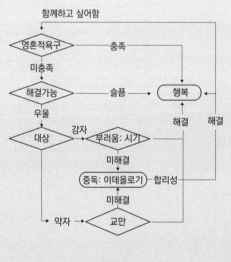

영혼의 욕구

제5장
사랑이 씨앗이 되기까지

방학이 되자 학과 학생회에서 한 학기를 마무리하며 지리산에 오르자는 계획을 세웠다. 그래봤자 승호 선배, 한일과 나, 그리고 후배 몇 명이 전부였다. 학생들은 나라가 망하고 세상이 없어질 것처럼 고민하고 투쟁하다가도 방학이 되면 언제 그랬냐는 듯이 뿔뿔이 흩어졌다. 찬영 선배는 다른 일정이 있었고, 성진이는 방학과 함께 농활을 떠났다. 천왕봉으로 출발했다. 식당에서 아침 식사하고 김밥을 챙긴 상태였다. 전날 저녁 서울남부터미널에서 출발해 산청군 시천면 중산리에 도착했었다.

버스에서 내리고 곧바로 산에 올랐다. 산행에 경험이 많은 승호 선배가 어둠 속에서 앞장서고 후배들은 중간에, 한일이와 내가 마지막이었다. 새벽의 어둠이 조금 가셨다. 앞을 바라보니 중산리에서 천왕봉까지 평생 겪어 보지 못한 경사가 끝없이 이어져 있었다. 숨이 턱까지 차서 천왕봉에 올랐다. 고된 숨을 몰아쉬고 조금 있으니 해가 형형색색 천지를 물들였다. 구름 속 섬처럼 놓인 산을 넘나드는 안개가 이곳이 구름 위임을 알려주었다. 아득하게 보이는 세상을 바라보니 지난 학기에 했던 고민이 덧없이 느껴졌다.

장터목에서 간단히 요기하고 세석산장까지 가는 길은 천왕봉에 오를 때와 비교하면 편안했다. 처음 보는 꽃과 나무를 넋을 잃고 쳐다보기도 했고, 굽이굽이 나타나는 고즈넉한 풍경은 오랜 세월을 견뎌온 듯했다. 구경하며 걷다 목적지인 세석산장을 앞두고 돌밭에 발목을 삐끗했다. 한일의 부축을 받아 숙소에 들어왔지만, 내일이 걱정이었다. 나를 제외하고는 일행 중에 큰 어려움은 없었다.

간단히 저녁을 먹고 자리에 누웠지만, 잠이 오지 않았다. 밖으로 나오니 대부분 피곤한 듯 소주를 몇 잔 걸치고 들어갔다. 승호 선배가 조심스럽게 일찍 들어가 쉬는 것 같더니 왜 나왔냐며 발목은 좀 어떤지 조심스럽게 물었다. 나는 인대가 놀랐는지 좀 부었다며 피곤한데 내일이 걱정돼서 잠이 오지 않는다고 했다. 승호 선배가 어려우면 조금 천천히 가면 된다고 위로해 주었다. 조금 더 생각하더니 물었다.

"진오야, 사람이 언제 스트레스 받는지 알아?"

"글쎄요 예기치 않은 사건이나 일이 많아지면 받는 거 아닌가요?"

"나도 처음엔 그렇게 생각했는데 역학을 배우다 보니 그게 아닌 것 같더라."

"재료의 힘만 다루는 역학에 그런 게 나와요?"

"재료가 무게의 균형을 잡는 거나 사람이 일에 스트레스 받는 게 같은 거지. 역학에선 반발력을 먼저 계산하고 단면적으로 나누어 스트레스를 계산하잖아. 사람도 사건이나 일에 반발하거나 한정된 능력으로 혼자 해결하려 하면 힘들어져. 그래서 나는 하루를 시작할 때 내가 감당할 수 있는 범위에서 세상에 반발하는 것을 계획하지. 예기치 못한 일이 생길 때도 나의 능력으로 감당할 수 있으면 빨리 끝내고 그렇지 못하면 해결할 수 있는 날짜로 다시 계획하고 잊어버리지. 그 훈련이 잘되면 어떤 상황도 미리 겁먹을 필요가 없어."

나는 여러 가지 핑계로 무시했던 전공수업에 그런 대단한 내용이 있다는 것도 신기했지만, 똑같은 활동을 하면서 수업에서 그런 걸 깨닫고 실천하려는 선배가 더 대단해 보였다. 요즘 들어 스트레스를 주는 찬영 선배가 생각났다. 찬영 선배가 처음에는 참 배려심이 깊었는데 요즘엔 희생을 강요하는 것 같다고, 그래서 듣기 거북한 말이 많다고 했다. 승호 선배가 한참 생각하더니 말했다.

"목표에 대한 집착이 강해져서 함부로 말하지? 찬영이도 요즘 많이 힘든가 봐. 찬영이 아버지는 회사를 경영하시는데 찬영이가 물려받길 바라시나 봐. 작년에 몇 번 회사에 갔었는데 탈세와 뇌물까지 자본가의 문제를 여실히 보고 아버지와 대판 싸웠데. 하지만 노동자가 인권 문제와 허용치를 넘어서는 폐수로 아버지를 협박하는 걸 봤대. 아버지와 함께하고 싶으나 사상이 맞질 않고 노동자와 함께하고 싶어도 계급이 맞질 않는 거지."

승호 선배의 설명을 들으니 찬영 선배의 행동이 이해되었다. 마음속 모순이 사람들에게 투영된 것이었다. 평상시에 많이 참고 있으니 조그마한 실수에도 화가 났을 것이다. 그걸 이겨내는 게 애정이고 사랑인데 차도남인 찬영 선배가 부족한 부분인 것 같았다. 좋은 가정에서 유복하게 자란 찬영 선배가 차가운 것에 반해 절에서 자란 승호 선배가 사랑이 많은 사람 같다고 말했다. 승호 선배는 멋쩍게 대답했다.

"그렇게 봐줘서 고마워. 부모님이 없는 어린 시절을 잘 이겨냈다고 기특해하는 사람들이 많지만, 난 처음부터 사랑이 많은 사람이 없다고 생각해. 주변에 관심을 가지고 조금씩 사랑하다 보면 내 안에 사랑이 많아지는 게 느껴져. 오히려 부모님의 정체성과 나의 정체성이 분리되는 사춘기가 없어서 더 빨리 성장한 것 같아."

아무리 좋은 환경에서 많은 사랑을 받아도 본인이 느끼지 못하면 필요가 없었다. 나도 병치레를 많이 했지만, 그 덕분에 할아버지 할머니와 부모님, 누나의 사랑을 많이 받았다. 그렇게 받은 사랑을 내 안에만 감춰두고 누군가가 나를 더 사랑해 주기만 바란 것 같았다. 자리를 정리하고 잠자리에 들었다. 먼저 잠든 사람들의 소리가 신경 쓰였지만, 억지로 잠을 청했다. 여름밤이지만 산 위라 덥진 않았다.

다음날은 일정이 빠듯했다. 새벽부터 일어나 노고단을 지나 마산면에 있는 민박집까지 가야 했다. 지리산 날씨는 변덕이 심하다더니 전날까진 맑았지만, 새벽에 길을 나서자, 비가 내리기 시작했다. 빗물 속에 있다는 표현이 더 정확했다. 자욱한 구름 속에 고개를 숙이고 모두가 비를 뿌리고 있었다. 다행히 발목이 많이 붓지는 않았지만 빨리 걷기는 어려웠다. 한일이는 맨 뒤에서 함께 가며 부축해 줬다. 거친 숨을 몰아쉬며 한일이가 힘들지 않냐고 물었다. 나는 덕분에 편해졌다며 학생회도 그렇고 항상 도와줘서 고맙다고 했다. 한일이는 긴 한숨을 쉬며 말했다.

"휴. 난 무엇이라도 좋은 일을 싶어 학생회를 했어. 근데 요즘엔 학과에서 같이 하는 게 즐겁질 않아. 학생운동을 통해 사회를 발전시켜 보겠다면서도 서로를 너무 함부로 대하잖아. 저번에 술 사건도 그렇고 모두 가식적이야. 도와줄수록 나만 손해 보는 것 같아. 다음 학기에 휴학하고 여자 친구와 세계여행을 가기로 했어. 모아 놓은 돈도 부족하고 별 계획도 없지만, 사랑하는 사람과 넓은 세상을 보고 많은 걸 경험할 거야. 사랑만을 위해 살아보고 싶어."

한일이가 빠지면 학생회 일을 성진과 모두 해결해야 하므로 무척 힘들겠지만, 말릴 수가 없었다. 한편으론 인생의 명확한 목표를 세운 한일이가 부러웠다. 나도 막연한 민중보다 모든 걸 뒤로하고 함께 할 사람이 있으면 좋겠다고 생각했다. 한참을 내려오자, 비가 조금 그쳤다. 우거진 녹음은 작은 돌길에 집중하게 했으나, 노랑원추리와 보라색 비비추, 이름을 알 수 없는 많은 들꽃이 걸음을 멈추게 했다. 중간에 컵라면을 먹으며 잠깐 쉬기는 했지만, 다들 자연의 변화를 감상하고 생각하기에 여념이 없었다.

시간이 늦어 화엄사는 아쉬움으로만 기억했다. 저녁이 다 돼서야 마산면 민박집에 도착했다. 다행히 발은 더 붓지 않았다. 산에서 내려왔다는 안도감이 들었다. 길을 타고 한참을 내려왔지만, 민박집은 민가에서 멀리 떨어져 있었다. 씻고 나와 저녁 밥상에 앉았다. 주인 내외는 밥을 차려주고 다음 날 오겠다며 내려갔다. 산에서 나온 이름 모를 나물이 많았다. 허기가 져서인지 다들 맛있었다. 남은 고기에 술자리가 이어졌다. 처음엔 조용히 먹다가 취기가 올라오자, 승호 선배가 김민기의 '친구'를 불렀다.

무엇이 산 것이고 죽었느냐는 노래 가사에서 강경대의 죽음을 맞이했던 신입생 때가 떠올랐다. 학생운동을 하며 많은 선후배와 함께했었다. 지금은 진정성에 대해 혼란스러웠다. 그렇게 술 마시다 보니 새벽이 되었는지 날이 밝아 오는 것이 느껴졌다. 그때 후배 준석이 술잔을 건넸다. 얼굴이 두툼하고 길며 입도 크고 치아도 반듯한 녀석이다. 술을 마시고 병을 들어 답 잔을 건넸다. 준석이는 잔을 받으며 물었다.

"선배가 송악에 계실 때 얼쑤에 있었다면서요?"

"그래 내가 얼쑤 활동을 좀 했지. 너도 알다시피 송악에서 어딘가 소속되지 않으면 신입생 때 지내기 어렵잖아."

"그럼 판소리 잘하시겠네요. 제가 선배에 관해 들은 이야기가 있어서요."

나는 쑥스럽게 대답했다.

"아직 명창까진 아니지만 조금 배우긴 했지. 다른 동아리가 기억하는 거라면 아크로에서 상엿소리를 불렀다는 말이구나."

준석이는 반색하며 말했다.

"그 말이 사실이군요. 선배들이 전설처럼 이야기해요. 도서관을 뒤로하고 삼천 명이 앉아 있는 아크로 무대에서 북소리 장단에 맞춰 온몸에서 뿜어져 나와 공간 전체를 울려대던 소리를요. 말만 들어선 모르겠는데 여기서 한번 불러 주시면 안 돼요?"

후배의 넉살에 흥이 동한 나는 젓가락으로 장단에 맞추며 예전에 배웠던 상엿소리를 부르기 시작했다. 신령에게 장례의 자초지종을 말하고 망자를 위로하는 축문을 가장 느린 진양조로 시작해서 북망산천이 멀다고 하더니 저 건너가 안산인 것을 중모리로 불렀다. 지금 가면 언제나 올지 오시는 날이나 알려달라는 구절에서 조금 느려졌다. 자네가 죽어도 이 길이요 내가 죽어도 이 길이라는 대목에서 중

중모리로 빠르게 넘어갔다. 소리가 끝나갈 때쯤 누군가 걸어왔다. 동네 할아버지였다. 순간 아차 싶었지만, 어차피 주위에 집도 없고 민박집만 따로 떨어져 있어 크게 걱정하지는 않았다. 생각한 것처럼 할아버지는 조금 노여운 표정으로 말했다.

"이 썩을 놈들이 누구 죽으라고 새벽부터 상엿소리를 부른다냐?"

나는 마음을 가다듬고 학교에서 소리를 배웠는데 술 한 잔 먹고 불러봤다고 했다. 주변에 집들이 없어 불렀지만, 기분 상하셨다면 죄송하다고 말했다. 할아버지는 곰곰이 생각하더니 대답했다.

"그래 아침부터 상엿소리를 들어 썩 기분이 좋진 않지만, 그건 던져 버리고 도대체 네가 이 소리의 의미를 알고 부르는 것이냐?"

준석이가 나서며 대답했다.

"그거야 당연히 돌아가신 분을 위로하기 위해서지요. 억울하게 죽은 사람이거나 아직 못다 한 일들이 있는 분들이요."

할아버지가 흥분해서 말했다.

"내가 그럴까 봐 말해야 쓰겠다. 죽은 사람이 뭐가 불쌍하냐? 오히려 몸뚱이라는 고통스러운 굴레를 벗어 버릴 수 있으니 좋지. 문제는 산 사람이여. 상엿소리는 죽은 사람이 아니라 남겨진 사람을 위로하고 달래는 소리여. 지금 너희들이 부르는 소리는 위로할 사람도 달래 줄 사람도 없으니 귀신 부르는 소리야. 그렇게 쓸데없이 부르면 귀신은 가만히 있지 않아."

나는 할아버지께 사과했다. 내가 부른 소리는 듣는 사람을 생각하지 않고 함께 울릴 수 없는 넋두리였다. 아침을 먹고 내려가는 길에 곰곰이 생각했다. 학생운동에서 추구하는 민주주의의 목적이 아무리 고귀해도 함께 투쟁하는 동지를 위해줄 수 없다면 폭력일 것이다. 폭력이 되지 않으려면 동지를 사랑할 수 있어야 하고, 서로가 동등한 입장에서 상대방을 이해해야 한다. 그 폭력을 피하려는 한일이의 선택이 자연스럽게 느껴졌다. 나도 이젠 사랑할 누군가를 찾고 싶었다.

여름방학 기간을 이용해 과외를 시작했다. 집에서 생활비를 받고 있어 특별히 궁핍하진 않았지만, 정기적으로 할 일을 만들어야 했다. 중학생이라 어렵진 않았다. 일주일에 두 번 가서 진도를 확인하고 어려워하는 문제를 알려주었다. 어차피 그렇게 번 돈은 술값이 되었지만, 그래도 정기적으로 누군가를 만나기 위해 용모도 확인하고 규칙적인 생활을 하므로 시간은 잘 갔다.

가을 학기가 시작되었다. 교양으로 신청한 '정보와 생명의 탄생' 수업이 있었다. 학기 초라 예의상 수업에 몇 번 참여해야 과락이 나오지 않았다. 공부만 하고 살았을 것 같은 검은 안경을 쓴 곱슬머리의 교수가 정보화 사회의 문제점을 강의했다. 정보 과잉 시대에 살고 있지만, 정보에 대한 이해는 부족하다는 것이다. 정보는 색깔, 소리, 움직임, 냄새 등 물질과 에너지의 상호작용으로 정의할 수 있다는 것이다.

한참을 들었지만, 이런 교양은 배워서 뭐 할지 궁금했다. 수업이 끝나고 후배들에게 술 사주기 위해 성진과 송악캠퍼스에 올라갔다. 과비가 넉넉해서 태백산맥에서 호탕하게 술을 먹다 취해버렸다. 술에 취해 횡설수설하며 쓸쓸한 대학 생활에 대해 자조적으로 한탄했다. 순한 눈빛에 큰 눈을 껌벅이던 똘똘한 후배 준석은 누나 친구들과의 미팅을 주선했다. 숫자를 맞추기 위해 나는 현주에게 같이 안 가면 죽여버리겠다고 했다.

미팅하는 날에도 교양수업이 있었다. 다시 여름이 온 듯 더워서인지 첫 수업이 아니어서인지 강사의 옷도 가벼워졌다. 출석을 부르고 또 수업이 이어졌다.

"엔트로피는 시스템의 무질서도를 나타내는 열역학적 용어로 정보를 정량화하는 데 사용할 수 있습니다. 지구가 생겨나고 물질과 에너지의 상호작용으로 수많은 정보가 만들어졌습니다. 따라서 엔트로피는 꾸준히 증가해야 하나 지구의 자전과 공전으로 정보가 희석되고 삭제되어 엔트로피가 감소합니다. 우주는 대원칙에 어긋나는 국부적인 변화를 상쇄하려는 성질이 있습니다. 엔트로피 감소에 대한 저항으로 생겨난 것이 생명입니다."

엔트로피를 가지고 생명 탄생을 설명하는 주장은 신기했다. 오늘 미팅도 점점 단순해지는 내 생활의 엔트로피를 증가시켜 줄 것 같았다. 미팅을 위해 성진이, 현주와 서둘러 서울로 향했다. 미팅은 녹두거리의 '예가'에서 진행했다. 이층으로 올라가자 진한 커피향과 함께 수연과의 추억이 아련히 떠올랐다. 카페에 들어가니 준석이 있었다.

일반적으로 유행하는 미팅은 1지망, 2지망, 3지망을 선택하고 주선한 후배가 파트너를 정해주는 '학력고사팅'이었지만 우린 사람이 너무 적어서 여자들의 소지품을 하나씩 걷어 남자들이 선택하는 '골라골라팅'을 했다. 우선 서로 떨어져 앉아 준석이 소지품을 들고 왔다. 거울과 빗, 조그만 손지갑이었다. 아무도 먼저 나서지 못했다. 성진이 너스레를 떨었다.

"너희들이 여자 친구를 사귀어 본 적이 없어서 그래. 이럴 땐 단순하고 과감해야지. 손지갑에 돈이 많이 들었는지 궁금하잖아?"

　그러더니 청실홍실이 수놓아진 손지갑을 골랐다. 열어보니 휴대용 반짇고리인 듯 바늘과 형형색색의 실이 있었다. 성진도 당황한 눈치였다. 반짇고리까지 가방에 넣고 다니다니 준비성이 놀라웠다. 나는 소지품을 살펴보다 문득 내 모습이 궁금해서 손거울을 집었다. 장미꽃이 그려진 뚜껑을 펼치자 꼬질꼬질한 얼굴에 덥수룩한 머리가 눈에 들어왔다. 손거울의 주인인 준석의 누나 이미선과 마주 앉아 카페모카 두 잔을 시켰다. 짧고 둥근 눈, 단아한 모습에 수수한 용모, 작고 오밀조밀한 외모가 부담스럽지 않았다. 통성명하고 성진이 반짇고리를 선택한 사연을 말했다. 미선이 가볍게 웃었다. 침묵이 흐르자, 그녀는 나에게 물었다.

　"그런데 진오씨는 왜 거울을 선택했어요?"

　거울 속 헝클어진 모습이 떠올랐다. 예전엔 남들이 나를 어떻게 생각할지 신경 쓰지 않았지만, 올해 들어 혼자 사는 세상이 아니니 신경 써야겠다고 생각했다고 말했다. 내 모습이 궁금해 거울을 집었는데 막상 쳐다보니 준비 없이 나온 게 미안하다고 했다. 미선은 차분하게 솔직하게 말해줘서 고맙지만, 지금의 편안한 모습도 나쁘지 않다고 말했다. 나는 기분이 좋아져 나이도 같은데 편하게 말하자고 했다. 미선도 미소를 지으며 동의했다. 대화가 끊기자 조금 어색했지만, 마침 주문한 커피가 나왔다. 진한 향이 느껴졌다. 미선은 커피를 한 모금 하고 말했다.

　"보통 향이 좋으면 맛이 별로인데 이 집은 둘 다 좋아. 커피 좋아하니?"

잔을 들어 커피를 마셨다. 달콤쌉쌀한 맛과 부드러운 크림이 느껴졌다. 평상시 먹던 자판기의 강렬한 맛은 아니었다. 난 맛은 잘 구별이 안 되어서 달달한 자판기 커피가 좋다고 했다. 아까도 괜히 첫 만남부터 술꾼으로 오해할까 참았지만, 맥주가 더 당겼다고 했다. 미선은 다시 커피를 마시며 말했다.

"커피나 술이나 기호식품이니 차별할 생각은 없어. 감당할 수 없이 술을 마시지만 않으면 되잖아. 다음부터는 원하는 거 시켜 먹어. 예수님도 포도주를 즐기셨는데 뭘."

내가 교회에 다니냐고 묻자, 미선은 성당에 다닌다고 대답했다. 천주교는 개인의 자유와 문화를 존중하니까 음주 흡연, 심지어 제사에 대해서도 관대하다고 설명했다. 미선이는 대화가 끊기면 몇 가지 가벼운 화제를 꺼낼 뿐이었다. 주도적으로 말하기보다 맞장구치길 좋아했다. 수연의 강단에 질렸던 나는 미선의 편안함이 좋았다. 토요일 두 시에 사당역에 있는 스페이스 커피숍에서 만나자는 약속을 잡았다.

주말에 평소보다 일찍 일어나 목욕탕에도 다녀오고 머리도 자르고 옷도 골랐다. 워낙 옷이 없었지만, 그중에 깨끗하고 점잖은 것을 찾아 입었다. 집 앞 분식집에서 아침 겸 점심을 해결하고 수원역에 나가는 버스를 탔다. 지하철은 갈아타야 해서 사당역 가는 버스에 올랐다. 사당역에 내리자, 길거리에 넘쳐나는 사람들이 서울임을 알려주었다. 천천히 왔는데도 약속 시각보다 일찍 도착했다. 커피숍은 넓고 시원하고 조용했다.

직원이 혼자 온 것을 눈치 채고 물과 메뉴판을 놓고 돌아갔다. 나는 천천히 메뉴판을 들여다보았다. 커피 한 잔이 소주 한 병보다 비쌌다. 역시 술집에서 보는 게 낫겠다고 생각했다. 시간이 흘러 만나기로 한 두 시가 지나도 미선은 오지 않았다. 한 시간이 더 지나자, 좀이 쑤시고 화가 났다. 첫 만남에서 경황없이 헤어졌으니 다시 안 만나고 싶을 수도 있었다. 집에 갈까 망설이다 아침부터 부산을 떨고 노력한 게 아까워 조금 더 기다렸다.

사실 토요일 오후라 별로 할 일도 없었다. 커피숍에서는 유행하는 '서태지와 아이들'의 '하여가'가 흘러나오고 있었다. 나는 요즘 노래는 참 다르다고 느꼈다. 대부분 악기 소리는 목소리를 받쳐주는 용도로만 사용되었는데 오히려 몇몇 악기는 음악을 끌고 갔다. 그러고 보니 꼭 목소리만 노래의 주인일 필요는 없었다. 두 시간이 지날 무렵 미선이 급한 걸음으로 들어왔다.

"진오야. 많이 기다렸지? 늦어서 미안해."

나는 화가 풀리지 않아 시큰둥한 얼굴로 이제 막 일어나려던 참이었다고 했다. 온종일 기다리며 뭐 하나 팔아주질 못해 가게에 미안하다는 말도 덧붙였다. 미선이는 내가 마음이 상한 것을 눈치 챈 듯 우선 만났으니 갈 때 가더라도 차 한 잔 하며 숨 좀 돌리자고 말했다. 급하게 와서 목이 마른다며 아이스티 두 잔을 주문하고 사정을 설명했다.

나는 미선이 고명대 앞에 살고 있으니, 전철만 타면 금방이라고 생각했다. 그런데 미선은 토요일 아침 시간까지 쪼개서 경동시장에서 아르바이트하고 있었다. 미선의 말을 듣고 보니 여러 가지 이유로 두 시간이 늦긴 했지만, 약속을 지키기 위해 부랴부랴 찾아와 준 미선이 오히려 고마웠다. 기분이 조금 풀리는 찰나에 미선이 덧붙였다.

"이미 갔다고 생각했는데 지금까지 기다려 줘서 고마워. 사과하는 의미에서 오늘 저녁은 내가 살게."

그나마 있던 미움과 섭섭함이 순식간에 사라졌다. 이후로 우리는 자주 만났다. 만남이 많아지고 대화가 깊어질수록 서로의 가치관에 많은 차이를 발견했다.

하루는 중간지점인 영등포에서 만나기로 했다. 로마경양식에 점심 정식을 예약했다. 아침을 거르고 올라가 훌륭한 점심을 느긋하게 먹고 최근에 개봉한 '가을여행'을 본 후 저녁 겸 술자리를 갖자고 생각해 두었다. 하지만 미선은 또 약속에 늦었다. 전철로 오는데 왜 늦는지 화가 났다. 전철에서 내리는 미선에게 못마땅함을 감추지 못하고 앞장서서 걸었다. 문을 열고 들어가서 예약석에 앉았다. 마음이 바쁜데 그날따라 종업원의 행동이 느렸다. 시간이 부족하니 조금 빨랐으면 좋겠다고 말했다. 식사가 나왔지만, 영화 시간을 확인하자 후회가 밀려왔다. 음식을 아무리 빨리 먹어도 다음 메뉴는 시간에 맞춰 나왔다. 처음엔 조용히 먹던 미선이 말했다.

"내가 늦은 건 미안한데, 우선 편안하게 먹으면 안 될까?"

"마음에 여유가 없어서 그래. 아까 어렵더라도 메뉴를 바꿀 걸 그랬어."

"지금 와서 먹던 걸 무를 순 없잖아. 우선 맛있게 먹자."

"밥 먹고 영화를 봐야 하는데 아무래도 시간이 안 될 것 같아."

"못 보면 할 수 없지. 다음에 봐도 되고."

"다음에 또 언제 약속을 잡아. 영화를 안 보면 오늘 밥 먹고 술 먹는 게 데이트의 전부잖아."

"같이 행복하게 지내는 게 중요하지 뭘 하는 게 그렇게 중요해? 난 밥 먹고 집에 갈 테니 너 혼자 영화 보든 술 먹든 맘대로 해."

아차 싶었다. 영화를 포기하고 남는 시간에 한강을 산책했다. 가을 여행을 온 듯 맑은 하늘과 시원한 바람을 느꼈다. 결국 술자리에서 내가 죽일 놈이라고 말하고 백기를 들었다. 나는 행동에는 이유와 목적이 있어야 한다고 생각했다. 만남을 약속하고 무엇을 할지 정했으면 웬만하면 거기에 맞춰 살아야 했다. 하지만 미선이는 감정과 느낌을 중요시했다. 한없이 느려질 때도 있고 정해진 일을 취소하는 것도 많았다. 하루하루 평온한 삶을 원했다. 나에겐 미선이 꿈꾸는 그런 삶 자체가 무지개 넘어 세상처럼 느껴졌다.

주기적으로 후배들을 만나는 게 좋을 것 같아 나와 성진은 9월 말부터 금요일 오후면 송악에서 학습모임을 했다. 후배들은 세미나에 몇 번 잘 참석하는 듯하더니 10월에 들어서자 조금씩 빠지기 시작했다. 그날도 교양수업이 있었다. 강사는 가을과 잘 어울리는 밝은 단풍색 카디건을 입고 있었다.

"생명은 '평형'이라는 불활성 상태로 빠르게 변하는 현상에서 벗어나 있습니다. 생명은 어떻게 그런 현상에서 벗어나 있을까요? 먹고 마시며 숨 쉬는 대사를 통해서입니다. 진화도 정보량으로 설명할 수 있습니다. 최초의 유기체인 단세포생물은 먹이활동을 통해 군체의 규모가 커져도 같은 종의 불확정성만 변화합니다. 반면 변이를 일으켜 구별되는 생물종이 살아남는다면 변화가 커집니다. 유기체는 다세포 생물이 되고 감각의 발달과 함께 물질과 에너지, 정보를 느끼고 평가

하는 인식자로 발전합니다."

사람들은 왜 모든 걸 설명하려 할까 궁금해졌다. 태어났으니 살면 되는 거 아닌가? 이렇게 공부에 흥미가 없는 내가 후배들을 교육하러 올라가는 것도 웃겼다. 학습에 진화가 필요한 시점이었다. 오후에 과방에서 내내 기다렸지만, 중간고사 때문인지 비가 내려선지 아무도 오지 않아 성진과 멍하니 앉아 있었다.

그냥 내려가기 뭐해서 미선이와 종로에서 만났다. 종로에는 싸고 다양한 술집이 많았다. 가을비가 부슬부슬 내리고 있었고 우리는 저녁도 먹을 겸 술집을 찾았다. 우리는 소시지볶음에 소주를 시켰다. 나는 낮에 있었던 일이 생각나, 선배들이 가르치겠다고 찾아왔는데 약속해 놓고 안 나오는 건 무슨 경우냐며 투덜거렸다. 성진이 한숨을 쉬며 말했다.

"그러게. 후배들 보면 참 한심해. 요즘 애들은 도대체 뭘 중심으로 사는지도 모르겠고, 일정도 못 챙겨. 이유를 물으면 변명하기 바쁘고."

안주와 소주가 나왔다. 난 소주를 마시며 사람이면 언제나 추구하는 걸 명확히 해야 하며 목적을 위해 하루를 효과적으로 살려고 노력해야 한다고 말했다. 한참을 듣고 있던 미선이 조금 에둘러 대답했다.

"글쎄 난 대학교 일학년이 벌써 전쟁하듯 명확하게 하루를 살아야 할 것 같지는 않은데. 나도 무엇인가 정해 놓고 그것만을 위해 소중한 하루를 허비하고 싶지 않아. 오히려 나는 오늘 하루를 행복하게 살고 싶어."

그리곤 잠시 다녀온다며 화장실에 갔다. 나는 술잔을 기울이며 이해도 못하는 애한테 무슨 말을 한 거냐고 투덜거렸다. 성진이 대답했다.

　"쓸데없는 기대는 버리는 게 속 편하지. 야 나도 물 좀 버리고 올게."

　소시지 하나를 집어 먹는데 앞 테이블에서 다투는 목소리가 들렸다.

　"아르바이트생 예쁘지 않냐? 끝나고 만나자고 해볼까?"

　"그렇지 않아도 맘에 들어서 아까 화장실 다녀오며 전화번호 좀 받을 수 있냐고 했는데 콧방귀도 안 뀌더라."

　"그래? 그러니까 더 시도해보고 싶은데. 이따 가게 문 닫을 때까지 기다려봐야겠네."

　"너는 애인 있잖아. 오늘은 내가 시도할 테니까 넌 가만히 있어. 전화번호는 주지 않았지만, 싫은 눈치는 아니었거든."

　"다다익선도 몰라? 넌 번번이 까이면서 아직도 정신을 못 차리네. 이미 물어봤다면 김빠진 거야. 연애는 적선하는 게 아니야. 백날을 기다려 봐라. 감이 떨어지나."

　떡 줄 사람은 생각도 안 하는데 자기들끼리 잘 놀았다. 수컷들은 나이가 들면 저렇게 성장하는 것 같았다. 돌이켜보면 나도 별반 다르지 않았다. 후배들과 별 차이도 나지 않는데 인생관이 부족하다고 지적하는 것도 우스웠다. 그 순간 소시지 안주가 올라온 듯 코가 시큼해졌다.

　주위가 어두워졌다. 그녀가 내 옆에 앉았다. 쳐다보려 했지만, 눈이 감겼다. 부드러운 손길이 얼굴을 감싸더니 따뜻해졌다. 온몸에 힘이 풀렸다. 나팔소리가 들렸다. 온몸이 초록의 곰팡이로 변했다. 곰팡이가 날려 생명들을 괴롭게 했다.

색욕의 의미를 일깨우고 이를 사랑으로 정화하도록 사리엘이 노래했다. 노래가 끝나고 사리엘이 말했다.

"합리성은 사람을 편협한 관점에서 벗어나게 한다. 사람이 기초적인 자기 이익을 추구하는 능력과 소통하는 능력을 갖추고 나면 합리성은 점점 더 많은 사람의 이해를 존중하는 방향으로 확장된다. 과거의 추론에서 결함을 알아차리고 그것을 현재에 맞게 개선하는 것도 늘 합리성의 몫이다. 합리성은 평화와 조화로 가는 길을 만들 수도 있고, 전쟁과 고통의 길을 만들 수도 있다. 평화와 조화로 가는 길을 만들려면, 합리성을 발휘하는 사람이 충분한 사랑이 있어야 한다. 자신의 안녕을 염려해야 하며 죽음보다 삶을, 불구보다 온전한 몸을, 고통보다 편안한 삶을 선호해야 한다. 또한 자신의 안녕을 침해할 수 있는 다른 행위자들과 한 공동체에 속해 있고, 서로가 메시지를 교환하며 각자의 생각을 이해할 수 있어야 한다. 개인을 넘어서는 더 높은 문명이나 종교가 필요한 이유이다."

기숙사에서의 기억이 되살아났다.

기숙사

진오는 종교를 그만둔 후 그동안의 시간을 보상받으려는 듯 열심히 공부했다. 고등학교 2학년을 마칠 때쯤 전체 학생 중에서 4년제

대학을 갈 수 있는 상위 삼십 퍼센트의 학생들만을 기숙사에 모아 스파르타식으로 교육했다. 다행히 진오는 벼락치기에 강했고, 커트라인에 걸렸다. 그렇게 125명과 함께 겨울방학을 시작했다. 입사하는 첫날 사감 교사가 말했다.

"전교생 518명 중에서 너희만 4년제 대학을 갈 수 있는 자원으로 뽑혔다. 기숙사에 들어온 걸 영광으로 생각해라. 기숙사 생활은 더 좋은 대학을 가기 위한 공부와 성적향상이 목적이다. 모두가 열외 없이 아침 6시에 기상하고 30분간 운동하며 7시부터 아침 식사를 한다. 수업 들어가기 전까지 자율학습을 하고 수업이 끝나면 특별 보충 수업을 한다. 밤 10시까지는 자율학습하고 이후에는 알아서 한다."

기숙사는 감옥과 같은 생활이어서 꼼짝 못 하고 공부만 해야 했다. 진오가 모든 아이의 생각과 행동, 그리고 생활 등을 관찰할 수 있다는 장점도 있었다. 수업이 끝나면 헤어지는 학교생활과 달리 다 커버린 수컷들이 종일 같은 공간에 있어야 했다. 기숙사는 인간의 모든 욕구가 날것으로 발휘돼 용광로처럼 들끓었다. 개인차가 있었지만, 각자가 스트레스를 해소하기 위해 식탐이나 분노, 탐욕 등을 여과 없이 드러냈다. 물론 그것이 개인적인 일탈이나 집단적인 항명으로 비치면 여지없는 얼차려가 주어졌다.

그곳에는 숙식을 함께 하며 생활을 지도하는 사감 교사와 함께 주요 과목 교사들이 있었는데 영어 교사가 가장 무서웠다. 매일 정해진 단어를 외우고 시험을 봐서 틀린 숫자대로 매를 맞았다.

"너희들은 기숙사에 놀러 들어온 게 아니다. 원칙은 단순하다. 잘 하면 놀고 쉴 수 있고 못 하면 체벌을 받는다. 맞기 싫으면 더 열심히 해라."

경쟁을 강화하는 무척 단순하고 명쾌한 논리였다. 점심 먹기 전 자율학습 시간이라고 해봐야 두 시간 남짓인데 그 시간에 한 페이지 단어를 모두 외운다는 것은 힘든 일이라 진오를 포함한 대부분이 매를 맞았다. 매를 맞지 않은 몇몇은 그들을 무시했다. 심한 스트레스를 느끼고 있을 때 진오는 기숙사에서 국민학교 동창인 선우를 만났다. 어렸을 적 못되게 굴고 여자애들을 괴롭혔지만, 워낙 오랜만에 보는 동창이라 거부감보다 반가움이 컸다. 선우도 진오가 반가운 듯했다. 그들은 열등감과 그로 인한 아픔을 공유하며 친하게 됐다. 고향 친구인 현석이도 함께였다.

그들은 2교시가 끝나면 같이 매점에 갔고 점심때가 되면 농구를 즐기며 이 어려움을 함께 이겨내자고 다짐했다. 한 달에 두 번씩 있는 모의고사에서도 주요 과목에 대해 서로가 내용을 확인해 주고 문제를 냈으며 오답을 확인했다. 그럴 때면 방을 바꿔서 밤새워 공부하다 한 침대에서 놀다 잠이 들었다. 한번은 현석이 모의고사를 망쳤다고 힘들어했다.

선우가 즉석에서 오늘은 기분도 우울한데 그냥 하루 놀자고 제안했다. 오늘 수학 선생이 당직인데 저번에 보니까 귀찮았는지 점호가 없었다고 했다. 어차피 두 시간 손해 보는 건데 만일 안 걸리면 다른 녀석들이 부러워서 공부가 안 될 거라고 했다.

극구 안 된다는 현석이를 억지로 끌고서 셋은 저녁을 일찍 먹고 몰래 학교를 빠져나왔다. 버스를 타고 제법 큰 만화방으로 향했다. 한참 만화를 보고 자율학습이 끝날 때쯤 무협지를 빌려서 돌아왔다.

학교 뒷문 쪽에 무협지를 숨겨 놓고 기숙사로 돌아왔는데 수학교사가 찾았다. 없어진 걸 들킨 것이다.

　한밤중에 운동장에서 구보와 몽둥이찜질을 받았지만, 우정은 더욱 깊어졌다. 그들은 힘든 파도를 넘어 한 명씩 앞서가기 시작했다. 일단 뒤로 쳐진 녀석은 철저하게 무시했다. 진오는 진각의 말처럼 공부만 하면 성적이 올랐다. 그렇게 몇 개월이 지나자 제일대를 지원할 수 있을 정도로 등수가 올랐지만, 주위엔 아무도 없었다. 아무리 성적이 올라도 만족하지 못하고 조급해하는 진오에게 선우와 현석도 상처받은 듯했다. 그들과도 멀어지자, 진오는 또다시 혼자였다.

　점심시간이면 혼자서 밥을 먹고 골대 하나를 독차지하고 농구했다. 성적향상에 대해 교사들에게 칭찬받았지만, 기쁘지 않았다. 모든 게 성적에 묻히긴 했지만, 진오는 히스테리적으로 행동했다. 어느 날 점심시간이 지나고 선우와 현석이 같이 있는 걸 봤다. 진오는 마침 오늘 모의고사를 망쳐서 가뜩이나 기분이 좋지 않아 위로받고 싶었다. 현석에게 다가가 말을 걸었다.

　"현석아, 잘 지내냐? 보면 아는 척 좀 해라."

　현석이는 표정이 조금 어둡다 싶더니 금세 얼굴을 펴며 말했다.

　"어, 나는 뭐 그럭저럭. 넌 어떠냐?"

　해맑게 웃으며 말하는 현석을 보고 굳었던 진오의 마음이 조금 풀렸다. 그 순간 선우가 끼어들었다.

　"야 이 새끼야. 느자구 없이 혼자만 잘살지 말어야. 너 저번에 또 올랐더라."

　그 순간 진오는 쌓였던 감정이 울컥하고 올라왔다. 오늘 기분도 더러운데 꼭 그렇게 말해야 했냐고 화를 내고 뛰어나갔다. 사이가 틀어진 며칠 후 진오는 싸우기 전날 우체부를 하시던 현석이의 아버지가 교통사고로 돌아가셨다는 말을 담임교사에게 들었다. 현석이 왜 표정이 안 좋았는지 이해하고 찾아가 울면서 사과했다. 진오의 정제되지 못한 시기심이 모두를 떠나게 한 것이었다. 파란 가을 하늘이 그날따라 유난히 높게 느껴졌다.

그날은 담청색 장갑을 낀 존재가 나타났다. 그 주변으로 시원한 영혼의 울림이 느껴졌다.

"친구의 천사 라구엘이다. 공명은 서로가 동등한 입장에서 간섭과 이해를 통해 이루어진다. 건강한 사람은 함께 할 대상이나 상황을 찾게 되고, 정보가 충족되지 못하면 염세적으로 변한다. 서로가 간섭할 수 없는 윗사람에 대한 반응은 두려움이고 아랫사람에 대한 반응은 자랑이다. 서로가 간섭하더라도 온전히 이해하지 못하면 질투와 시기가 된다. 항상 자애롭게 주변을 살피고 의로써 함께하라."

"너무 외롭고 힘들어라. 처음 기숙사에 들어왔을 때만 해도 뜻을 같이할 수 있는 친구들이 있었는데 뜻한 바를 이뤄 갈수록 더 외롭당께요."

"함께 하고 싶으냐? 시기는 폭력의 재료다. 낮은 단계를 지향하는 욕심은 분열로 이어지니 벗들과 의로움으로 우정을 쌓아 영혼에서 추구할 수 있는 가치를 함께 하라. 너희가 의롭게 함께할 때 그 끝에서 너희의 영혼이 보상받을 것이며 주가 함께할 것이다."

정신을 차리자, 탁자가 깨끗하게 치워져 있었다. 눈앞에 미선과 성진이 물컵을 앞에 두고 걱정되는 듯 지켜보고 있었다. 고등학교 때부터 난 항상 친구들에게 민폐만 끼쳤다. 미안한 마음에 고개를 숙이자 미선이 물었다.

　"괜찮아? 화장실에 다녀오니 탁자에 엎드려 있어서 사람들을 부를지 고민했어."

　성진이도 물었다.

　"방학 때 쉬어서 몸이 좋아진 줄 알았더니 너 아직도 그러냐? 잠꼬대도 하는 것 같고 숨 쉬는 것도 그렇고, 큰 문제는 없어 보여서 어질러진 것 좀 치우고 기다리고 있었어."

　미선이가 수습하듯 말했다.

　"여기 냉수 가져다 놓았으니 좀 마시면 정신이 맑아질 거야."

　목이 말랐던 나는 고맙다며 냉수를 급하게 마셨다. 사실 대학에 들어오고 나서 가끔 멍하게 쳐다보거나 정신을 잃어서 병원에 가볼까 고민이라고 대답했다. 미선이가 걱정하며 말했다.

　"혼자 살고부터 그렇구나. 우선 주기적으로 운동도 하고 몸 관리에 신경 써봐. 건강한 몸에 건강한 마음이라는 이야기도 있잖아. 아까 말한 대로 목적에 대해 너무 스트레스 받지 말고. 난 잘 모르겠지만 지금의 네가 알고 판단하는 것이 세상 전부가 아닐 수도 있잖아."

　미선이의 말처럼 단순한 건강 문제일 뿐 고등학교 때의 저주가 원인이 아닐 수도 있었다. 정신을 잃었을 때 기억을 곰곰이 떠올렸다. 악마들을 만났던 기억은 무엇인가 부자연스러웠다. 사실 나의 어린 시절은 자연스럽게 욕심을 키울 수 있는 조건은 아니었고 그 당시 건강이 좋지 않아서 몸도 그걸 기억하고 있다가 재발하는 것일 수 있었다.

이후로 나는 주말이면 미선이를 만나러 올라갔다. 나는 미선이의 가벼움과 편안함이 좋았다. 데이트는 주로 전철역 주변을 걷거나 서점과 오락실 등에서 시간을 보내다 밥을 먹고 내려왔다. 미선이는 내가 가르쳐준 테트리스의 엔딩을 보았다. 바실리 성당의 축포와 러시아 민요가 울렸다. 나는 그날 미선이와 사귀자고 말하고 첫 키스를 했다. 입술의 달콤함이 나의 굳은 마음을 녹여냈다. 미선이는 내 삶의 암초들을 없애줄 수 있을 것 같았다.

12월에 들어서자, 아침저녁으로 쌀쌀해졌다. 다음날까지 과제 안내면 과락이라고 해서 늦게까지 리포트를 썼다. 자취방에 가기 귀찮아서 현석이 쓰고 있는 기숙사 방으로 갔다. 기숙사는 2학기에는 많이 비었다. 현석은 2인실을 혼자 쓰고 있었다. 기숙사는 수목원 사이에 있었다. 새벽기도를 마친 현석이 산책하러 가자며 깨웠다. 졸린 눈을 비비며 수목원으로 따라나섰다. 고요한 숲속에 새 소리가 가득했다. 바람이 불자 나무들이 몸을 흔들며 마른 잎을 털어냈다.

현석이는 예수님처럼 기회가 되면 세상과 사람들을 위해 희생하는 삶을 살고 싶다고 말했다. 조금 있으니, 새벽이 밝아 오며 환하게 빛났다. 가득한 생명이 불꽃처럼 느껴졌다. 기숙사 식당에 갔다. 나는 친구들이 두고 간 남아도는 식권으로 공짜 밥을 먹었다. 나는 현석에게 애먼 세상보다 눈앞의 친구를 위하는 삶을 살라고 말했다. 내가 매번 서울로 와주는 것이 고마웠던지 미선이 수원으로 내려오기로 한 날이었다. 현석에게 수업 끝나고 같이 보자고 했다.

나는 금요일 오전 수업이 끝나고 수원역으로 마중을 나갔다. 미선이와 가벼운 점심을 먹은 후 버스를 타고 학교 정문에서 내렸다. 오후 수업을 마친 현석이 기다리고 있었다. 우린 백 년이 넘는 크고 오래된 나무를 구경하며 천천히 학교 후문까지 걸어갔다.

학교 후문 밖에는 과수원이 있었다. 원두막에서는 철에 따라 과일이나 과일주를 팔고 있었다. 철 지난 과수원을 둘러보며 들어가는데 강아지와 고양이가 많이 보였다. 자리를 잡고 포도 소주를 시켰다. 주인아주머니가 술을 가져왔다.

"못 보던 학생들인데 여기 처음이지? 요즘은 다들 선남선녀 같네. 두 사람은 애인 같은데. 우리 집 원두막이 인연이 맺어지는 명당이라 여기서 커플이 많이 이뤄졌어. 지금도 그 인연으로 찾아오는 사람들이 있지. 천천히 놀다 가요."

말을 마치며 기본 안주에 포도 소주를 내려놓았는데 포도 소주가 담긴 술병이 과수원에서 뛰어노는 고양이와 비슷했다. 미선이는 궁금증을 참지 못하고 물었다.

"술병이 너무 예뻐요. 이런 술병은 어디에서 팔아요?"

"호호. 칭찬해 주니 기분이 좋네요. 포도 소주는 이번 여름에 내가 직접 담갔고 술병은 아는 지인이 만들어 줬어요."

여느 술집들과 다른 걸 느낀 듯 현석이가 물었다.

"들어오면서 보니까 강아지와 고양이가 무척 많던데, 모두 아주머니가 키우시는 건가요?"

"젊은 친구가 유심히도 보았구먼. 수원에서는 이쪽이 시골이 돼놔서 버려지는 동물들이 많아요. 처음에는 우리 부부가 아이도 없고 적적하기도 해서 유기동물들을 거두어 길렀는데, 하나둘 늘어 수가 많아졌지."

나는 사룟값이 엄청날 건데 어떻게 감당하시냐고 물었다. 아주머니 입가에 미소가 떠올랐다.

"우리도 감당할 수 있을까 걱정을 많이 했는데. 다행히 포도를 내다 팔지 않아도 될 만큼 손님들이 많이 찾아와요. 감당할 수 없는 부분은 동물병원에서 동물 애호 단체를 연결해 줘서 유지할 수 있고요. 사실 술병도 그 단체 회원이 만들어 보내준 거라오."

이해된다는 듯 미선이는 끄덕이며 말했다.

"그렇군요. 아주머니가 생명을 사랑하시니 동물들도 따라 하는 것 같아요. 별로 짖지도 않고 순해요."

현석이는 지나가던 고양이를 보며 말했다.

"따지고 보면 다 소중한 생명인데 사람의 이기심으로 고통받는 것 같아요. 태어난 생명이 언제 죽을지는 모르지만 살아 있는 동안에는 같이 어울려 잘 살았으면 좋겠어요."

나는 인생 달관한 듯한 현석이의 말투가 마음에 들지 않았다. 다른 손님이 들어오는 소리가 들리자, 아주머니도 서둘러 정리했다.

"에구, 아무튼, 맛있게들 먹고 가요."

자리도 편안했고, 가끔 아주머니의 변죽도 있어서 유쾌하게 마셨다. 해 질 무렵 자리를 정리했다. 현석이는 교회 모임이 있어 먼저 가고, 미선이와 자리를 옮겨 수원역 인근에서 밥을 먹었다.

많은 이야기를 들었다. 아버지가 일찍 돌아가신 미선이는 학기 초마다 반복되는 가정환경 조사에 관해 이야기했다. 학생의 인권에 대한 인식이 없어 사생활이 까발려지고, 모두의 불쌍한 시선을 받고 자라야 했다. 준석이도 그래서 식탐이 많아졌다고 했다. 형태는 다르지만, 본질은 나와 크게 다르지 않은 인생의 질곡을 느꼈다. 워낙 오랫동안 먹기도 했지만, 술을 섞어 마셔서 그런지 미선이는 몸을 가누지 못했고 숙소를 잡아야 했다. 수원역이 보이는 도로에는 수많은 간판과 밝은 불빛들이 어지러웠고 그 뒷골목에 한적한 여관이 자리를 잡고 있었다. 미선이를 데리고 깨끗해 보이는 여관으로 들어가 방을 구했다.

미선이를 침대에 눕히고 의자에 앉아 물을 마셨다. 수원에 내려온 후 찬영 선배가 군대 가는 동기에게 술을 사주고 아카데미 극장 인근에서 총각 딱지를 떼 주던 일이 생각났다. 술이 거나하면 찬영 선배가 군대 가는 동기의 총각 여부를 물었다. 아직 여자 경험이 없다고 대답하면 군대 가서 총각으로 죽으면 억울하다고 돈을 모았다. 모은 돈을 가지고 기찻길 위 고가도로를 지나 수원역의 유난히 붉은색 불이 밝혀진 집으로 가 군대 갈 녀석을 들여보냈다. 나는 그렇게 첫 경험을 구차하게 당하고 싶지 않았다.

양치하고 미선이의 옆에 누웠다. 불을 끌지 고민했지만, 어둠 속에서 일을 치를 자신이 없었다. 머리카락을 한쪽으로 치우고 키스했으나 미선이의 반응이 없었다. 딱딱한 이빨이 느껴져 당황스러웠다. 셔츠를 벗기자, 브래지어 사이에 가슴이 드러났다. 자연스럽게 성욕이 생겨 가슴을 만졌다. 부드럽고 따뜻했지만, 반응은 없었다. 용기를 내어 옷을 벗었다. 딱딱해진 물건이 보였다. 바지를 내리고 팬티를 벗겨야 하는데 미선이의 다리가 퍼지지 않았다.

한참 힘을 주다 술에 취해 의식을 잃은 미선이가 보였다. 얼굴이 너무 밝아 술이 확 깼다. 이건 사랑이 아니다 싶었다. 여기서 욕심을 채우는 데 만족한다면 더 발전은 없을 것이다. 그 순간 어디선가 은은한 국화 향이 느껴졌다. 그녀와 함께했던 많은 시간과 멀리 있는 나를 위해 두 시간 넘게 전철을 타고 와준 것이 떠올랐다. 추억들이 나의 마음을 환하게 했다. 나는 옷을 입고 불을 끈 후, 미선의 옆에 누워 잠들었다. 고등학교 졸업할 때의 꿈을 꾸었다.

졸업

성적은 계속 올라가 제일대에 지원했다. 진오는 학력고사를 치른 다음 날 허탈한 마음에 집에 돌아와 오랫동안 뒤척이다 밤이 늦어서야 잠이 들었다.

새벽녘 꿈에 천사가 나타났다.

"하늘의 천사가 왜 자꾸 보인다요? 참말로 죽어 천국에 갈 때가 됐을까라?"

"천국은 주가 영광을 드러내고자 창조한 세상의 조화가 울려 퍼지는 곳으로 천국이 아닌 곳이 없도다. 너는 죽지 않았으나 천국에 있도다."

"옛날에 일곱 악마가 이곳은 고통 속에 헤매는 지옥이라고 했당께요? 내가 고통 속에 태어나 늙어가며 병들고 이별해분다고요. 죽는 순간까지 고통받아 나의 영혼을 단련해야 쓴다고 했어라."

"고통은 상처나 아픔을 겪는 과정에서 느끼는 것이 아니라 상처나 아픔을 치유하는 과정에서 느끼는 것이다. 상처는 일시적이나 고통의 과정에 네가 받은 상처를 치유하는 주의 은총이 있음에 기뻐하고 감사하라. 이러한 기쁨과 감사가 넘치면 이곳이 곧 천국이 될 것이라."

"그렇다면 악마와 천사들이 왜 나한테 자꾸 나타나까요?"

"악마와 천사는 주가 창조한 온전한 영이었으나 너희를 기르고 이끌기 위해 나누어진 것이다. 지금까지 너는 악마들을 통해 주의 일곱 시험을 이해했고 우리를 만남으로 그 힘들을 끌고 가야 할 지경육덕(祗敬六德)을 발견하였다. 육덕중 '지'는 슬기롭고 지혜로움이다. 너는 분노의 결과를 예측함으로써 조절할 수 있게 되었다. '인'은 어질고 인자함이다. 너는 자비함과 반성함으로 식욕에 대해 너그러워질 수 있었다. '화'는 화목하고 온화함이다. 너는 불안에 의한 탐욕을 불태워 세상을 화목하게 할 수 있었다. 지경의 '경'은 공경하고 감사하는 것이다. 너는 존중을 통해 교만에 경종을 울렸다. '성'은 이치를 깨닫는 것이다. 성욕의 근원은 교류에 있으므로 함께 할 때 달성될 수 있다. '충'은 마음속에서 우러나온 참된 뜻으로 너는 성실함 속에 게으름을 이겨내었다. '의'는 바르고 선량하게 벗들과 의로움으로 우정을 쌓는 것을 뜻한다."

"당신들이 찾아와 줘서 어렸을 때 느꼈던 욕심의 방향을 깨달을 수 있게 해줘서 고마워요. 그럼 이제 모든 욕구의 방향을 발견했으니 다 끝났어라?"

"욕심이란 주가 우리에게 심어 놓은 자연스러운 것으로 그 발현되는 시기나 크기는 날씨와 같이 변덕스러운 것이다. 우리를 만남으로 이해한 욕심의 방향도 네가 욕심을 어떻게 받아들였느냐에 따라 달라질 수 있다. 반면 영혼의 열매로 얻은 가치는 시대와 상황이 바뀌더라도 지속될 수 있다. 이제 너는 영이 채워졌으니, 세상에 나아가 실체의 발전을 방해하는 인간의 욕심을 바탕으로 발생할 수 있는 문제를 발견하고 이를 해결할 수 있는 영혼의 열매를 맺어야 한다. 이제 우리가 너의 기억을 희미하게 할 것이며 엮어낼 준비가 되었을 때 깨닫게 할 것이다. 너는 우리를 부정할 것이고, 다시 네 안에 있는 우리를 발견하며, 해결할 수 없는 모순 속에 우리를 인정할 것이다. 그 이후에 주가 네 안에 예비한 음성을 들으며 너의 소명을 발견할 것이다. 주가 너를 천국으로 인도하시리라.”

다음날 잠에서 깬 미선을 서울까지 데려다주었다. 나는 사랑이 깊어지면 언젠가 이루어질 것으로 생각했다. 우린 그 겨울을 지나며 충분히 가까워졌지만, 인생은 기대한 대로만 흘러가진 않았다.

겨울방학이 지나고 새 학기가 됐다. 선후배 몇 명은 군대에 갔고 몇 명은 복학했다. 나도 군대에 가야 하나 고민했지만 이대로가 좋았다. 첫 주는 수강 신청 변경 기간이어서 들어가 봐야 큰 의미가 없었다. 학과 행사를 준비하느라 과방에 앉아 있는데, 토질역학 수업에 들어갔다 오며 성진이가 툴툴거렸다.

“앞으론 사전에 상의하지 않고 데모한다고 빠지면 다 결석이래.”

나는 시큰둥하게 항상 말만 그렇게 하신다며, 또 상황이 발생해서 다 같이 말씀드리면 빼주실 거라고 대답했다. 성진이가 한숨을 쉬며 말했다.

"작년까진 저학년이니 수업에 빠지는 걸 봐줬지만 내년에 기사 시험도 봐야 하니 공부하자고 말씀하셨어. 군대 다녀온 형들은 진지하게 대답하던데."

야속했지만 학생은 본분이 공부인 걸 인정해야 했다. 나도 3학년이 되었으니 다음 주부터는 빠지지 말아야겠다고 다짐했지만, 당장은 한가한 일과시간과 반가운 술자리가 이어졌다. 1학년은 노느라고 2학년은 학생회로 미뤄두었지만, 3학년이 되자 군대가 마음에 걸렸다. 내가 공부 안 한다는 걸 모르시는 부모님은 대체복무를 권하셨다. 졸업하고 갈지 중간에 휴학할지 결정해야 했다. 마음에 짐이 생기자, 전공수업이 재미있어졌다.

중간고사를 마칠 때쯤 잠깐 짬이 나서 과방에 있었다. 지난밤 꿈이 이상했다. 함성과 방패 소리가 엉켜 있었다. 먹구름이 몰려오고 피가 흘렀다. 하얀 연기가 피어올랐다. 이해하기 어려웠고 연결도 쉽지 않았다. 그때 준석이가 교양수업에서 교재로 쓰는 책을 한 권 들고 왔다. 용어가 생소해서 아무 생각 없이 조금 보자며 받아서 펼쳐보았다.

'미래세대는 유전적으로 보수적이어야 한다. 장애를 일으키는 결함을 치료하는 것 외의 유전적 변화를 거부해야 한다. 한정되고 부족한 육체를 극복하는 과정에서 겪는 정신 발달과 육체적 필요로 형성되는 감정을 보존하기 위해서이다. 마치 신이나 된 것처럼 유전적 본성을 포기한다면, 진보라는 이름 아래 도덕, 예술, 가치를 버린다면 우리는 아무것도 아닌 존재가 될 것이다.'

나는 괜히 시비를 걸었다.

"야, 너 또 이런 수업에 예쁜 여자들 많이 들어온다고 수강 신청한 거지? 생각 좀 하고 살아. 이 책 대로면 그냥 원시시대로 살자는 거냐? 기술이 발달하면 편하게 살아야 하고, 문명이 발달하면 잘못 알고 있던 우상을 몰아내고 합리적으로 사는 게 당연한 거 아니냐? 발달한 기술에 맞춰 몸을 바꾸든 영혼을 바꾸든 하면 되지 왜 살던 대로만 하려고 해."

준석이는 아침부터 자기한테 왜 그러는지 모르겠다는 표정으로 나를 바라보았다. 사실 나도 반가운 후배에게 뜬금없이 시비 거는 것에 가까웠다. 한동안 모습을 보지 못했던 찬영 선배가 들어왔다. 무엇인가 부산하고 흥분해 있었다.

"반갑다. 다들 잘 지냈어? 진오는 더 건강해진 것 같네. 이제 중간고사도 끝났으니, 우리도 슬슬 움직여야지. 오늘 데모가 계획돼 있는데 같이 준비하자."

나는 갑작스러운 시위 결정에 무슨 일이냐며 교수님이 이번 학기부터는 사전에 말하지 않으면 빼주지 않는다고 짜증을 냈다. 찬영 선배가 대답했다.

"어제 국회에서 기습적인 날치기가 있었잖아. 그것에 항의해 전국의 모든 대학교가 데모하고 더 나아가 동맹휴업까지 발전시키자고 결의했어."

나는 어이가 없었다. 어차피 법은 통과됐는데, 국회에서 막지 못한 날치기를 데모해서 어쩌자는 거냐며 따졌다. 찬영 선배는 조금 의아하다는 듯이 쳐다보며 말했다.

"한국대학생총학생회연합에서 결의한 사항이니 따라줘야지. 연대가 흐트러지는 순간 학생운동은 사상누각이야. 우리가 하는 일은 작은 일이지만, 전국의 학생운동을 막으려면 경찰도 분명 구멍이 생길 거야. 저번에 전투경찰들한테 당한 것도 갚아줘야지.”

가만히 듣고 있던 준석이가 끼어들었다.

“끝나면 삼겹살 먹는 건가요?”

찬영 선배가 조금 안심한 듯 대답했다.

“그럼, 학생회비는 이럴 때 쓰라고 걷는 거잖아. 희생했으면 보상도 있어야지. 걱정하지 말고 오늘 열심히 하면 내가 마음껏 먹게 해줄게.”

나는 먹는 것만 밝히는 준석이가 못마땅해서 화를 냈다.

“넌 대학을 먹으러 다녀? 뭐 말만 하면 먹는 거 타령이야. 한 번 데모 준비하는 게 얼마나 어렵고 위험한 줄 알아? 잘못하면 몇 사람 인생이 어긋나는 일이야.”

분위기를 바꿔보려 끼어들었던 준석이도 억울한 듯 쳐다봤다. 아까 읽었던 책 내용처럼 기계가 된 것 같아 찬영 선배에게도 따졌다.

“우리가 데모하는 건 사회를 변화시키기 위해 최소한의 노력을 하는 거잖아요. 전투경찰이 우리의 적도 아니고 그들과 싸우는 것이 무슨 의미가 있는지 모르겠어요.”

찬영 선배도 빨리 준비해야 하는 상황에서 계속 마음을 불편하게 하는 나에게 화를 냈다.

“오늘따라 왜 이렇게 말이 많아. 그렇게 하나하나 따져가며 어떻게 살아. 사회는 큰 흐름에서 최선을 다하는 거야. 신문에는 날치기 한 정당에 대한 비판도 있지만 이를 물리력으로 저지하려 한 정당에 대한 비난도 있어. 이렇게 대학생들이라도 시끄럽게 해야 무엇인가 잘 못됐다는 것을 알잖아. 전투경찰도 남들 군대 가는 거 대신 데모를 막으라고 충원한 건데 네가 왜 걱정해? 다들 전방 가서 뺑이칠 때 편하게 후방에서 학생들이나 상대하는데."

여전히 사회는 대학생의 객기가 필요했다. 나는 교수님께 사정을 말씀드렸다. 많이 혼났지만, 수업을 미뤄주셨다. 학생운동을 하다 복학한 형들과 함께 어린 학생들을 보호하기 위해 학생생활관 뒤편에서 벽돌을 깨고 사수대를 준비했다. 교양수업이 끝났는지 성진과 현석이 같이 들어왔다. 성진이 말했다.

"데모가 있다고 했더니 현석이 그동안 뒤로 빠져 있기만 해서 미안하고 지난 학기에 약속한 것도 있어서 도와주고 싶단다. 한 사람이 아쉬운 실정인데 다행이다 싶어 데려왔다. 후방 보급대 정도로 도와주면 되지 않을까 싶다."

성진이는 사수대 준비 상황을 둘러보고 보급대 역할을 설명했다. 나는 아직 데모에 대해 잘 모르는 현석이가 참여하는 것이 걱정됐다. 그렇다고 후배들에게만 시킬 수도 없었다.

데모는 집회와 시위로 이뤄진다. 집회는 학교 중앙도로 중간쯤에서 시위는 집회를 마친 후 학교 정문으로 향해 가다 수원역 쪽으로 진행했다. 깃발이 앞에 서고 풍물놀이패가 뒤를 받치며 학생들이 본대를 형성한다. 정상적인 집회 신청이 이뤄지면 학교 밖에서의 평화적인 시위를 보호하고 사고를 예방하기 위해 교통순경이 지원한다.

그러나 집회와 시위를 싫어하는 정권에서는 학생들이 진출하면 사회불안을 일으키고 교통을 혼잡하게 한다며 집회 신청을 반려했다.

학생들이 강행하면 불법 집회로 규정했다. 최루탄과 페퍼포그를 사용하여 집회를 해산하며 전경이라 불리는 전투경찰대를 투입하여 시위대를 진압했다. 학생들은 화염병과 돌멩이 등을 준비해 전경이 가까이 다가오지 못하게 저항했다.

보수 언론에서 화염병의 위험성 문제를 제기하자 89년도에 화염병 사용 등의 처벌에 관한 법률을 제정했다. 화염병을 던지는 사람의 사진을 찍거나 백골단이라 불리는 체포조를 투입해 화염병의 제조, 운반과 사용에 관여하는 학생들을 연행해 징역 또는 벌금을 물렸다.

위험을 무릅쓰고 나와 성진을 포함한 학생회 위원들은 손수건으로 얼굴을 가리고 쇠파이프와 화염병을 들어야 했다. 농대에서 정문까지 가는 주도로는 너무 넓어 웬만한 학생 수로는 다 채울 수가 없었다. 급하게 시위가 잡혀서 그날따라 학생도 적었고 사수대도 적었다. 나는 시위하는 본대를 보호하기 위해 쇠파이프를 들고 따라가고 있으면서도 잘못하면 학교로 들어오는 전경들을 막을 수 없겠다고 생각했다.

어느 정도 시간이 지나 전경들이 불어나는가 싶더니 이제는 준비가 되었는지 몇몇 부대가 해산을 위해 전진해 들어왔다. 한 손으로 돌을 던지다 안 되겠다 싶어 손짓했다. 현석이 화염병 박스를 가져와 놓고 갔다. 일렬로 서서 화염병을 꺼내 불을 붙이고 다가오는 전경을 향해 던졌다. 도로에 가득 불꽃이 일었다. 불과 함께 연기가 시야를 가려서 그 불이 다 꺼지기 전까지는 전경들이 쉽게 들어오지 못했다. 그렇게 긴장 속에 한숨 돌리고 있는데 뒤쪽에서 소란스럽게 준석이가 뛰어왔다.

"큰일 났어요. 현석 선배가 백골단에 잡혔어요."

본대가 적으니, 보급대가 노출되었다. 이들을 노리고 백골단이 옆문으로 진입한 것이었다. 나는 급하게 타격대를 꾸려 막 출발하려 하는데 찬영 선배가 가로막았다.

"대학별로 두 시간을 약속하고 데모를 시작했는데 지금 우리가 사라지면 본대는 해산할 수밖에 없어. 그리고 화염병을 운반하다 걸린 거면 1년 이하의 징역이고 초범이라 훈방조치 될 수도 있는데 우리는 던진 사람들이니 5년이고 무조건 구속이야."

같이 구출하려던 학생들의 눈빛이 흔들렸다. 사건은 벌어지기 전에는 막는 게 유리할 것 같지만, 막상 벌어지고 나면 또 그 상황에서의 이해득실을 따졌다. 나는 이대로 시간이 지나면 분위기가 굳어지겠다 싶었다.

"이렇게 하나둘 잃다 보면 이제 데모는 꿈도 꾸지 못할 거예요. 우리를 도와준 친구를 지키는 것은 중요합니다. 잡히더라도 갈 거예요."

나는 말을 쏟아내곤 쇠 파이프를 들고 뛰었다. 다행히 뒤에서 몇몇이 같이 뛰었다. 같이 가려는 성진의 팔을 찬영 선배가 붙잡았다. 성진은 멍하니 서 있었다. 도착해보니 하얀 헬멧, 하얀 운동화를 신고 복면에 눈만 내놓은 백골단이 짧은 진압봉으로 현석을 둘러싼 채로 패고 있었다. 몇몇은 방패로 막으며 가방에서 사과탄을 던지고 진압봉으로 학생들이 가까이 오지 못하게 했다. 완벽히 진압되면 옆문으로 데리고 나갈 것이다.

나는 쇠파이프를 휘두르며 달려들었다. 앞에 있던 대원이 방패로

막았지만, 대열이 어수선해졌다. 백골단이 어쩌지 못하고 마지막으로 현석의 머리에 화풀이를 한 후 담을 넘어 도망갔다. 백골단이 도망가는 걸 보고 넘어진 현석의 옆에 멈춰 안도하는 순간 뭔가 이상했다. 현석의 머리에서 피가 새어 나왔다. 바람이 불었고 민들레 홀씨가 날렸다. 나도 머리가 핑 돌며 그 옆에 쓰러졌다. 잠깐 학생들의 분주한 움직임이 느껴졌다. 어느새 구급차가 도착했다.

잠깐씩 정신이 들었다. 선선한 바람이 불고 햇살이 비췄다. 구급차의 사이렌 소리도 들렸다. 빵빵거리는 소리가 울리다 차선을 변경했다. 응급실로 들어가는 듯 부산한 움직임이 느껴졌다. 몇 가지 검사를 하는데 다시 정신을 잃었다. 주기적으로 삐삐거리는 기계음이 들렸다. 현석이 걱정되었다. 눈은 뜨지 못했지만, 조금 시끄러운 소리에 의식은 돌아와 있었다. 승호 선배가 걱정스러운 듯 말했다.

"찬영아, 내가 오늘 송악 회의 땜에 늦어서 잘 모르겠는데 어떻게 된 거야?"

"글쎄, 오늘 진오가 몸이 안 좋은지 짜증을 많이 부리더라고요. 억지로 설득해서 나가긴 했는데 상황이 좋지 않았어요. 사수대가 적어서 옆문을 지키는 자원도 없었고요. 현석이는 백골단에 잡혔어요. 저는 본대를 지켰는데 후배들 이야기론 현석이가 백골단에 둘러싸여 맞았대요. 지독한 놈들이 본보기로 현석이만 팬 것 같아요. 진오는 넘어진 현석이 옆에서 맥없이 쓰러졌고요."

"그랬구나. 아무도 붙잡히지 않은 건 다행인데 현석이와 진오가 무사히 깨어나면 좋겠는데 걱정이다."

찬영 선배가 한숨을 쉬며 진오에게 윽박지르고 데모했는데 막상 후배들이 쓰러지니 당황스럽다고 했다. 사회도 회사처럼 계획된 대로 움직이면 좋은데 내 생각대로만 끌고 갈 수가 없다는 것이다. 승호 선배는 아무리 상황이 안 좋아도 후배들이 반대할 때는 한 번 더 생각하고 동기화된 후에 행동해야 했는데 위에서 지시한 사항이라고 좀 급하게 추진되었다고 했다. 몇 가지 검사를 하더니 병실에 옮겨지며 다시 정신을 잃었다.

또 한참을 정신을 잃고 있었다. 미선이와 후배인 준석이 목소리가 들렸다.

"누나, 이런 일로 연락해서 미안해. 근데 말해줘야 할 것 같아서."

"그럼, 내 남자친군데 당연하지. 내가 그동안 신경을 못 쓴 것도 있고 자취 생활하며 먹는 것도 부실했을 거야."

준석이는 현석이 데모에 참석한 것과 함께 쓰러진 상황 등을 설명했다. 한참을 나에 대해 걱정하던 미선이와 준석이는 돌아가고 병실에 홀로 누워 있었다. 나는 하루빨리 쾌차해 미선이의 사랑에 호응하고 싶었다. 일곱 천사의 기억이 떠올랐다. 완전하지 않은 세상에서 사회문제를 제기하는 돌 하나를 던지기보다 문제를 최소화할 수 있는 사회와 제도를 찾고 싶어졌다. 더 좋은 사회를 위해 아픔을 위로하고 통합하는 데 이바지하고 싶었다. 그때 어디선가 목소리가 들렸다.

"진오야. 그동안 고마웠어. 난 이제 천국으로 가야 해. 많은 것을 경험하고 깨달으며 네 안에 열매를 맺었으면 해."

현석이었다. 불 꺼진 볏단 옆에서 흘리던 눈물, 짜증을 넉넉히 받아주던 웃음, 부흥회를 권유하던 절실함, 보급대를 하겠다고 나섰던 비장함이 스쳐 지나갔다. 현석을 구하지 못한 내가 원망스러웠다. 천국에 가서라도 현석에게 미안하다고 말하고 싶었다.

병상에서 내 몸이 떠올랐다. 병실에 누운 내가 보였다. 따뜻하고 밝았다. 한쪽에 하얀빛의 존재가 나타냈다. 어디에서 온 것 같기도 하고 원래 거기 있었던 것 같기도 하다. 머리에는 아름다운 관을 쓰고 있었고 오른손에는 칼을 왼손에는 푸른 꽃을 들고 있었다. 나에게 말했다.

"나는 네 안에 있는 주의 일부이며 은혜와 시험과 이끌어짐을 통해 발전한 합리성이니라. 나는 네가 기도할 때 깨어났으며 죽으려 할 때 너를 도왔고 방언할 때 성령의 모습으로 일깨워졌다."

그 말이 쉽게 이해되지 않았다. 합리성은 처음부터 나에게 있던 거 아니냐고 묻자, 대답이 돌아왔다.

"합리성은 사람을 편협한 관점에서 벗어나게 한다. 욕심과 마찬가지로 주께서 합리성의 씨앗을 너희에게 주셨다. 그러나 여러 가지 깨달음을 통해 이를 온전히 발견하고 가꾸지 못하면 온전한 합리성을 갖출 수 없다."

나는 방언할 때의 소명을 떠올렸다. 이러한 과정을 거치게 한 이유가 궁금해 물었다.

"당신이 필요할 때 향기와 갖가지 느낌으로 천사들을 만났던 기억을 일깨워주셨고 악마들을 만났던 기억 또한 되돌아보게 하셨군요. 분명 이유가 있을 것 같은데 주가 저에게 바라는 것이 무엇입니까? 가진 것이 별로 없어 드릴 재물도 부족하고 온전히 찬양할 믿음도 부족합니다."

"전능한 주에게 재물이 무슨 필요이며 자신조차 감동하지 못하는 찬양이 무슨 의미가 있겠느냐. 너희가 주께 바친다는 재물이나 찬양은 알고 보면 다 너희를 위한 것들이다. 주께서 바라시는 것은 온전히 우리에게 주신 씨앗을 잘 키워 건강한 영혼의 열매를 맺는 것이다."

"제가 어떻게 영혼의 열매를 맺을 수 있나요?"

"주는 인간에서 잘못된 것을 보고 이를 바로잡을 수 있는 길을 발견하고 단절과 다툼 속에서 그 해결책을 모색할 수 있는 지혜를 주셨느니라. 너는 네 안에 있는 일곱 능력과 지혜로 열매를 맺어갈 수 있다."

"제가 맺은 영혼의 열매가 무엇을 할 수 있나요?"

"이 모든 것이 주가 너에게 준 사명을 이루기 위함이니라. 문제를 최소화할 수 있는 사회를 만들고 싶다고 하였다. 주가 너희에게 수많은 시련을 주시고 천사를 보내어 이끄신 뜻은 이를 통해 너희가 낙원을 만들기 위해 노력해야 하는 사회임을 보여주기 위함이니라. 그 과정에서 너희의 영혼이 단련되리라. 이제 때가 되었으니 내가 천국과 지옥을 알려 주리라."

어디선가 천국의 노래가 들렸다.

우리의 사랑과 노력이 쌓일 수 있는 넉넉한 곳이 있었으면
행복을 되돌아볼 수 있는 변하지 않는 곳이 있었으면
아쉬웠던 인연들이 함께할 수 있는 여유로운 곳이 있었으면
불쌍한 사람들을 보듬을 수 있는 포근한 곳이 있었으면

죄악도 영광으로 승화될 수 있는 착한 곳이 있었으면

그런 곳이라면 우리가 물결처럼 사라지더라도 꿈결처럼 행복할 거야.

노래가 끝나자 다른 세상에 와 있었다. 밝고 향기롭고 따뜻했으며 조화로운 소리로 가득 찼다. 배가 고프지도, 오줌이 마렵지도 않았고 입에는 갖가지 맛이 넘쳐났다. 수많은 사람이 행복한 웃음을 지으며 서로 바라보며 말하고 가만히 서 있기도 했다. 모두 살면서 한번쯤은 만난 적이 있었다. 할아버지가 보였다. 나는 반가운 마음에 할아버지의 안부를 물었다. 할아버지는 가게에서 사탕 두 개를 샀다며 같이 먹자고 하셨다.

나는 할아버지가 행복한 기억 속에 있어 다행이라고 생각하며 또 다른 사람들을 살펴봤다. 이번엔 국민학교 때 선우가 보였다. 끈끈한 우정이 느껴졌다. 선우는 나를 괴롭히던 것을 기억하지 못했다. 그리고 보니 모든 사람이 나와 겪었던 행복한 꿈속에 있었다. 조금 더 주위를 둘러보니 다양한 연령대의 나도 행복한 기억과 모습을 하고 이 사람 저 사람의 천국 속에 있었다. 나는 현석이를 찾았다. 심판의 재단 앞에 현석이는 홀로 기도하고 있었다. 미안한 마음에 현석이에게 남아 있는 세상에서 내 할 일을 알려달라고 물었다. 현석이가 대답했다.

"우리는 태어날 때 모두 혼자였어. 죽을 때도 홀로 심판받는다. 그렇지만 세상을 홀로 살아갈 수 없다. 너에게 영혼의 열매를 맺기 위해 폭력을 극복하는 방법을 깨닫게 했다. 첫 번째 자기통제를 통해 우세충동을 극복하기 위해 끊임없이 노력하라. 이는 세상이 창조된 첫날 이후 모든 피조물이 노력해야 할 덕목이다. 두 번째 공감을 통해 복수하려는 가학성을 버리고 욕심을 통해 길러진 너희의 힘을 이웃을 사랑하는 데 사용하라. 너희에게 빛이 되라는 것은 세상을 이끌어가는 횃불이 아니라 어두움을 비추는 등불이 되라 함이라. 이것이 심판의 과정에 너희가 구원받을 덕목이다. 세 번째 너희에게 주어진 창에서 바라보는 주 모습의 한계를 인정하라. 이데올로기를 극복하라. 겸손이 곧 도덕의 시작이며 너희가 육체의 한계를 벗어나 생각할 힘이다. 네 번째 반성과 성찰, 사유를 통해 합리성을 발전시키라. 너희에게 설탕이 아닌 소금이 되라는 것은 너희의 합리성을 세상이 열매를 맺을 수 있도록 사용하란 의미니라. 잘 익은 열매는 곧 새로운 씨앗이나 너희의 삶은 끝날지라도 씨앗은 다음 세대와 더 나은 문명을 열어갈 상금이 되리라."

홀로 심판받을 현석이를 떠올리자 괴로웠다. 괴로운 마음에 고개를 돌린 곳에 지옥이 있었다. 지옥이 천국과 다른 점은 개별적인 영이 아닌 마치 불덩이 같은 자존감을 갖춘 일곱 욕망으로 타오르고 있다는 것이었다. 그 속에 내가 아는 사람들의 모습도 보였다. 항상 착하고 큰 욕심 없이 산 줄로만 알았던 사람이 끊임없는 고통으로 자극을 극대화하고 있었다. 그 고통이 마치 불쏘시개처럼 불덩이를 타오르게 했다. 그때 일곱 악마가 나팔로 욕망을 강렬하게 일으키고 다른 일곱 천사가 선한 영들과 함께 이를 경계하고 다스리는 교행의 노래를 시작했다. 나는 일곱 번째 나팔 소리가 희미해지며 병실로 돌아왔다.

다시 목소리가 들려왔다.

"때가 돼 내가 너를 인도했으나 충분한 조건을 갖추고 충만한 사랑으로 나를 찾아오는 날 온전히 그 의미를 이해할 수 있을 것이다."

제6장

불신과 **맹신** 사이 흔들리는 **마음**

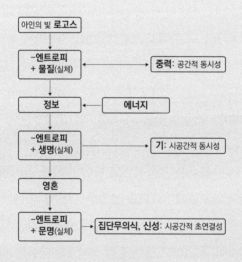

창조와 진화

제6장
불신과 맹신 사이 흔들리는 마음

현석이가 죽었다. 예기치 못한 현석이의 죽음은 모든 걸 덮었다. 경찰들도 사고였다며, 내가 백골단 중 한 명을 지목할까 전전긍긍했다. 선배들도 방독면으로 얼굴을 가려 현석이를 때린 백골단의 눈밖에 보지 못한 나에게 더는 물어보지 못했다. 현석이의 어머니는 예배당에 다녀 현석이가 천국에 갔을 거라 했지만, 얼굴엔 깊은 슬픔이 묻어났다.

입원하고 얼마 동안은 주기적으로 담당 의사가 찾아왔지만, 별말 없이 자료만 살펴보았다. 나 또한 충격에서 벗어나기 힘들어 누군가 물어도 집중하기 어려웠다. 상태가 조금 호전되자 회진 때 의사가 특별히 어디 부딪힌 건 없다고 했는데 왜 쓰러졌는지 짐작 가는 바는 없는지 물었다.

현석이의 피와 바람에 날리던 민들레 홀씨가 떠올랐지만, 그걸 이유로 말하기엔 너무 궁색했다. 나는 내 몸의 상태에 집중해서 대학에 들어온 이후로 가끔 의식을 잃고 쓰러진다고 말했다. 의사는 뇌전증

234

이 의심되지만, MRI에서 특별한 이상이 발견되지 않았다며 특정 시기에 부정기적으로 발생했다면 좀 더 추이를 봐야 한다고 했다.

현석이의 장례를 치르고 화장했다. 아직 목소리가 울리는 듯했지만, 기이한 꿈이었다고 생각되었다. 내가 다시 합리성을 찾을 것 같지는 않았다. 미선이가 찾아왔다. 일어나 앉아 있는 모습을 보고 안도하는 듯 몸은 좀 어떠냐고 물었다. 나는 특별히 아픈 데는 없지만, 현석이 생각에 잠이 오지 않는다고 말했다. 현석이를 떠올리자, 눈물이 핑 돌았다. 미선이는 나를 꼭 안아 주며 말했다.

"너무 자책하지 마. 그래도 건강을 챙기려고 노력해 봐. 현석이가 죽은 게 너 때문은 아니잖아."

"나와의 약속 때문에 데모에 나온 거니 나 때문이지."

"데모에 나왔다고 다 죽는 건 아니잖아. 상황이 좋지 않았어."

"복학생이라고 보급대에 보낼 게 아니었어. 본대에 남겨놨어야 했어. 친구는 죽었는데 누가 죽였는지도 모르고 나는 병원에서 뭐 하는지 모르겠어."

"마음 편하게 가져. 네가 폐인이 된다고 현석이 살아 돌아올 수도 없잖아."

위로하는 미선이에 대한 고마움보다 위로받고 있는 나에 대한 미움이 컸다. 나는 마음 편하게 가지라면 편해지냐며 차갑게 말했다. 미선이는 나를 달래주려 했지만, 나는 현석이의 죽음으로 그 마음을 받을 수 없었다. 우린 벚꽃이 흐드러지게 핀 날 헤어졌다. 뇌진탕은 참 이상한 병이었다. 주기적으로 검사는 했지만, 특별한 치료도 먹어야 할 약도 없었다. 다만 밖으로 나갈 수 없다는 것이 불편했다.

나는 빨리 나가고 싶어 수업을 들어야 한다고 말했지만, 의사는 급하게 나가서 재발하면 감당하기 어렵다며 차분히 몇 가지 검사를 더 해보자고 했다. 오랜만에 사람도, 일도 멀어졌다. 혼자 있는 시간이 많아지자, 합리성이 말했던 충분한 조건이 무엇일까 궁금해졌다. 시위하다 쓰러졌다는 걸 알게 된 부모님은 상황을 변화시키려 입대 지원서를 제출했다. 졸업할 때까지 입대를 연기할 수 있었지만, 지원서가 제출되면 신체검사 통지서를 받고 그 결과에 따라 입대일이 결정되었다.

학기가 끝날 때쯤 퇴원하여 기말고사를 봤다. 사정을 아시는 교수님들이 그래도 최소한의 학점을 주셨다. 자취방에서 무더운 여름을 보냈지만, 주변엔 할 일도 만날 사람도 없었다. 가을이 되자 휴학하고 신체검사를 받았다. 수원역 인근에서 진행된 신체검사에서 군의관이 최근에 질병이 있었는지 물었다. 나는 얼마 전 뇌진탕이 있었고 뇌전증이 의심된다는 말을 들었다고 대답했다. 4급 보충역을 판정받았다.

그해 가을은 우울하고 쓸쓸했다. 추운 겨울이 되어서야 자취방을 정리하고 연고지인 광주의 공군비행대에 18개월 방위로 소집됐다. 비행대 헌병대대에서 6주간 훈련받았다. 난방이 거의 되지 않은 훈련소는 추웠고 짬밥 외에는 먹을 게 없어 항상 배가 고팠다. 일요일에 한 준철이라는 동기가 먹을 걸 많이 준다며 같이 교회에 가자고 했다. 준철이는 광주에서 대학에 다니다 소집되었다. 훈련이 끝나고 별 연줄이 없었던 우리는 나란히 헌병대대 기동타격대에 배속되었다.

훈련을 마치고 집에 돌아와 누나가 임용시험에 합격했다는 소식을 들었다. 부모님은 남도대 앞의 아파트에 입주하셨지만, 귀촌을 준비하신다고 집에 거의 안 계셨다. 아직 추위가 남아 있는 2월 근무일에 맞춰 아파트에서 나왔다. 버스를 타고 광주공항 정류소에서 내렸다. 밝고 깨끗한 공항을 지나면 비행장을 관리하는 우중충한 헌병대대가 나왔다.

헌병대대에서 준철과 만나 트럭을 타고 기동타격대로 이동했다. 트럭을 내리자 깨끗하게 페인트칠 된 단단한 콘크리트 건물이 나타났다. 상황실에 들어가니 선임하사가 자리를 지키고 있었다. 반짝이는 군화와 각 잡힌 군복 사이로 얼굴이 익숙했다. 고등학교 때 나의 선각이었던 혁진이었다.

"정 이병. 이렇게 다시 만나다니 세상 참 좁으브러야. 만나서 징허게 반갑다잉. 우리 모르던 사이는 아니지만, 공사는 구분해야제?"

나는 군기가 들어 대답했다.

"네 그렇습니다. 김 하사님"

혁진이는 재밌다는 듯 웃으면 말했다.

"그래. 조금 이따 보장께."

공식적인 면담이 끝나고 내무반으로 이동하여 자리를 배정받고 관물함에 보급품을 정리하고 있었다. 혁진이는 나를 따로 불러 말했다.

"아까는 내색하지 않았지만, 내가 너에게 감정이 많은 건 알제?"

"하사님이 매달 월성으로 내야 하는 오십만 원을 벌기 위해 학교를 그만두었을 때 따라 하진 못했지만, 잘못이라고 생각하진 않습니다."

"학교를 그만두고 집을 나와 막노동했지만, 너만 아니었으면 난 신념에 충실할 수 있었어야. 네가 그만두는 바람에 남긴 후각들까지 책임져야 해서 신용불량자가 됐당께. 가족들이 도와주었지만, 군대에 가야 했어야. 난 군대에서 고생할 때 넌 대학으로 도망갔더라잉. 사기꾼들만 넘쳐나는 세상에서 약삭빠른 놈은 다 빠져나가고 세상 참 불공평해부러야."

중졸인 혁진이 어떻게 하사관이 됐을까 짐작해봤다. 혁진은 군대에서 정신을 차려 검정고시를 치른 것이다. 병장 전역 후 부사관으로 지원했다면 시기적으로 가능했다. 훈련소 입소자 명단을 보고 나를 찍어서 데려온 것이다. 면담이 끝나고 내무반으로 돌아오자 준철이 기다리고 있다 물었다.

"돈 떼먹고 도망갔어? 분위기가 왜 그렇게 살벌해?"

나는 그간의 일과 탈퇴할 때 받은 저주 때문에 겪고 있는 뇌전증 등을 설명했다. 준철이 혀를 찼다.

"대승환합회의 피해의식이 너에게 비췄구나. 군대 생활이 편하진 않겠다. 너 면담할 때 들은 말인데 주간에 근무하는 현역과 달리 방위는 오후에 들어가 아침 9시까지 밤샘 근무하고 다음 날 오전에 퇴근하는데 예외를 둘 수 없대. 나는 주일에 교회를 섬겨야 하는데 걱정이다."

근무에도 조금씩 익숙해졌다. 군대의 밤샘 초소 생활은 12시간을 기준으로 활주로 양쪽에 9명으로 근무 조를 꾸리고 다시 2인씩 보초 조를 만들었다. 인적이 뜸한 새벽에는 혼자 서 있었다. 보초병을 제외한 나머지는 상황실에서 대기했다. 활주로를 기준으로 관제탑 쪽 본대에는 사람이 많았고 반대편 파견대에는 근무하는 사람만 있었다.

나와 준철이는 혁진이를 따라 파견대로 갔다. 혁진이는 날씨도 풀렸고 방위들은 훈련할 시간도 부족하니까 근무 중에 훈련을 시키겠다며 운동장으로 데리고 나갔다. 하지만, 정상적인 훈련은 안중에도 없는 듯 말했다.

　"우리가 사는 사회는 경쟁사회다. 사회를 가장한 정글이라고 보면 된다. 약하면 먹히고 강하면 살아남는다. 착하고 공정하게 살아야 한다는 건 다 헛소리다. 돈을 많이 번다는 은행을 봐라. 빌려 가라고 사정하다가도 이자를 못 내게 되면 연체이자를 물리는 게 현실이다. 군대는 대놓고 경쟁하는 곳이다. 죽이지 못하면 죽는다. 우선 체력단련부터 하자. 오리걸음으로 열 바퀴 돌아."

　파견대 앞의 운동장은 넓지 않았으나 열 바퀴를 다 돌기엔 체력에 문제가 있었다. 혁진은 더는 전진하지 못하고 앉아 있는 나에게 다가와 군홧발로 거세게 찼다. 준철이 놀라 뒤돌아봤다. 나는 다시 일어나 걷기 시작했다. 이내 쥐가 나서 쓰러졌다. 고통스러운 다리를 부여잡고 일어난 나를 바라보던 혁진은 머리 박기를 시켰다. 사지도 멀쩡하면서 왜 단기사병으로 온 거냐고 물었다. 내가 뇌진탕과 뇌전증을 설명했지만, 군홧발이 날아와서 쓰러졌다.

　이 정도 훈련도 못 이겨내니까 비실비실 쓰러진다며 다시 오리걸음을 시키며 물었다.

　"대승환합회에서 도망쳐 간 대학에서 뭐 특별한 것을 배웠다냐?"

　"전공 공부는 많이 못 했지만, 학생운동을 하며 많은 이의 희생으로 우리나라가 이만큼 발전했으며 사회는 서로 돕고 협력하는 것이라고 배웠습니다."

"헛소리하고 있네. 네가 가진 문제가 뭔지 알려줘? 군대는 목표를 위해 모두가 자신을 희생시킬 각오 즉 군인정신으로 무장하는 곳이야. 끊임없이 훈련하고 경쟁하며 낙오된 대원은 얼차려로 투쟁력을 높여야지. 넌 아직 멀었어. 다른 이들과의 경쟁심도 부족하고, 목표를 위한 열망도 없지. 군기가 빠졌다는 거야. 군기가 충만할 때까지 훈련은 계속한다."

나머지 바퀴를 마저 돌고 들어오라며 혁진은 들어갔다. 준철이 다가와 위로했다.

"너 골탕 먹이려고 일부러 파견대로 끌고 왔구나. 이러다 골병드는 거 아닌지 모르겠다. 참 우리집 근처에 잠재력개발센터가 생겼는데 뇌전증이 뇌파와 연관된 것 같으니 한번 찾아가 봐."

자신과 가족, 조상, 그리고 인연이 있는 많은 사람의 구원을 위해 학교까지 그만두었던 혁진이지만, 이젠 물질 이상을 말하는 사람들을 경멸했다. 파견대에 있는 시간은 훈련과 가혹 행위로 어려웠지만, 보초를 서는 초소는 조용히 시간을 보낼 수 있었다. 나는 초소에서 맞는 새벽이 좋아 아침까지 보초를 자원했다. 네 시가 넘어가자 밤새 가라앉아 고요한 기운이 따뜻해지며 공간에 에너지가 가득 찼다. 다양한 생명이 깨어나 부산한 소리를 냈다. 어느새 주변에 생명이 가득하고 빛이 온 천지를 비춰 눈앞에 살아 있는 세상이 펼쳐졌다.

파견대는 고난의 연속이었다. 야간 근무 중 밤참으로 라면을 끓였다. 설거지는 내 몫이었지만 세제가 없었다. 혁진이 기름기가 있다고 다시 씻어 오게 했다. 결국 보초 시간까지 식판의 기름때가 남아 있다며 머리를 박고 훈육을 들었다.

"대학을 다니면 뭐 한다냐? 세제가 없다고 물로만 싯치냐? 주변에 풀도 있고 화장지도 있는데 말이야. 너같이 무능한 군인은 군대의 전투력 향상을 위해 없어지는 게 나아야"

나는 철 수세미로 식판이 뚫어지라 문지른 게 억울하기도 했고 혁진의 말에 동의하고 싶지도 않아 대답했다.

"대학을 다닌다고 모든 걸 잘할 순 없습니다. 우수한 군인들만 모여 있는 군대가 강할 것 같지만 전투만으로 전쟁에서 승리할 수는 없습니다. 부족한 능력의 군인이라도 적재적소에 쓰인다면 군대 전체의 전투력을 올릴 수 있습니다. 전투의 입장에서 군인이라는 수단을 무시하면 전쟁에서 이길 수 없습니다. 설령 제가 능력이 떨어진다고 해도 군대에서 전우는 협력해서 상생해야 합니다."

대학 다니며 말만 늘었다고 더 많은 얼차려를 받았지만, 퇴근할 때 속은 후련했다. 며칠 후 근무를 마치고 퇴근을 준비하고 있는데 부대가 시끄러웠다. 혁진이 군인정신을 말하며 열을 올렸다. 준철이 주일날 교회 때문에 근무를 못 한다고 했기 때문이다. 준철이 나와 동기라 더한 것 같았다. 혁진은 각목을 들고 나와 준철을 무기고로 불렀다. 실탄이 장전된 소총과 수류탄은 공기를 더 차갑게 했다.

혁진이 차려 자세의 준철에게 와서 담배 하나 태우고 마음 고쳐먹으라고 말했다. 준철은 믿음 생활을 위해 술 담배를 하지 않는다고 했다. 혁진은 화를 내며 말했다.

"목사, 신부, 중들이 얼마나 이기적인 줄 안다냐? 그놈들 말만 듣는 신도들이 멍청하당께."

"목사님은 주님의 말씀을 전하는 분입니다. 잘못된 말이 있더라도 그 또한 주님의 뜻이라 생각합니다."

"일요일이라고 전쟁 안 할 거야?"

"지금은 전시가 아닙니다."

"군대에 왔으면 근무가 우선이지."

"주일을 지킬 수 있게 근무를 조정해달라는 것입니다."

"누군 일요일에 근무하고 싶어서 해? 너 하나를 위해 전체 일정을 바꿀 순 없잖아."

"믿는 사람의 생활은 예수의 재림을 준비해 가는 과정입니다. 어려움이 있더라도 노력해야 한다고 생각합니다."

혁진은 얼굴을 찡그리더니 맞아야 한다며 준철이에게 엎드려뻗쳐를 시켰다. 그리고 나에게 각목을 들고 우선 다섯 대만 때리라고 했다. 내가 어쩌지 못하고 서 있자 한심하다는 듯 쳐다보며 말했다.

"넌 이해가 되냐? 예수가 달에서 모니터로 보고 있다가 때 되면 내려와서 재판한다는 거야? 교회에 빠진 횟수를 세서 천국에 갈 사람을 정하고. 천국은 어디 토성 정도에 만들어져 있겠네. 뭔 말이 돼야 배려하지. 너 계속 그러고 서 있으면 명령 불복종이야. 영창에 가야 하는 거 알지?"

최근의 경험으로 영혼을 무시하긴 어려웠다. 그렇지만 우리가 학교에서 배운 과학적인 사실과 연결하기는 어려웠다. 혁진이의 물질만능주의도 준철이의 구원만능주의도 답은 아닌 것 같았다. 나는 출근길에 보았던 어둡고 쇠창살로 가려진 영창이 떠올랐다. 아무도 오지 않는 을씨년스러운 시간과 그 후에 있을 낙인이 무서웠다. 그렇다고 지금의 이해와 의지를 포기할 수는 없었다. 나의 얼굴에서 망설임을 느꼈는지 혁진이의 얼굴에 비웃음이 스쳤다. 나는 용기를 냈다.

"자신이 믿지 않는다고 다른 사람의 믿음을 비웃을 권리는 누구에게도 없습니다. 군대의 명령체계는 주어진 목적을 달성하기 위한 수단입니다. 상관의 명령이라도 국가의 이익과 자신의 양심에 비춰 합당한 것만을 따라야 합니다. 군인정신은 목표를 위해 누군가를 희생시키는 것이 아니라, 나라와 민족을 위해 책임을 완수하는 자신의 마음가짐입니다. 다른 구성원을 소모품으로 여기지 말아 주십시오."

영창을 각오하고 각목을 던졌다. 마음이 후련했다. 잘못했다면 책임을 져야 한다. 그러나 체벌이 두려워 잘못인 걸 알면서도 행한다면 더 큰 잘못이었다. 신고서를 작성했다. 근무 시간에 업무와 상관없는 일로 얼차려를 준 것과 교회를 못 다니게 한 것, 준철을 때리라는 명령을 정리했다.

당당하게 퇴근하며 초소에 신고서를 접수했다. 신고서가 접수되지 않거나 또 다른 얼차려로 돌아올 수도 있었지만, 이런 노력이 사회를 발전시킬 것이다. 다음날 출근하니 내 신고서가 접수되었다는 통보를 받았다. 당직사관이 교인이었다. 나는 첫 휴가를 받았다. 혁진이의 징계가 결정되는 동안 집에 가 있으라는 것이다. 집에서 빈둥거리다 준철이가 뇌파를 연구하는 잠재력개발센터에 한번 가보라고 했던 말이 생각났다.

준철이가 말한 곳을 찾아가 보기로 했다.

버스를 타고 금남로 근처에서 내리니 벽돌로 된 아담한 3층 건물에'뇌파조절 두뇌혁명 잠재력개발센터'라는 간판이 보였다. 문을 열자 입구에 수많은 홍보자료가 놓여 있는 것이 보였지만 누군가 앉아야 할 사무 탁자에는 아무도 없었다. 다행히 접대용 소파가 있어 그곳에서 자료를 살펴보며 있었다. 다양한 기계에 대한 설명서였다. 몇 개를 읽어 보려고 펼쳤는데 대부분 영어로 쓰여 있어 그림과 도표를 훑어보는 정도였다.

상담실이라고 쓰여 있는 곳에서 흰 가운을 입은 사람이 나오며 어떻게 오셨냐고 물었다. 나는 여기가 어딘지 궁금해서 들어왔다고 했다. 대답하고 보니 그 사람을 어디서 본 것 같았다. 나는 반갑게 물었다.

"양극독서실 총무 하시던 상원 형 아니세요? 저 진오예요. 고등학교 때 대승환합회 다니던 것 때문에 고민했던."

상원 형은 나를 알아보고 반갑게 맞아 주었다. 상원 형은 이젠 수염은 깎았지만, 여전히 편해 보였다. 명함에는 센터장이라는 직함과 함께 심리학 박사라고 적혀 있었다. 상원 형은 워낙 책 읽는 걸 좋아해서 잡다한 지식이 많았다. 평생 공부만 하며 살고 싶다고 했는데 결국 학위를 취득했다. 뇌파조절기를 만든 회사에서 판매를 장려하려고 지역마다 잠재력개발센터를 개설해서 센터장으로 취업하게 되었다고 했다. 지금 도와줄 직원을 구하고 있었다. 나는 학위를 취득한 것을 축하하자 상원 형도 안부를 물었다.

"그래, 너 대학 갔다는 이야기는 들었는데 그동안 잘 지냈냐? 머리가 짧은 걸 보니 군대 생활하는구나. 근데 여기는 무슨 일이냐?"

나는 그간의 사정을 말했다. 뇌파와 이곳이 하는 일이 무엇인지 궁금하다 했다. 상원 형은 설명한다며 자리에 앉았다.

"인간의 뇌는 신호가 전달될 때 미약한 전류를 발생시키는데 그 전류로 파동이 생겨브러야. 극도의 각성과 흥분 상태의 감마파, 운동 중이거나 스트레스를 받으면 베타파, 심신이 안정되면 알파파에서 수면상태의 세터와 델타파까지. 이를 역으로 이용해 해당 활동에 해당하는 뇌파를 생성시켜주면 공부에 집중하거나 숙면을 도와줄 수 있어야. 여기는 그러한 뇌파 생성에 도움을 주는 국내외의 여러 기계를 시험해보고 구매하는 곳이지."

나는 더 알아보고 싶다는 호기심이 일어났다. 내 처지를 설명하며 물었다.

"그럼, 여기선 기계에 관해 설명을 듣고 구매하는 것 외에는 다른 건 없나요? 사실 전 어렸을 때 몸이 안 좋아서 가끔 졸도했어요. 대학에 진학한 이후로 뇌전증으로 발전한 것 같아요. 아직 초기인 것 같기는 한데 오래 두면 어려울 것 같아서요. 마침 야간초소병이라 시간에 여유가 있어 해결책을 찾고 싶어요."

상원 형은 조금 생각에 잠기더니 스스로 찾아와 대담하게 묻는 내가 대견한 듯 말했다.

"내가 기계는 팔고 있지만, 본질은 뇌파 조절과 잠재력 개발이지. 뇌전증도 뇌파가 안정되지 않아서 생길 수 있어. 예전에 인연도 있고 아직 센터를 개소한 지 얼마 안 돼서 잡다한 일이 많다. 시간이 될 때 여기 일을 도와줘라. 대신 네 뇌전증에 도움을 줄 수 있도록 노력할게."

혁진의 전출이 결정되었다. 나는 다시 출근했지만, 군대 생활은 편해졌다. 나는 야간 근무를 마치면 주중에 센터에서 일을 도왔다. 센터는 오전 10시에 오후 7시까지 열려 있지만, 상원 형은 외부 출장이 잦았다. 가끔 과일을 사러 양동시장에 들렀는데, 질 좋고 싼 농산물로 반찬을 만들어 음식점에 납품하는 가게가 많았다.

별일 없을 때면 입구의 홍보실을 지키며 국내외 각종 기계를 사용해서 장단점을 파악하고 원문으로 돼 있는 설명서를 한글로 만들었다. 다양한 뇌파 기계들이 있었고, 어떤 것은 파장뿐만 아니라 소리와 빛을 이용하기도 했다. 사용하고 있으면 머리가 어지럽고 구름 위에 있는 듯 느껴지는 것도 있었다.

4월이 되자 완연한 봄기운이 가득했다. 밤샘 보초 다음날 나는 피곤한 몸으로 잠재력개발센터에 갔다. 문을 열고 들어가니 아침부터 손님이 와 있는지 말소리가 들렸다. 상원 형이 얼굴에 미소를 띠고 여자 친구라며 주희를 소개했다.

많이 들어본 이름이었다. 금방 알아봤다. 단정한 머리에 예쁜 얼굴 틀림없는 내가 짝사랑했던 국민학교 동창 성주희였다. 내가 아는 척을 하자 주희도 나를 알아보고 무척 반가워했다. 주희는 고등학교를 졸업하고 남도대 약학과에 다니고 있었다. 아버지가 목회 활동하며 노인 돌봄을 같이 하고 있는데 치매 환자가 많아 안타까웠다고 했다. 언젠가는 다시 만날 거라 기대했지만, 막상 친한 형의 애인으로 만나니 사연이 궁금해 어떻게 사귀게 됐는지 물었다. 주희가 웃으며 설명했다.

"환경문제에 관심이 많아서 대학에 들어온 후 시민환경교실에 참여했는데 그때 상원 오빠와 같이 수업을 들었지. 그 후 핵발전소와 폐기장 건설을 반대하는 광주전남환경운동연합을 결성하며 가까워졌어."

상원 형이 나와의 인연을 설명했다. 주희는 나의 뇌전증에 대한 그간의 사정을 듣고 본인이 약학과에 다니니 방법을 좀 찾아보겠다고 했다. 상원 형도 자료를 찾고 있어서 같이 논의하기로 했다. 2주 후 내가 퇴근하는 오전에 토론회를 시작했다.

주희가 먼저 발제했다.

"뇌전증은 의도하지 않은 발작이 반복되는 신경계 질환입니다. 유전은 아니지만, 국민의 1% 이상이 뇌전증 환자로 추정되는 흔한 질환이고요. 다양한 원인에 의한 복합적인 증상으로 병력 청취와 신경학적 진찰과 여러 가지 검사가 필요합니다. 우선 병원에 가서 의사에게 충분하게 설명하고 상의해 봐야 합니다."

상원 형도 발제했다.

"성급하게 병원을 찾았다가 의사의 가벼운 판단 실수가 자칫 더 큰 문제를 유발할 수 있습니다. 항뇌전증 약물치료를 받는 환자 중 약 25%는 부작용으로 약물을 중단했어요. 내가 봐 왔던 진오는 생각이나 감각이 무척 민감하여 조그마한 약물 부작용에도 과행동 장애로 발전할 가능성이 큽니다."

"의약품이 사람을 고치자는 것이지 죽이자는 건 아니잖습니까. 진오는 벌써 여러 번의 뇌전증을 겪었습니다. 보초병이면 총에 실탄을 넣는 때도 있을 텐데 필요하다면 최소한의 약물치료로 뇌전증이 발생하는 것을 억제하고 치료를 모색하는 것이 좋습니다."

주희도 대학에 입학하여 배운 지식을 최대한 활용했다. 나는 둘 사이에 얼마나 신뢰가 쌓였으면 이 정도 논쟁이 가능할까 신기했다. 병원에 가서 정신과 의사를 만나면 어렸을 때 경험과 악마와 천사의 이야기까지 하게 될 것이고 뇌전증이 정신이상의 증상으로 취급될 수 있었다. 그러나 뇌전증의 증상만이 문제가 될 뿐 사자들, 방언, 합리성을 만났던 경험 등은 아무런 문제도 일으키지 않았다.

나는 비록 단기사병이지만 군인인데 혹시라도 진료가 잘못되거나 군부대에 알려져 불명예제대를 하고 싶지 않기 때문에 조금 더 시간을 갖고 생각해 보고 싶다고 했다. 내 어려움을 눈치 챈 듯 상원 형이 말을 보탰다.

"아직 의사를 찾아 상의할 정도로 심각하지는 않잖아. 그리고 상담 한번 잘못했다가 혹여 장애 등급을 받거나 의약품을 처방받으면 기록에 다 남는다던데. 나중에 국가 기관 등에 취업하기 어려워질 수도 있어."

주희가 어이가 없다는 듯 쳐다보며 말했다.

"정신과 진료 기록이 의무기록지에 남기는 하지만 본인 동의 없이 공개하면 처벌받아요. 형사 문제로 수사 받거나 재판에서 법률에 근거한 요청 외에는 열람할 수 없고 공무원 임용에서도 이 기록은 사용될 수 없어요."

주희는 아직 정신과 의사와 진찰을 부정적으로 보는 시각에 동의하기 힘든 눈치였다. 상원 형도 이를 의식한 듯 다른 각도에서 말했다.

"병원 기록에 대한 오해는 내가 사과할게. 하지만 자신의 질병을 이해하려는 진오의 노력을 높게 평가해. 같이 했던 환경운동도 이러한 모순에 부딪힌 적이 있잖아. 핵발전소와 폐기장 또는 매립장을 반대하면 풍선효과처럼 다른 문제가 생겨. 이를 없애거나 저지하는 것이 능사는 아니잖아. 우리의 자연환경을 충분히 조사하고 이해해서 과도하게 무리를 주지 않는 타협점을 찾아내야지."

우리는 좀 더 알아보기로 했다. 상원 형이 열띤 토론을 했다며 점심을 사겠다고 했다. 충장로에는 돈가스 맛집들이 많았다. 자리가 넓고 편하게 먹을 수 있다며 주희가 '인연돈가스'를 추천했다. 우리는 오후 일정에 차질이 없도록 서둘러 자리를 정돈하고 시내로 나갔다. 날씨가 좋아 시내엔 사람이 붐볐다. 가게는 위치도 좋았지만, 안쪽으로 잘 가꿔진 정원이 있어 만발한 봄꽃을 보며 식사할 수 있었다. 주희와 상원 형이 다정하게 말하는 걸 보며 미선이 그리웠다.

맥주를 곁들여 돈가스를 먹는 도중에 상원 형이 과민한 내 문제를 완화하기 위해 자기최면을 배워보는 게 좋겠다고 했다. 인간의 뇌는 컴퓨터와 비슷해서 뇌 자체의 성능도 중요하지만, 외부의 자극이나 신호를 뇌로 전달하는 과정도 중요하다. 대부분 사람은 뇌로 전달되는 과정에 왜곡을 유발하는 '아크'를 포함하고 있어 간혹 이것이 문제를 일으킬 수도 있다. 심리학에서는 이를 '트라우마'로 불렀다. 보통의 최면치료는 전문가의 지시를 따라 최면상태로 들어가는 데 반해 자기최면은 의식을 보전하면서 수면 상태로 들어가 이러한 '아크'나 '트라우마'를 해결하는 것이었다. 나는 기쁘게 승낙했다. 밥 먹고 나오는데 계산대에 있던 사람이 아는 척을 했다.

"혹시 무신중학교 나오지 않으셨어요?"

"네? 무신중학교 나온 건 맞는데 무슨 일인데요?"

"무신중학교 1학년 3반 정진오 맞지?"

"저를 아시나 봐요. 누구세요?"

"나 조병우. 몰겠냐? 너랑 월산에서 맞짱 떴잖아."

이름을 듣자 병우의 얼굴을 알아볼 수 있었다. 정장을 입어서인지 나이가 들어 보였으나 중학교 때 장난기 많고 깐족대던 모습이 얼굴에 남아 있었다. 상원 형과 주희를 먼저 보냈다. 병우는 공부에 취미가 없어서 고등학교를 졸업하고 아버지가 운영하시던 돈가스집에서 일했다. 소년가장으로 두 동생을 돌봤던 천우의 소식도 들었다. 남도대 근처 일식집에서 요리사로 일하고 있었다. 저녁에 셋이 만나기로 했다.

일식집이 문 닫는 저녁 9시쯤 아파트에서 나와 남도대 캠퍼스를 지나쳐 후문으로 걸어갔다. 학생들이 많았다. 후문을 나와 2층 건물에 있는 우정 호프집으로 들어갔다. 밝은 조명 아래 병우만 와 있고 제일 가까운 천우는 10시가 다 돼서야 나타났다. 병우가 너 때문에 늦게 왔는데 더 늦으면 어떻게 하냐고 말했다. 천우가 사과하며 말했다.

"8시 반에 주문 마감인데 손님이 식사를 늦게 하셔서 맞추어 음식을 준비하느라 늦었어. 미리 만들어 놓으면 맛이 없거든. 난 내가 만든 음식을 손님이 맛있게 먹는 모습을 상상할 때 가장 기뻐."

병우가 한숨을 쉬며 말했다.

"나도 그런 직원들만 있으면 좋겠다. 우리 직원들은 시간 끝나면 도망갈 생각만 해. 쓰레기도 다 모아서 함부로 버리고."

"평상시 직원들과 일에 관한 말을 많이 해야지."

"말은 많이 하지. 난 경영에 대한 어려움을 토로하고. 직원들은 급여나 시간 외 근무에 대한 불만을 말하고."

"그런 말 말고. 정작 중요한 건 우리가 하는 업무에 대한 거잖아. 가게에서 추구하는 가치관을 직원들과 공유해야지. 동생들 때문에 중학교 때부터 일했지만, 고등학교에 들어가며 지금 후견인이 돼주신 분 가게에서 일을 배웠어. 정상적인 급여도 챙겨주셨지만, 일을 대하는 자세도 가르쳐주셨어."

병우가 그렇게 배우겠다는 자세로 들어오면 좋지만, 대부분은 직업을 급여로 선택하고 업무여건을 따지며 문화는 만들어 갈 생각도 없다고 했다. 직원채용에 몇 번 실패하고 어디서부터 잘못되었나 따져 봤다고 했다. 중학교와 고등학교는 대학에서 공부하기 위한 기초지식만 배웠고, 사회생활을 위한 지식을 배우거나 고민한 적이 없었다고 했다. 기껏 윤리 시간에 배운다는 게 공부 열심히 하고 부모님께 효도하라는 것만 생각난다고 했다.

천우도 동생에 대해 걱정했다. 지우도 어렸을 때는 고등학교를 졸업하고 우리 같은 불우한 아동을 돕는 사회복지재단에서 일한다고 했지만, 대학에 가더니 술 먹고 노느라고 뭘 하고자 했는지도 기억 못 한다고 했다.

나는 맥주를 치켜들며 한잔 먹으며 숨 좀 돌리자고 했다. 건배하고 시원하게 맥주를 마셨다. 직업은 일의 보수, 일 자체의 만족도, 일하는 업무 여건이나 일에서 지탱하는 문화도 함께 봐야 했다. 우리는 중학교 때를 떠올리며 한참 재미있게 말했다. 아직 그 맛을 잊을 수 없는 학교 앞 떡볶이 가게가 남아 있는지 물었다. 천우가 한숨을 쉬며 말했다.

"우리나라는 아무리 좋은 가게라도 오래가기 힘들어. 우리도 요즘 가게 임대료가 하루가 다르게 올라가서 큰일이야. 손님이라고 해봐야 다들 단골인데 가격을 계속 올릴 수도 없고."

병우가 자랑스럽게 말했다.

"내가 공부는 못해도 이해는 빠르잖아. 아버지가 장사하시기 전에 여러 나라를 돌아다녔는데 우리나라처럼 건물주 친화적인 나라가 없다고 했어. 임차인이 현대판 농노와 다를 바 없어. 오죽하면 요즘 애들 꿈이 건물주겠어. 웃기지 않냐? 목 좋은 곳을 찾아 헤매는 건물주와 거미줄에서 바둥거리며 살아가는 임차인들."

나는 대학에 들어가 많이 배웠다고 생각했는데, 요리하고 계산하던 친구보다 세상을 모르고 있었다. 월급만 바라보고 일하는 사람은 불행할 것이다. 평생 건물만 바라보고 살아야 하는 건물주도 결코 행복하지 못할 것 같았다.

며칠 후부터 나는 상원 형에게 자기최면을 배웠다. 들숨을 단전에 모으고 머리까지 천천히 끌어올려 날숨으로 내보냈다. 자기최면은 호흡을 조절하는 것부터 시작했다. 인위적으로 호흡을 조절하면 외부 세계에 쏠려 있던 감각과 인식이 내부에 집중되며 안정화됐다. 감각과 인식이 안정화되면 아크가 떠오른다. 경험하는 과정에 받은 자극 중에서 해소되지 않는 자극이다. 계속 집중하면 아크는 아지랑이처럼 사라지고 호흡은 느려진다. 의식하며 잠이 든 상태, 즉 마음을 탐험할 수 있는 자기최면 상태로 들어선 것이다.

하루는 센터에 들어섰는데 상원 형이 자리에 없었다. 계절의 여왕이라는 5월이었다. 부대에서 아침을 든든하게 먹으면 점심을 건너뛰어도 되었고, 점심시간이 지나고도 한참은 조용해서 자기최면을 연습하기 좋았다. 학생들이 하교하는 오후가 돼야 조금씩 문의 전화와 방문 손님이 있었다. 손님 대부분은 집중하기 싫어하는 것을 못 하는 것으로 착각한 학부모였다. 그런 아이들에게 기계를 사주면 호기심에 몇 번 시도하다 잠자기 위한 핑계나 시간을 보내는 방편이 됐지만, 기계는 곧잘 팔렸다. 나는 혼자서 자기최면을 시도했다. 암실에 홀로 앉아 조용히 호흡을 조절했다. 어느 정도 호흡이 안정되자 아크가 나타났다. 오늘 버스에서 봤던 여학생, 나도 퇴근하고 싶다고 욕을 해대던 상병과 연관된 사건들이 떠올랐다.

생각을 멀리하고 호흡에 집중했다. 머릿속에 떠올랐던 생각들은 피어나는 연기처럼 조금씩 사라졌다. 머릿속이 백지상태가 되자 안정적인 소리가 느껴졌다. 대숲에 내리는 빗소리 같았다. 이제 마음을 탐험하여 '트라우마'를 해결해야 할 차례였다. 나는 가장 큰 공포로 기억되는 고등학교 때 포덕소로 돌아갔다. 문 앞에 서 있는 나를 저주하는 사람이 보였다. 주변의 선각들도 나을 올려다보고 있었다. 나를 저주했던 그들에게 당당히 말했다.

"다른 사람의 인생이라고 함부로 말하지 마세요. 제 생각에 대한 확신이 부족할 때 흔들린 적은 있지만 당신의 말 때문에 제가 급살을 면했다거나 강박증에 시달리지는 않았어요. 저는 행복하고 제가 사랑하며 저를 사랑하는 많은 사람들을 느껴요."

불편한 순간의 원인이 밖에 있기보다는 안에 있다는 것을 이해시키자 마음 한구석이 환해지며 일정이 다가올수록 조급해하거나 누군가의 관심이 집중되는 것에 불편해하던 무의식이 사라졌다.

다음으로 중학교 때 오락실로 돌아갔다. 문이 닫힌 오락실에서 몽둥이를 들고 있는 주인이 보였다. 돈을 가져오지 않으면 흠씬 두드려 패고 경찰에 넘겨 다시는 세상 빛을 볼 수 없게 한다고 엄포를 놓고 있었다. 나는 당당해 맞섰다.

"제가 돈을 훔친 건 잘못이지만, 먼저 아저씨가 청소년에게 사행성 게임기로 불법 영업을 하고 계셨잖아요. 누구나 돈을 잃고 허술하게 잠금장치가 돼 있는 것을 보면 갖고 싶었을 거예요. 이렇게 공갈과 협박으로 더 큰 잘못을 유도해서도 안 돼요. 제가 잘못한 부분은 부모님께 말해서 벌을 받을 거예요."

잘못한 것과 잘못하지 않을 것을 구분하자 마음이 편해졌다. 나는 마음 한구석이 환해지며 누군가 내가 행한 사소한 잘못을 질책하면 인정하지 못하고 화를 내던 무의식이 사라졌다.

다음으로 국민학교 때 물건을 훔쳤던 슈퍼마켓으로 돌아갔다. 가게 입구의 분주한 주인을 지나 선물 세트로 손을 뻗던 나를 타일렀다.

"도덕은 남들을 위해서라기보다 남들에게 피해를 줘서 상처받는 너의 마음을 보호하기 위한 거야. 지금 훔치려는 것들이 지금 당장 먹고 싶은 것도 아니잖아."

어린 나는 잠시 고민하더니 선물 세트를 찢기 위해 뻗으려던 손을 내려놓고 가게 앞으로 갔다. 껌을 하나 집고 오십 원을 내밀며 말했다.

"사실 안쪽의 좋은 과자를 사 먹고 싶었는데 돈이 얼마 없어요."

주인이 물끄러미 쳐다보더니 웃으며 옆에 있는 초코파이를 하나 집어줬다.

"개업한 지 얼마 안 돼 고객들에게 사은품으로 주는 거야. 이번에 포장지 색깔도 바뀌고 마시멜로도 늘려서 더 맛있어진 것 같더라. 앞으로 자주 이용해줘라."

마음 한구석이 환해지며 꼭 필요하지 않은데도 일단 챙기고 보는 무의식이 사라졌다.

마지막으로 불장난했던 어린 시절로 돌아갔다. 어른들이 불을 끄고 있고, 현석이 매를 맞고 있었다. 그 앞에서 겁이 나 가만히 서 있는 어린 나에게 말했다.

"지금 가서 네가 불장난했었다고 솔직히 이야기해 봐. 너에겐 아무것도 아닌 일이지만 현석은 평생에 상처로 남을 수 있어."

어린 나는 할머니에게 다가갔다. 차마 고개를 들지 못했다.

"할머니 죄송해요. 제가 아까 낮에 심심해서 불장난하다 잘 살펴보지 못하고 아이들과 숲에 놀러 갔어요. 아마도 그 불씨가 살아난 것 같아요."

할머니가 멈칫하시더니 안도의 한숨을 내쉬었다.

"사실대로 말해줘서 고맙다. 사람들 눈치 땜에 내 손으로 때리고는 있었지만, 눈에 넣어도 아프지 않을 손자가 너무 안쓰러웠단다."

나는 또다시 마음 한구석이 환해져 우선 이기적이고 방어적으로 대응하는 무의식이 사라졌다. 앞으로 누군가 나의 도움이 필요하다면 긍정적으로 먼저 생각해 볼 수 있을 것 같았다.

이젠 현실로 돌아가야 했다. 다시 정신을 호흡에 집중했다. 들숨과 날숨이 느껴지며 머릿속이 빗소리로 가득 찼다. 조용히 눈을 뜨고 밖으로 나와 앉아 있었다.

조금 있으니 상원 형이 돌아왔다. 봄이 되어 아는 차밭에서 찻잎을 따왔다고 했다. 밤새 구름 한 점 없는 맑은 날씨였고 이슬을 가득 머금은 잎을 따왔다고 자랑했다. 나는 상원 형에게 자기최면을 말했다. 상원 형은 짧은 시간에 성취가 대단하다고 칭찬했다. 나는 용기를 내 군대에 오기 전 경험을 말했다. 어렸을 때 자주 아팠던 이야기, 악마와 천사, 제사와 방언에 대한 경험, 데모하다 쓰러진 것과 천국과 지옥을 경험한 것까지 누구와도 나누지 못했던 말을 하자 속이 시원해졌다. 나는 상원 형에게 정말 신이 존재하는지 물었다.

한참을 생각하던 상원 형이 조금 다른 이야기인데 생명체의 인식에는 특별한 과정이 있는 것 같다고 했다. 지금까지는 오감의 정보가 개별적으로 머릿속에 들어와 처리된다고 생각되었지만, 최근의 몇몇 연구에서 인간은 오감의 정보를 이용해 가상체를 만들고 이를 인식한다고 돼 있다는 것이다. 나는 어차피 인식한다는 것은 같은데 두 개가 다른 거냐고 물었다.

상원 형이 숨 좀 돌리자고 말했다. 차를 마시려고 어제 물을 재워 두었다며 부산하게 준비했다. 직접 만들었다는 청차를 마셨는데 풍성한 향이 일품이었다. 차를 마시며 상원 형이 말했다.

"차는 그 자체에 향과 빛깔, 그리고 맛을 지니고 있어. 조금이라도 오염되면 차의 참됨이 사라져. 차를 마시는 오 분 동안 우리는 오감을 이용해 찻잎을 땄던 산속의 고요함과 계곡의 맑은 물소리, 시원한 바람이라는 가상체를 만들어 몸과 마음을 정화시키지. 인식이 그냥 이뤄지면 과정으로 끝나지만, 가상체를 만들면 사라지지 않으려는 관성을 갖겠지."

나는 가상체는 물질계에 속하지 않은 것인데 물질에 나타나는 관성이 적용될 수 있냐고 물었다. 상원 형은 일반적으로 물질세계에서 타당한 이론이 비물질적인 사회현상을 설명하는 데에도 범용적으로 적용될 수 있다고 했다. 예를 들어 열전달은 전도, 대류, 복사 등 3요소로 이루어지는데 이를 음식에 적용하면 음식의 맛도 음식이 주는 본연의 맛, 음식을 먹는 분위기, 음식을 먹는 장소에 의해 결정된다는 것이다. 나는 이해한 바를 확인하기 위해 말했다.

"물질이 아닌 것도 물질계를 기반으로 하니까 물질계의 법칙이 통용될 수 있다는 거네요. 말씀하신 대로면 영혼이 실재한다면 귀신도 관성에 의해 만들어질 수도 있겠네요. 미래에는 이런 부분만을 특화해서 다루는 마음의 물리학이라는 학문도 나오겠는데요. 그럼 어떤 사람은 이걸 보고 다른 사람은 못 보는 거예요?"

"그건 자폐 학자의 연구 결과를 참고할 만해. 도저히 과학적으로 설명할 수 없는 자폐아들의 경이로운 능력은 뇌에 큰 충격을 입었거나 뇌전증을 앓는 등 특정한 뇌 손상이나 신체 결함과 관련이 있지. 즉 뇌가 의식의 원천이 아니라 의식의 필터로서 역할을 하는데 약물 복용이나 뇌 손상은 그 필터에 금이 가게 해 환각적인 광경과 수학적인 천재성을 포함한 다양한 경험을 한다는 거야."

"물질로 검출될 수 없으나 우리의 인식 과정에 영향을 미칠 수 있는 가상체를 논리적으로 유추할 수 있을 것 같네요. 제가 대승환합회에서 주문을 외우며 느꼈던 것이나 수많은 사람이 한목소리로 기도하는 부흥회 때 성령으로 방언한 것도요. 그렇지만 제가 이야기하는 건 태초에 이 세상과 우리를 창조한 창조주에 관한 이야기인 걸요."

상원 형이 조금 더 생각하더니 물론 인식자가 먼저인지 물질과 생명이 먼저인지에 대해서는 의견이 다를 수 있다고 했다. 세상의 상호작용으로 물질계에 없는 가상체가 만들어질 수 있다면 절대자가 스스로 완전한 평형상태에서 세상을 만들었다고 유추할 수도 있다고 했다.

그때 문을 열고 주희가 들어왔다. 주희가 좋은 차를 둘만 마신다고 투덜대자, 상원 형은 떡차로 바꾸어 마시자고 했다. 떡차는 찻잎을 미생물로 발효시킨 차로 향과 맛이 부드럽고 몸에 좋은 물질을 만든다고 설명했다. 나는 가벼운 주제로 화제를 바꿨다.

"좋은 차를 마시면 건강해지는 것 같아요. 계속 젊었으면 좋겠어요."

상원 형이 다관에 뜨거운 물을 부어 떡차에 있는 이물질을 없앤 후 차를 우렸다. 익숙하게 각자의 찻잔에 차를 내며 어느 학자가 늙은 쥐와 젊은 쥐를 가지고 한 실험을 설명했다. 같은 자극을 가했을 때 젊은 쥐가 먼저 죽었다고 했다. 이러한 연구로 세포분열이 충분히 이뤄지면 효율성을 떨어트려 생존력을 높이는 즉, 늙어가는 건 죽지 않기 위한 과정이라고 설명했다. 진한 갈색의 차가 청색의 찻잔과 대비되었다. 차를 마시자, 발효차의 부드러움이 느껴졌다. 주희도 차를 마시고, 한참 음미하더니 말했다.

"재미있는 이야기지만 저는 늙고 병든 세포는 없애고 영원히 젊게 살고 싶어요."

상원 형이 다시 차를 우리며 설명이 부족하다고 느낀 듯 생명이 왜 죽는지 물었다. 죽음에 이유가 있는지 의아했다. 상원 형이 다시 차를 냈다. 좀 더 맑은 갈색이었다. 상원 형은 웃으며 설명했다.

"바로 진화 즉 발전하기 위해서이지. 기존 형태가 죽지 않는다면 분화된 것일 뿐 발전했다고 말할 수 없지. 종족이 발전하기 위해서는 먼저 태어나 역할을 다한 존재들이 죽어야 하는 거야. 제대로 된 인류의 지도자라면 나이 먹은 사람도, 열등한 사람도 빨리 도태시켜야지. 히틀러가 그러한 논리로 무장했던 지도자이고. 그러나 인류는 육체적인 진화와 발전보다 더 중요한 게 있지 않을까?"

상원 형이 이해를 넓히려는 듯 모든 문제는 어느 차원에서 바라보느냐에 따라 달라진다고 했다. 동성애를 예로 들어보면 성적 끌림은 유전자를 통해 종족을 번식하기 위한 것이므로 생물의 관점에서 보면 나쁜 감정이고 행동이다. 하지만, 사회는 인간의 상호작용을 기반으로 하므로 동성애는 다양성을 넓힐 수 있는 행동 양식 중 하나였고, 동성애를 기반으로 현재 인류가 만든 우수한 창작물이나 작품들이 존재한다고 했다. 나는 선우에 대한 혼란스러운 감정이 떠올라 그렇지만 동성애 문화가 많아지면 사회가 존속할 수 없지 않냐고 물었다. 상원 형이 대답했다.

"그래서 마치 세포의 노화나 생물의 죽음과 같이, 하부 구조를 얼마만큼 유지해야 하고 상부 구조를 확장하기 위해 하부를 얼마나 희생할 수 있는지 고려해야 한다는 거지. 시스템이 작동한다면 세상에 필요 없는 자극은 없어."

주희가 우리 몸에서 병원체나 질병은 필요하다고 할 수 없다고 했다. 상원 형은 최근 의학 연구는 질병을 일으키는 미생물을 지나치게 강조하는 병원체라는 용어를 버리자고 주장하고 있다고 했다. 과거 영양이나 위생의 개념이 부족할 때는 특정 미생물이 무척 위험했지만, 현재와 같이 관리할 수 있으면 그 미생물에 대한 견해도 달라질 수 있다는 것이다. 장내 미생물은 세균이지만 나의 일부로 인식되며 반대로 암세포는 나의 세포지만 같은 편이 아니라는 것이다. 질병도 마찬가지로 질병은 면역체계를 작동시켜 강화하며, 주기적으로 면역체계를 강화하지 않으면 하나의 생명으로 유지될 수 없다고 했다.

주희가 과학을 하는 사람이 과학적 연구 결과를 부정하는 듯한 태도는 좋지 않다고 했다. 당뇨나 고혈압은 절대적으로 위험하다는 게 과학적으로 입증되었다는 것이다. 상원 형이 담담하게 말했다.

"과학은 인간이 만든 통계적, 확률적, 수학적 모델이지 진리가 아니야! 당뇨나 고혈압도 몸이 건강하지 못해 나타나는 증상이지 본질이 아니야. 원인을 찾아서 해결해야지 증상만을 완화하는 건, 위기를 넘길 뿐 다른 것과 연계될 수 없지. 건강한 몸이라는 본질에 집중해야지."

주희가 졌다며 두 손을 들었다. 생물학적으로 부분과 전체의 개념은 이해할 수 있을 것 같다고 했다. 이게 다른 문제에도 적용될 수 있는지 물었다. 상원 형은 사회문제에도 같은 접근이 이뤄져야 한다고 했다. 자신만의 주장을 할 게 아니라 다른 주장을 하는 공동체와 연대하고 가치를 확장하기 위해 노력해야 한다는 것이다. 하부의 안정을 고려하지 않는 상부의 발전은 위태롭고, 상부의 발전을 추구하지 않는 하부의 풍요는 무의미하다고 했다. 내가 너무 어렵다고 말하자 예를 들어 설명했다.

"지금 정부에서 여성 고용 확대를 위한 근로 여성 정책을 본격화하고 있잖아. 이 정책이 효과를 발휘하는 10년 후부터 우리나라는 저출산 문제가 생길 거야. 우리는 가족 중심 문화가 발달해 있어. 특히 식문화와 의복문화, 청소문화가 그러한데 그 대부분을 주부 즉 어머니가 담당하고 있지. 여성의 근로를 장려하기 위해서는 우선 이 문화를 줄여야 해. 그러나 정책은 문화를 바꾸지 않고 급여나 복지로 문제를 해결하려 하고 있지. 어머니는 슈퍼우먼이 되어야 하고 그럴 수 없다면 전체업무에 가장 큰 영향을 미치는 가족 수를 줄여야 한다는 결론에 도달하지. 즉 출산하지 않는 것이지."

나는 담담하게 차를 마셨다. 향은 옅어졌지만, 맛은 진해졌다. 너무 과한 문화를 추구하는 특별한 사람들을 찾아내어 일반인과 비교하지 말아야 한다. 국민이 추구할 수 있는 보편적인 모습을 가장 건강하고 이상적인 문화로 홍보해주어야 소외감을 줄일 수 있다. 정책을 만드는 사람들이 이런 것을 이해하면 좋겠다고 생각했지만, 당장 내 삶이 위태로웠다.

승호 선배에게서 연락이 왔다. 전라남도에 내려올 일이 있는데 광주터미널에 들르겠다고 했다. 맛있는 것을 사주겠다는 선배에게 광주는 백반이 제일 맛있다며 터미널 근처 식당에서 보자고 했다. 버스를 타고 터미널로 향했다. 버스에서 내려 조금 걸어 터미널 식당으로 들어갔다. 식당에는 승호 선배가 기다리고 있었다.

백반을 시키고 밥이 나오기 전에 여행은 즐거웠는지 물었다. 하동 칠불사에서 새벽에 영지에 비춘 봉우리를 보며 인간의 불완전성과 세상의 실체에 관한 생각을 정리했다고 했다. 또한 전통 구들인 아자 방에서 마신 햇차가 너무 좋았는데 이를 물질 기반의 과학으론 설명할 수 없지만, 정보학으론 설명할 수 있다고 했다. 찻잎이 환경을 정보로 만들고 깨끗한 물은 이 정보를 증폭하여 몸에 전달한다는 것이다. 나는 머릿속이 어지러워 손을 흔들며 말했다.

"어려운 말은 됐고요. 여행은 왜 가신 거예요?"

"내가 졸업반이잖아. 진로에 대한 고민 때문이지."

"형은 학생운동으로 공부도 많이 하고 경험도 충분해서 같이 하자는 정치인들이 많을 것 같은데요?"

"너도 해봐서 알겠지만 반대만 하는 운동권의 한계를 느꼈어. 국가 전체를 바꿀 수 없다면 공동체에 들어가 대안을 만들어 보고 싶었지."

"그런 데가 있어요?"

"월출산 자락의 백운동 계곡에 있는 작은 생태 마을 공동체가 가능성이 크긴 해."

"잘 생각하셨네요. 선배가 거기서 자리 잡으면 저도 졸업 후에 따라 들어가야겠네요."

그때 백반이 나왔다. 이렇게 반찬 많이 나오는 백반은 처음 먹어본다며 선배가 오천 원에 이렇게 나오는 걸 신기해했다. 나도 그 비결이 궁금했는데 양동시장에 가보고 그 비결을 알았다며 내가 본 것을 설명했다. 상원 형이 한숨을 쉬며 말했다.

"결국, 지역의 좋은 식당이 유지되기 위해서는 좋은 원재료와 부재료 등을 제공할 수 있는 시스템이 갖춰져야 한다는 거구나. 좋은 말인데 사실은 그것 때문에 고민이다."

"무슨 문제라도 있어요?"

"막상 가보니 상황이 만만하지 않다. 지속 가능 마을 원칙을 정해서 스무 가구 정도가 모여 처음 시작했는데 가능하면 생태적인 개발을 지향하고 있지만, 규모의 문제와 기술의 한계를 겪고 있어."

"그거야 뭐 천천히 해결해 가면 될 것 같은데요? 돈 벌자고 들어간 것도 아니고요."

"기본적인 의식주와 교육은 해결해야 하는데 물가가 계속 오르니 필요한 돈이 언젠가는 부족해진다는 것과, 키우던 아이들도 언젠가 밖으로 나가면 기성 교육체계에서 평가받아야 한다는 것이지."

"결국, 소비하려면 생산해서 돈을 모아야지요. 환경이 좋으니 좋은 농산물을 만들어서 팔면 되지 않아요?"

"그 마을은 친환경농법으로 재배한 찻잎을 전통적인 제다법으로 가공하여 떡차를 만들었는데, 이를 유통하던 중간 상인들이 환경변화와 경쟁제품의 가격변화를 이유로 가격을 자꾸 낮춘다는 거야."

"그렇다고 완전히 다른 세상에서 살 수는 없잖아요. 소비자에게 직접 다가가면 어떨까요? 상품의 생산과정에 대한 상세한 정보를 제공하여 정보의 왜곡을 최소화한다면 생산자의 정보와 소비자의 정보가 달라서 생기는 시장의 문제를 보완할 수 있을 것 같은데요."

"직거래도 대안이 될 수 있겠지만 소비자가 항상 모든 정보를 파악하고 있을 수는 없거든. 아까 말한 양동시장에서 양도 많고 질도 좋아 보이는 농산물과 유기농으로 재배하였다고 해도 가격도 비싸고 모양도 별로인 농산물 중 무엇을 선택하겠냐?"

"생태 마을 아이들이 세상으로 나가는 순간 기성 교육체계에서 평가받는 것처럼 생태 마을 농산물이 시장에 들어서는 순간 기존의 농산물과 경쟁해야 하는 거네요."

"근본적인 해결책은 생태 마을의 생명 존중과 환경 보호, 생산과정에서의 신뢰와 공동체 협력 등 상품 생산에서 발생하는 모든 정보를 포함하는 정보재로 취급한다면 가능할 수도 있어."

"상품을 정보재로 다룬다고요? 그게 가능해요?"

"양자 물리학에서는 정보를 실체로 다루고 있지! 또한, 정보는 정량화가 가능하다는 거야. 앞으로 정보통신이 더 발달하면 모든 상품을 정보재로 파악할 수 있지."

"상품에 의해 발생하는 모든 정보를 실시간으로 받아들여 정량적으로 평가하자는 거네요. 그런 세상이 되면 좋기야 하겠지만 지금 시장에서 좋은 물건을 싸게 사서 비싸게 파는 식으로 먹고사는 사람들은 일자리를 잃겠네요."

"물론 시장이 물질 소비에서 가치소비로 바뀌면 정보의 왜곡으로 먹고살던 사람들은 어려워질 수 있어. 하지만 기술 발달이 디스토피아를 추구하는 게 아니잖아. 훨씬 많은 사람이 생산정보가 왜곡되지 않은 세상에서 상품의 생산자 즉 메이커로 살아갈 수 있어."

걱정이 앞섰다. 아직은 승호 선배의 생각이 위험해 보였다. 사회에서 가치를 만드는 건 정보이므로 가격보다는 정보가 합리적인 척도인 것은 이해되었다. 하지만, 우리는 물질 소비를 근간으로 살고 있다. 미국 등 강대국의 화폐 횡포와 다국적기업의 독과점에 한숨이 나오지만, 가격을 기반으로 한 물질 중심의 시장이 무너지는 게 두려웠다.

승호 선배는 대학원에 진학해서 정보계측을 더 발달시키고 싶다고 했다. 취직해서 사회적 성공을 꿈꾸는 것도 학생운동을 해왔던 마음과 맞지 않고, 결국 시장에 편입돼 경쟁하지 않고는 실패할 걸 뻔히 알면서 공동체로 들어갈 수도 없으니, 차라리 미래를 앞당기는 데 노력하고 싶다는 것이다.

승호 선배를 배웅하고 나자, 나는 어떤 미래를 꿈꿔야 할지 암담했다. 언젠가 미선이와 함께하는 미래를 꿈꿨었다. 미선이가 그리워 전화로 안부를 물었다. 내가 진심으로 잘못했다며 사과했다. 미선이는 마침 종강해서 약속을 잡을 수 있었다. 서울에 가려고 광주터미널에서 버스를 탔다. 잠깐 졸았는데 이상한 꿈을 꿨다. 한겨울 추위에 떨고 있는데 친구가 파란색 막대사탕을 건네주었다. 막대사탕을 물고 길을 가다 제비꽃의 보라색 꽃망울이 올라와 있는 걸 발견했다. 자세히 보니 나를 보고 웃는 듯했다. 밤이 되면 얼어 죽을 꽃망울이 불쌍해서 한참 울다 꿈에서 깼다. 차 안에 에어컨이 세게 틀어졌다고 생각했다.

강남터미널에 내려 만나기로 한 커피숍에서 기다렸지만, 미선이는 오지 않았다. 밤까지 앉아 있다가 준석이에게 전화했다. 미선이가 혼수상태에 빠졌다고 했다. 길고양이 밥을 챙겨주다 누군가 던진 벽돌에 맞았다는 것이다. 범인은 고양이를 싫어하는 분노조절장애가 있는 십 대였다. 생명을 살리기 위한 미선의 행동이 다른 사람에겐 죽이고 싶을 정도로 미울 수도 있다는 것도 놀라웠다. 장기 기증을 서약해서 뇌사 판정받으면 시신도 볼 수 없다 했다. 머릿속으로 미선이의 편안하고 환한 웃음과 따뜻했던 손이 떠올랐다. 미선이와 함께했던 순간도 그리웠다.

중환자실에는 못 들어가고 미선이가 깨어나길 기원하는 미사에 참석했다. 성당은 크지 않았지만, 평온했다. 미선이 깨어났으면 하는 나의 기원이 미선의 영혼에 닿을 수 있도록 간절히 기도했다. 모든 예식이 끝났지만, 자리를 떠날 수 없었다. 사제도 조용히 문을 닫아 주었다. 미선이라는 실체가 없어도 그 사랑이 매 순간 내 영혼을 아프게했다. 몸은 호흡하고 있지만, 마음의 시간은 정지했다. 모든 삶이 무너져 내릴 듯 겁이 났지만, 역설적으로 마음이 차분해지며 내 삶과 생각이 객관화되었다. 미선이의 착한 마음은 천국에 갈 것이다. 미선이의 따뜻한 손길과 입술, 미선이의 품을 기억하는 나의 마음은 천국에 갈 것이다. 벽돌을 던진 청소년을 원망하는 마음은 지옥에 갈 것이다. 그러다 마음이 미선이를 혼수상태에서 깨어나게 할 수도 있다는 생각이 들었다. 어떻게든 합리성을 찾아야 했다.

호흡하며 마음을 안정시켰다. 합리성이 인식 과정에서 만들어졌다면 각성을 통해 다시 찾아보는 게 가능할 것 같았다. 조금 더 정신을 맑게 하여 깊이 들어가 보기로 했다. 머릿속에서 조용히 비가 내렸다. 모든 감각을 차단하고 오로지 의식하고 있다는 것만 남은 상태까지 내려갔다. 기억을 되돌려 데모하다 쓰러지던 트라우마를 떠올렸다. 긴급한 상황과 제법 따뜻했던 아스팔트의 감촉이 되살아났다. 병원을 향하던 구급차가 떠올랐다. 어느새 병실에 홀로 누워있었다. 나는 뇌파 속 정보를 이용해 합리성을 찾을 수 있었다. 성당 앞쪽에 아름다운 관을 쓴 밝은 빛의 존재가 나타났다. 오른쪽에는 검은 옷의 악마가 왼쪽에는 하얀 옷의 천사가 함께했다.

"스스로 우리를 찾아왔다면 마음의 통섭을 이해했고, 네 머릿속에 존재하는 비이성적인 것들을 없애 이해한 것과 그렇지 못한 것을 구별했구나. 내가 모든 것을 너에게 보여줬는데 너는 무엇을 위해 찾아왔느냐."

"혼수상태에 있는 미선이가 깨어나길 바랍니다."

"너의 간절한 기도를 천사들이 증폭하여 기적이 일어나도록 도울 것이다."

"고양이를 살리고자 하는 미선이의 마음이 다른 사람에겐 죽도록 미운 행동이었습니다. 세상에는 왜 이렇게 모순과 아픔이 많은 것입니까?"

"세상에 모순과 아픔이 많은 이유는 아직 영적으로 발전해 가야 하기 때문이다."

"세상이 영적으로 발전하는데 아픔이 어떤 역할을 하나요?"

"아픔이 없다면 치료할 대상도 이유도 없으므로 너희의 영이 어찌 성장하겠느냐? 상처가 만들어지고 치료하는 과정에 발전이 이루어진다. 죄를 미워하되 사람은 미워하지 말라는 뜻이다."

"그렇지만 어떤 사람들은 죄책감도 없이 함부로 상처를 만들잖습니까? 악행을 저지른 사람이 지옥에서 벌을 받았으면 합니다."

"사고로 다리가 부러지면 뼈는 단단해서 살을 망가트릴 것이다. 그

것이 뼈의 잘못이냐? 뼈는 외부에서 오는 충격을 그대로 전달했을 뿐이다. 세상에서 잘못한 일은 세상의 법으로 해결하면 된다. 뼈는 먼지로 돌아갈 뿐 고통받을 지옥도 위로받을 천국도 필요 없다."

"그렇다면 불의의 사고로 죽은 사람이나 착한 사람이라도 상으로 천국에 가면 좋겠습니다."

"아직은 세상이 불완전해 영의 천국뿐인데 어찌 그곳을 온전한 낙원이라 부르겠느냐? 충분히 발전한 세상에서 너희 후손들은 미묘한 감정의 변화는 겪겠지만 온전히 치유할 수 있으므로 지금 너희가 온전한 생명체가 돼야 살아가는 것처럼 그들은 영적 다양성을 유지하면서도 각각의 영혼이 완전한 신성 속에 살아가게 될 것이다."

"그럼 천국과 지옥은 어떻게 되나요?"

"그때가 되면 천국의 소망이 이 세상에 온전히 부활한 것이며 지옥의 불쏘시개인 욕심들은 불의 심판으로 소멸할 것이다. 지금도 너희는 불완전하게 예술작품이나 문화를 통해 선조들과 이해를 공유하고 기도 중에 낙원을 느끼지 않느냐? 나름대로 역할을 했던 우상과 미신들이 사라짐을 경험하지 않느냐? 천국과 지옥도 이와 같다. 신성한 몸의 부활을 다 썩어버린 육신의 부활로 착각하고 성대한 묘지를 만들고 석관을 두른 무리는 죽을 때도 이기심을 못 버린 불쌍한 지체들이며 불의 심판으로 사라지고 있는 것은 이 세상이 아니라 제 소임을 다한 지옥의 욕심들이니라. 언젠가 너희의 이해가 높아지면 충분한 조건을 깨닫게 될 것이다. 언젠가 너희는 온 우주와 공명하고 있는 자신을 발견할 것이다. 지금까지 나를 포함한 주의 영들은 너에게 보여주어야 할 모든 소임을 다 했다. 다른 말로 하면 이제 네가 어렸을 때 죽음을 넘나들며 벌려 놓았던 틈들이 모두 메워졌다. 앞으로 뇌전증을 겪을 일도 없을 것이며 다시 나를 창조할 일도 더는 들을 말도 없으리라. 그러나 주는 듣고자 하는 모든 이에게 함께하신다."

기도가 효과가 있었는지 미선은 혼수상태에서 깨어났다. 나는 사랑을 키우며 무사히 제대했다. 병우와 천우는 제대 후에도 가끔 만났다. 복학이 조금 늦어지자, 내가 알던 대부분은 졸업했다. 찬영 선배는 졸업 후에 아버지 회사에서 일한다고 했다. 어떤 식으로 아버지와의 갈등을 해결하고 노동자들을 포용했을지 궁금했다.

내가 대학을 졸업할 때쯤 성진이의 어머니가 돌아가셨다. 장례식장에 가보니 군대에 다녀온 성진이는 전공엔 별 관심이 없다며 변리사를 준비한다고 했었다. 사회적 구속에서 빨리 벗어나 독립적으로 살고 싶다고 했다. 이후엔 별다른 교류가 없었다.

사랑 제일주의를 외치던 한일이는 해외여행을 다녀온 후 여자 친구와 헤어졌다. 이유를 물으니, 사랑엔 적당한 거리가 필요하다고 했다. 착실하게 공부하더니 졸업 후에 공기업에 입사하고 얼마 후에 중매로 결혼했다. 결혼식장에서는 명품으로 치장한 한일이 어머니가 사랑스러운 눈빛으로 한일이 아버지를 돌보는 모습을 볼 수 있었다.

상원 형과 주희는 결혼하고 얼마 후 한국 생활을 정리하고 유럽으로 건너갔다. 독일의 막스 플랑크 연구소에서 칼 융의 영혼 지도를 바탕으로 에너지 보전의 견지에서 정신 에너지를 사유하는 모델을 만든다고 했다. 내가 제시한 '마음의 물리학'이라는 말에 영감을 얻어 개인의 무의식은 생애 동안 획득되지만, 집단과 공유되며, 집단무의식을 통해 문화의 형태로 구조화된다는 주장이 설득력을 얻었다고 했다.

무기력하게 학교 다니던 나를 승호 선배가 억지로 대학원에 진학시켰다. 승호 선배는 학위를 마친 후 정보이론으로 복잡계 공부를 더 해보겠다며 미국에 있는 싼타페 연구소로 떠났다. 얼마 전 보내온 이메일에서 정보이론으로 우주가 추구해 온 정반합의 과정과 장구한 생명의 진화를 설명할 수 있다고 했다.

정보물리학적으로 세상은 정보에서, 입자, 물질, 생명으로 복잡성이 증가하고 있다는 것이다. 순수한 인식인 정보는 자신을 경험하고자 하는 의지 자체이며 양극성의 과정을 통해 세상을 만들었다. 특이점의 순간 공간은 빛의 속도로 넓어지며 빛보다 빠른 없음이 지나간 자리에 있음의 입자가 만들어졌다. 공간적 동시성이라는 중력에 의해 물질이 합성되면서 별들이 만들어지고 빛이 나타났다. 물질에 새겨진 정보의 관성이 생명이라는 시공간적 동시성을 확보하고 있다. 정보량 즉 엔트로피 보전법칙에 따라 정보손실은 입자에서 물질, 생명으로 복잡성을 증가시키는 것으로 나타난다고 했다.

시간은 인간이 느끼는 현상이지 차원이 아니라는 말에서부터 이해하기 어려웠다. 나는 대학원에서 인구와 경제 관점에서 지속가능사회로 박사학위를 받았다. 신통치 않은 내용이었지만, 해당 전공에 대한 수요가 있어 운 좋게 지방대 교수로 임용되었다. 교수로 임용된 해 가을 귀촌하신 부모님 교회에서 미선이와 결혼했다. 신혼집은 학교 근처 이층 양옥집으로 구했다. 집 근처에 버려진 동물들이 많아 미선이는 동물복지를 증진하는 모임에서 활동했다.

　새로운 수업으로 정신없는 학기가 끝나고 겨울방학에 군대 동기인 준철이가 찾아왔다. 시골은 동네 장사라 속이지 않는다며 암소 한우 갈비탕을 사주었다. 국물까지 다 비우며 준철은 살아온 이야기를 했다. 혁진이가 전출될 때 준철이는 군견반으로 옮겼다. 제대할 때까지 개똥을 치웠지만, 주말에 교회는 섬길 수 있었다고 했다.

　하지만 기성 교회가 오직 믿음만 강조해서 나왔다고 했다. 본인이 다니는 학습모임에서는 성경을 현대적인 과학에 맞게 새롭게 해석한다는 것이다. 창조란 절대자가 자신의 잠재성 중 일부를 걸러내고 경험이 가능한 물리적 실체를 드러내는 것이다. 창세기를 잘 읽어보면 안식일은 날짜가 아니라 천지가 창조된 후 하나님의 영이 사람에게 들어온 사건을 말한다. 과학에서는 이것을 사람이 존재하지 않는 것을 상상할 수 있는 능력을 갖추게 된 인지 혁명이라 부른다고 했다.

　카인과 아벨은 인간이 종교를 만들며 제사를 지낸 것과 짐승의 기름을 이용한 불을 사용하기 시작한 것을 말하며, 이삭도 농경 생활을 시작에서 계획 경영을 통해 왕국을 만들고 넓혀간 이집트의 이야기라고 했다. 이집트의 아멘호테프 왕이 유일신교를 만들었지만, 다신교 사회에 의해 축출당한 후 제사장이었던 모세가 사막에서 교리를 정리했다.

　그 당시 노예로 살던 이스라엘 민족에게 할례를 통해 선민의식을 심어주고 사막에 끌고 나와 가나안에 정착시키며 유일신교를 완성했다. 완성된 유일신교의 정점이 창조주는 온전한 선인 사랑인 것을 발견한 예수와 제자들이고, 바울에 의해 그리스도가 되면서 세계 종교화 되었다고 했다. 얼마 전 새롭게 해석했다며 주기도문을 들려주었다.

　모든 곳에 계시는 우리의 주여 창조의 영광을 거룩하게 하시며 문명의 발달을 이루소서. 낙원이 하늘에서 이루어진 것 같이 땅에서도 이루어지이다. 우리에게 일용할 양식과 실현하는 합리성을 주시며 다른 이의 욕심을 우리가 받아들인 것처럼 우리의 욕심을 온전케 하옵소서. 서로에 대한 오해로 아파하지 않게 하시며 다만 폭력에서 구하옵소서. 우리의 생명과 영혼과 문명이 모두 주로부터 시작되었습니다.

　주님은 하늘에만 계시지 않고 애써 창조한 지구를 멸망시킬 이유는 없다는 것으로 준철은 설명을 시작했다. 사람에겐 욕심이 곧 사랑이다. 안정하고 싶은 게으름, 정보를 넓히고 싶은 마음, 건강하게 살고 싶은 의지, 함께 할 때의 행복까지 모두 사랑이다. 받는 대상에 따라 사랑은 죄가 될 수 있다. 너무 게으르면 나에게 죄를 짓게 된다. 규범이나 윤리에 어긋난 사랑도 죄가 된다. 누군가 상처받을 때 죄와 사랑은 악으로 변한다. 욕심을 온전히 하지만 누군가에게 상처 주는 악이 최소가 되게 하는 게 중요하다고 했다. 영원히 고통받는 지옥도 어디에 실제 존재하는 것이 아니라 죽으면 그 사람의 시간이 멈춰 영원으로 볼 수 있다 했다. 죽을 때의 바람과 현실 사이의 괴리가 지옥이라는 설명을 한참 듣다 돌려보냈다. 이론이 아무리 훌륭해도 역사와 문화로 확증되지 못하는 종교는 위험하기 때문이다.
　겨울방학이 끝나갈 무렵 유럽에서 연구원으로 일하던 상원 형과 주희가 한국에 놀러 왔다. 우린 주말에 부부 동반으로 속리산을 등산했다. 상원 형과 주희는 전날 도착하여 숙박한다고 했다. 나와 미선이는 새벽에 집을 나서 한참을 달려 속리산 입구에 도착했다. 주말임에도 한가했다. 주차하고 함께 칼칼한 능이해장국을 먹으며 서로의 안부를 물었다.

아침을 먹고 나와 상원 형이 앞장서고 주희와 미선이 뒤따랐다. 법주사로 가는 오리 숲길을 천천히 걸었다. 상원 형이 그동안 진행한 연구를 설명했다. 마음(의식)은 몸을 기반으로 영혼을 발전시키는 중력과 같은 장(field)이며 자아는 일상활동의 주체로 의식을 차지한다고 했다. 사람이 태어나면 신체적 욕구를 충족하려는 본능과 오감에 의한 외부 자극 사이에 자아가 형성되고 영혼이라는 초자아를 발전시켜 간다는 것이다.

신선한 공기를 맡으며 새소리를 듣고 있으니 내 영혼이 고양되는 것 같았고 아침을 든든하게 먹어서인지 발걸음은 가벼웠다. 상원 형이 마음은 변화하는 상태로만 존재하므로 열전달 같은 라플라스 방정식으로 근사할 수 있다고 했다. 온도차가 있어야 열전달이 이루어지므로 마음은 항상 기울어진 상태이며 외부의 열을 전달받는 내성적 사람과 전달하려는 외향적 사람의 성향은 어렸을 적에 결정된다고 했다. 주변으로 아름드리나무가 눈에 들어오자, 마음이 경건해졌다. 지금의 나는 누구의 말도 받아들일 수 있는 내성적인 사람인 것 같았다.

법주사 매표소에 도착했다. 우린 뒤따라오던 주희와 미선을 기다렸다. 상원 형이 귀가 간지럽다고 흥 좀 그만 보라고 했다. 주희가 눈치는 빠르다고 하자 모두 크게 웃었다. 미선이 주희를 크게 부담스럽게 생각하지 않아서 다행이었다. 둘은 어느새 말을 놓고 있었다. 우린 절을 구경하기보다 우선 산을 따라 올라가기로 했다.

임금이 다녀갔다는 세조길을 따라 올라갔다. 산세는 험준했지만 길은 유순했다. 상원 형은 계속해서 영혼은 에너지, 물질, 정보, 본능인, 지향인으로 나눌 수 있는데, 우리 삶은 영혼을 충만하게 하려는 과정이며, 욕심이 많은 사람은 마음의 밀도가 높아 열전달이 빠르게 이루어진다고 설명했다. 욕심이나 자극이 주어지면 이것이 상쇄되며 엔트로피 법칙에 따라 영혼이 성장한다고 했다. 나는 궁금해서 물었다.

"그럼 장애인은 영혼의 발달이 어려운가요?"

"자극은 상대적이므로 감각 전체의 합은 일정하지. 따라서, 건강하지 못한 사람은 특정 자극에 심하게 좌우된다고 말할 수 있어. 오히려 자극을 강하게 받아서 영혼이 발달하기 쉽다고 봐야지. 반대로 성취되지 못한 욕구에 대한 반항이 심하게 나타나기도 하지. 그게 사회적으로 받아들여야 하는 어려움이고."

한참을 걷다 보니 세심정 휴게소에 도착했다. 여러 갈래 길이 나왔지만 우선 천왕봉에 오르기로 했다. 계단이 많고 험난했다. 주희와 미선이 너무 뒤처지는 것 같았다. 가다 서기를 반복하며 올라갔다. 상원 형이 영혼도 중력이론을 따른다고 했다. 누군가 앞에 걸으면 한결 수월해지고 뒤에 쳐지면 힘들어지는 것처럼, 영혼도 다른 영혼과 함께하고 싶은 것이 군중심리라고 했다.

한참을 올라가서 천왕봉에 도착했다. 사람들이 많지 않아 여유 있게 정상을 즐기며 사진도 찍을 수 있었다. 올라갈 때는 까마득해 보이던 바위산들이 모두 아래로 내려다보였다. 너무 일찍 내려가는 것 같아 우린 신선대로 돌아가기로 했다. 멀리서는 몰랐는데 가까이서 보니 누군가 쌓아 놓은 것처럼 대단한 모습이었다. 난 문득 궁금해서 동물이나 바위에도 영혼이 깃들 수 있는지 물었다.

상원 형은 모든 생명은 본능이 있으므로 영혼이 있다고 했다. 하지만, 영혼이 발전하고 확장되는 것을 이해하기 위해서는 우선 이성과 영성의 관계에 대해 알아야 한다고 했다. 흔히 이성적인 사람은 영성이 발달하기 어렵다고 하는데 아주 틀린 말은 아니지만, 영혼은 자극이나 본능의 엔트로피 즉, 모순을 통해 발전하는데 합리성은 과도한 욕심을 절제시키므로 영혼의 발달을 저해할 수 있다. 하지만 이성이 없으면 모순을 느낄 수 없으므로 역시 영혼이 발달하기 어렵다. 그리고 혼은 집착이므로 일시적으로 동물이나 사물에 머무를 수는 있지만, 영으로 안정화되기는 어렵다고 했다.

우린 신선대로 돌아가며 임경업이 수련했다는 경업대와 칠년을 수련하여 세웠다는 거대한 입석대를 배경으로 사진을 찍었다. 나는 영혼이 발달하면 물리적 세계도 바꿀 수 있는지 물었다. 상원 형은 그건 소설에서나 가능한 말이라고 했다. 반면 마음은 바꿀 수 있다고 했다. 영혼이 만드는 장이 마음이니 두 영혼이 가까이 있으면 한 마음을 형성할 수 있다. 혼자서는 외부 자극이나 욕구에 대해 문제에 빠지던 사람도 누군가 함께 하면 다른 반응을 나타낼 수 있고, 그것이 지속되어 영혼이 고양되면 혼자서도 안정화될 수 있다. 반대로 더 위험해질 수도 있다고 설명했다.

경업대에서 관음암을 지나 금강골로 내려왔다. 내리막이 가팔라서 모두 함께 내려왔다. 영혼에 대한 설명을 들어서인지 둘보다는 넷이 함께 할 때 더 안정적으로 느껴졌다. 승호 형에게 함께 하는 사람의 숫자에 따라서도 마음이 달라지는지 물었다. 주희가 웃으며 그 연구를 지금 하고 있다고 말했다. 중력이론에서도 두 물체 사이의 중력은 예측할 수 있지만, 셋이 넘어가면 삼체 운동이 되어 예측되기 어렵다. 또한, 동물, 미신 등 변수가 너무 많다고 했다.

금강골의 물소리를 들으며 비로산장을 지나 세심정까지 내려왔다. 세심정에서 아이스크림을 하나씩 먹으니, 피로가 풀렸다. 화장실을 다녀오고 나는 다시 상원 형과 내려왔다. 난 승호 선배에게 들은 정보이론도 비슷한 접근인 것 같아 상원 형에게 설명했다. 상원 형은 내용을 차분히 정리하더니 좋은 아이디어라고 했다. 물질이 공간적 동시성, 생명이 시공간적 동시성이라면 영혼은 시공간을 뛰어넘는 초연결성으로 확장할 수 있을 것 같다고 했다. 칼 융이 그러한 증거를 언급했고 좀 더 연구해서 집단무의식이나 영혼 발전의 방향도 제시하고 싶다고 했다.

나도 지속가능사회 연구에 많은 아이디어를 얻었지만 좀 더 서둘러 내려오지 않은 걸 후회했다. 날씨가 쌀쌀해졌고, 내려왔을 때는 발목에 쇠구슬이 하나씩 달린 것처럼 무거웠다. 법주사 경내에서 부처님께 제대로 인사도 못 드리고 내려가야 했다. 상원 형은 모든 영은 선하므로 대자대비하신 부처님도 이해하실 거라고 했다. 우린 이른 저녁을 먹고 다음엔 유럽에서 보기로 하고 헤어졌다. 갑작스러운 추위에 코가 간지러웠다.

다음날 주일이라 의무적으로 예배당에 갔다. 미선이는 성당이든 교회든 다 예수 믿는 곳이라며 집 가까운 교회에 출석하자 했다. 나는 새로 지은 건물에 어느 정도 규모가 있는 교회를 선택했다. 작은 교회는 교인들과 너무 가까워지는 것 같아 부담스러웠다. 가기 전 먹은 알레르기약 때문에 졸렸다. 자리에 앉아 사도신경을 외웠다. 기도와 찬송을 통해 마음을 경건하게 했다. 설교는 이스라엘 민족이 승리를 목적으로 언약궤에 집착하다 패배한 '사무엘상'에 관한 것이다. 신앙의 목적과 형식보다 주를 온전히 믿고 따라야 구원받는다는 것이었다.

설교는 보수적 개신교를 중심으로 추진되는 인권조례 폐지로 넘어갔다. 조례가 폐지되지 않으면 차별금지를 내세운 성범죄자가 어린이나 부녀자 관련 일자리에 취업할 수 있다. 동성애 동아리가 성 지향의 자율권을 바탕으로 청소년을 공개모집 할 것이다. 일요일처럼 무슬림의 하루 다섯 번 예배시간도 보장해줘야 한다. 이는 주가 정한 질서를 깨뜨리는 것이다. 욕먹을 각오로 믿는 사람들이 빛과 소금의 역할을 해야 한다고 했다.

내가 이해한 믿음과 다르게 느껴졌다. 불완전한 이 세상에서 돈과 명예와 권력에 대한 욕심을 버리고, 생의 불편이나 고통도 천국에 이르는 과정으로 즐겁게 견디며, 결과를 포함한 모든 것에 순종해야 한다지만 역시 마음이 불편하다. 죽은 후의 천국만을 바라보고 살고 싶지는 않다. 우리가 감사하는 마음으로 눈앞의 이해관계에 집착하지 않는다면 세상이 좀 덜 각박해질 것 같다.

설교가 끝나고 반성과 기도의 시간이 되자 지난 한 주간 감사와 은혜로 받아들이지 못했던 과도한 욕심에 대해 떠올렸다. 학생들에게 했던 수업과 실습이 생각났다. 내용이 중요하지 않을 수도 있다. 했던 말에 자만이 가득했거나, 행동에 과시욕이 묻어 나왔을 수 있다. 숨 쉬는 것도 감사해야 하는 것처럼 모든 걸 반성해야 한다. 지속가능사회에 대한 고민이 떠올랐다. 지금처럼 믿음생활은 교회에서만 편하게 하는 게 옳을까? 마을을 만들었는데 그들이 나와 믿음이 다르면 어떻게 할 것인가?

헌금과 감사의 시간에 핸드폰 진동이 울렸다. 문자가 온 것이다. 예배를 마치고 확인해보니 동창회에서 보냈다. 마음 한구석이 무너졌다. 성진이의 부고 소식이었다. 일상생활에 대한 회의가 밀려왔다. 미선에게 말하자 청주에 함께 가주었다. 차가 출발하고 미선이 물었다.

"아침에 비염 때문에 어렵더니 좀 괜찮아?"

"오늘은 날씨가 따뜻해서 많이 좋아졌어."

"목소리가 좋지 않은데… 성진 씨 장례식 때문에 마음이 무거워서 그렇지. 내가 운전할까?"

"운전은 할 만해. 성진이 부고도 당황스럽지만, 아까 설교가 마음에 걸려."

"인권조례 폐지 때문에 그렇구나. 사회적 약자를 배려할 순 있지만, 제도화하는 건 보수적일 필요도 있잖아?"

"문화적 다양성을 인정하지 않을 수도 있지만, 그걸 천국에 가는 방편으로 연결하는 것이 마음에 들지 않아. 잘 살다 보면 천국에 갈 수도 있는 거지 천국에 가기 위해 살아야 하는 건 아니잖아."

"같은 말 아니야? 천국에 가고 싶으면 잘살게 되잖아."

"삶은 목적이지 수단이 아니야. 사랑과 희생의 의미를 되새기고 기쁨을 나누는 예배에서 안 믿으면 지옥 간단 말뿐이잖아."

"뭐 중요해. 일주일에 한 번씩 좋은 말 듣고 잘 살면 되지. 난 우리 목사님만큼 쉽게 설교 잘하시는 분 못 봤어."

"난 누가 반성하란다고 반성이 되지는 않아. 논리적으로 설득되거나 진정성이 느껴져야지."

그 후로 우린 별말 없이 갔다. 마지막 성진이의 모습은 갸름한 얼굴에 짧게 자른 머리, 동그란 안경이 잘 어울리는 유순한 인상이었다. 주차장에 차를 세우고 장례식장에 들어서자, 성진이의 아버지가 계셨다. 정면에 걸려있는 사진을 봤다. 살이 조금 더 쪘고 머리가 귀까지 내려와 있었다. 입꼬리가 올라갔으나 지친 눈빛 때문인지 환한 웃음으로 느껴지지 않았다.

자리에 앉아 아버지께 헤어진 후의 이야기를 들었다. 첫해 1차 시험은 쉽게 합격했으나 2차에 두 번 실패했지만, 다시 도전했다. 한 해에 1차와 2차를 모두 붙기 위해 기본점수만 넘으면 되는 1차보다 2차에 준비를 많이 한 것이 화근이었다. 갑자기 1차 시험이 상대평가로 바뀌면서 근소한 점수 차로 불합격했다. 참지 못한 성진이는 뜻을 함께하는 이백여 명의 대표로 시험제도를 바꾼 국가를 상대로 소송에 매달렸다.

행정소송은 대법원까지 승소하여 2차 시험을 볼 수 있는 자격이 주어졌으나 이미 시험을 준비하기엔 늦었다. 반면 손해배상소송은 1심과 2심에서는 승소하였으나 대법원에서 패소하며 소송비용을 떠안았다. 여섯 번의 소송에서 한 번 패했을 뿐인데 7년이 사라지고 빚만 남은 것이다. 이를 만회해 보겠다고 어머니 보험금으로 주식을 했다. 얼마간은 꾸준히 수익률이 오르며 빚을 갚는 듯이 보였으나 리먼 사태로 그나마 있던 돈까지 날렸다는 것이다.

모든 것이 사라진 성진이는 고시원에서 홀로 지냈다. 공과금이나 세금은 공무원들 월급 주려고 걷는 거라며 고지서를 몇 달째 미뤄 주위 사람들과 싸우는 일이 잦았다. 전도를 위해 누군가 찾아오면 헌금 좀 뜯어가려는 사기꾼 취급당하기 일쑤였다. 마지막으로 성진이는 어차피 기술이 발달하면 세상에서 인간은 사라진다는 말을 남겼다고 했다. 연로하신 아버지에게 차마 어떻게 죽었는지 물어보지 못했다.

미선이 운전해도 될 것 같아 소주잔을 기울이고 있는데 찬영 선배가 왔다. 예전보다 살이 조금 빠졌지만, 자기 관리가 철저한 듯 피부가 좋아 보였다. 선배는 졸업 후부터 계속해서 아버지 회사에서 일하고 있었다. 여자는 만나지만 매이는 게 싫어 결혼은 하지 않았다. 은퇴에 가까워진 아버지를 대신해 부서마다 챙겨야 하는 업무도 많았다. 퇴근 후엔 최고경영자과정 등 할 일이 많다고 했다.

성실하지 못한 외국인 노동자와 최저임금 인상, 강화되는 환경기준에 대한 불평이 이어졌다. 공장의 자동화 시스템이 갖춰지면 반은 내보낸다는 것이다. 그나마 아파트값 오르는 재미에 살고 있었다. 성진이의 이야기를 듣더니 세상 바뀔 기대하지 말라고, 좋은 세상 꿈꾸는 놈부터 희생된다고 했다. 가끔 만나자며 주말엔 뭐하냐고 물어 교회에 다닌다고 말했다. 입꼬리가 올라가더니 본인도 가끔 성당에 나간다고 했다.

조문을 마치고 돌아가는 차 안에서 생각을 정리했다. 모든 문제를 합리적으로 해결하고자 했던 성진이의 좌절이 느껴졌다. 국민을 위해 봉사한다고 억울한 희생자를 무시하는 권력이 미웠다. 규모의 경제를 지향하여 개인을 고려할 수 없는 시장도 잔혹했다. 시대상을 반영하지 못하는 종교는 조롱받고 예배는 여유 있는 사람들의 취미생활로 취급받았다.

승호 선배가 외국으로 떠나고 지속가능한 마을을 만드는 건 내 몫이 되었다. 기술 발전의 속도가 놀랍지만, 기계가 문명의 주체가 될 수는 없었다. 세상과 공명할 수 없고, 육체적 빈곤이 없으며, 이상을 추구할 수 없기 때문이다. 지속가능한 마을의 중심이 정기신(精氣神)으로 이루어진 사람이 되려면 궁극적인 신성이 연결될 수 있어야 한다. 각자가 이해하는 방식이 다른 흑백 세상에서 낙원의 색채는 존재하지 않는다. 미선에게 말했다.

"조그마한 교회로 옮기는 건 어떻게 생각해?"

"왜 그래야 하는데? 지금 교인들하고 잘 지내고 있고 당신이 작은 교회는 부담스럽다고 했잖아."

"교인들과 공감대 형성도 어렵고, 목사님 말씀이 은혜로 다가오지 않아서."

"아까도 말했지만, 우리 목사님만큼 말씀 잘하시는 분이 없잖아. 그냥 지금 교회에서 봉사해. 뭐가 문젠데?"

"오로지 구원과 천국만 말씀하시니 논리적이지. 오직 아멘만 강조하는 교회 문화가 잘못된 목회자의 가르침에도 순종하게 해서 이단과 사이비가 늘어나는 빌미가 된 거잖아. 현실을 봐 세상에 얼마나 나쁜 놈이 많고, 모순이 많아. 그런 것엔 관심도 없으시잖아."

"상처에 집중하면 세상이 지옥이지. 나도 길고양이 돌보다 벽돌에 맞았잖아. 하지만, 너를 포함해 주변의 많은 사랑이 그 상처를 이겨내고 다시 선한 삶을 살도록 회복시켰어. 불평금지구역! 몰라? 묵묵히 교인들을 위로하고 교회를 위해 봉사하는 사람이 얼마나 많은 줄 알아? 그분들하고 말해 봐."

"내가 보기엔 목사님이 삶에 관심이 없어."

"무슨 소리야. 매일 새벽기도에 교인들 애경사 챙기고 청년부, 수요예배, 일요일까지 그렇게 열심히 하시는 분이 어디 있어? 구원에 대한 확신이 있으니 가능한 일이지. 난 충분히 감사하며 믿고 따르고 있어."

"그게 문제라는 거야. 매일 예배만 주관하니 세상 돌아가는 걸 모르시잖아. 내가 보기엔 그 정도면 예배로 도망가는 거야. 삶에서 우러나는 반성과 후회가 없으니, 모든 설교가 천국팔이지."

"몰라서 그러시겠어? 구체적으로 말했다가 편이 갈려 상처받고 떠난 사람이 한둘이야? 교회가 유지되기 위해 오직 기도로 이겨내는 목사님은 얼마나 힘드시겠어. 교회를 옮기면 거기엔 문제가 없을 것 같아?"

"가까워지는 만큼 어렵겠지. 하지만, 이해할 수 있는 상식으로 터놓고 믿음을 고민해야 사랑과 희생을 실천하는 삶을 살 수 있을 것 같아서 그래."

우린 좀 더 시간을 갖고 생각하기로 했다. 지금처럼 다니던 교회에 이름만 올려놓고 보수적으로 최소한의 봉사와 예배만 드리며 세상의 평화와 번영에 노력할 수도 있다. 부담스럽지만, 작은 교회로 옮기어 함께하는 삶을 살 수도 있다. 독립적으로 신앙을 지키며 세상 모두를 공동체로 여길 수도 있다. 예식을 통해 믿음을 지켜갈 힘을 얻을 수 있지만, 구원은 삶에 있다. 우린 그동안의 경험으로 생명에 깃든 영혼을 믿는다. 스스로와 세상, 서로에 대한 충만한 사랑으로 살고 있다. 신앙과 합리성은 사랑에 색을 입히는 방법일 뿐이다. 내가 이렇게 이타적일 수 있다는 게 신기했다. 그동안 자라난 사랑과 믿음, 그리고 이해가 나를 변화시킨 듯했다.

내 생각에 몰두해 있는데, 한참 운전하던 미선이가 지난밤 꿈을 말해줬다. 길을 걷다 강아지를 본 것 같아 찾아봤지만, 똥만 점점이 떨어져 있었다고 했다. 물을 틀어 씻자 웬만한 건 쓸려 갔는데 하나만 끝까지 남은 게 신기했다는 것이다. 다가가 유심히 보니 자기를 보고 방긋 웃더라고 했다. 똥그란 얼굴에 점점이 박혀 있는 눈과 코와 입이 너무 귀여워서 손에 들어 품에 안았다고 했다. 날씨가 추워 꽃이 늦는다 싶었는데 돌아오는 길에는 개나리와 벚꽃, 목련이 한꺼번에 피어 있었다. 흐드러진 꽃이 지면 그 자리에 열매가 맺을 것이다.

　고등학교를 졸업하며 언젠가 여유가 생기면 글을 써보고
싶다고 생각했는데 20년이 지나서야 정리할 기회가 생겼다.
아마도 마흔이 넘어가면서 조금씩 잊히던 과거의 기억에 대한
아쉬움일 것 같다. 소설에서 사람의 욕심과 마음, 영혼을 다
뤄보고 싶었다. 관련 이론을 정리하고 내가 살아온 인생 중에
서 생각나는 장면들도 찾아냈다. 장면과 욕심을 일치시키며
소설이 발전했다. 소설을 써가며 어느 순간 내가 쓴 글에 내
가 영감을 얻을 수 있었다.

　이 책은 현대문명이 추구하는 생산과 소비의 효율성이라는
방향이 가격이라는 단일한 잣대라는 문제의식에서 출발하였
다. 시장의 교환가치는 정보를 삭제시킬수록 즉 가치를 왜곡
할수록 이익을 얻었다. 화석이 돼버린 천국론도 불안을 자극
하여 교인을 힘들게 할수록 힘이 세지는 경제와 똑같은 문제
가 있었다. 그럼에도 합리적인 의심을 하는 과학자 모임에서
종교는 증명될 수 없는 편견이었고, 신앙인 모임에선 오롯이

믿는 걸 전제로 말해야 했다.

이 소설은 개인의 성장과 사회의 발전, 구원의 문제를 통섭적으로 다루고 있다. 에너지와 물질의 자연과학에서 정보와 생명의 생태학, 마음과 영혼의 형이상학까지 마음이라는 장의 물리법칙으로 색을 입혀 보았다.

지인들로부터 차라리 수필을 쓰라는 권유를 받았지만, 허구의 구조가 갖는 장점은 객관화에 있는 것 같다. 나의 시행착오를 객관화하는 과정에서 과거의 실수를 후회하지 않고 받아들일 수 있었다. 주장들을 객관화하는 과정에서 논문에서는 할 수 없었던 통찰이 가능해졌다. 이해하면 포용할 수 있고 포용하면 넉넉해진다. 기회가 된다면 모두에게 소설 써 보기를 권하고 싶다.

2024년 봄

정남수

정남수 장편소설

마음의 물리학

펴낸날 2024년 5월 24일

지은이 정남수
펴낸이 이순옥
펴낸곳 도서출판 문화의힘
등　록 364-0000117
주　소 대전광역시 동구 대전천북로 30-2(1층)
전　화 042-633-6537
전　송 0505-489-6537
ISBN　979-11-986387-4-8

| 값 20,000원 |